LUCHA POR LOS TUYOS

LA GUERRERA

LIBRO 6

MARTHA CARR Y
MICHAEL ANDERLE

BOLETÍN

¡Bienvenido al emocionante viaje de LMBPN® International! Suscríbete a nuestro boletín para obtener acceso a actualizaciones exclusivas, contenido gratuito ¡y muchas otras sorpresas! Sumérgete en nuestros mundos increíbles, ideas únicas y los miles de emocionantes historias que te esperan. ¡Únete ahora a de LMBPN® International y sé parte de la historia!

https://lmbpninternational.com/es/boletin/

Facebook: https://www.facebook.com/lmbpnenespanol

Instagram: lmbpn.es

Suscríbete a la redacción del boletín del autor y al enlace si está disponible. También es posible que desees mantenerte en contacto con el autor. Para hacerlo, ve al siguiente enlace para suscribirte: https://michael.beehiiv.com/

Aviso Legal

Editado por Alba M. Vila
https://sites.google.com/view/albamvtraduccion

LMBPN® International
2375 E. Tropicana Avenue Suite 8-305
Las Vegas, Nevada
89119 USA

Versión en inglés: 1.00 marzo 2022
Versión en español 1.00: septiembre, 2024

ISBN 979-8-89354-063-5

ÍNDICE

BOLETÍN 2
Aviso Legal 3
Capítulo 1 5
Capítulo 2 11
Capítulo 3 19
Capítulo 4 29
Capítulo 5 41
Capítulo 6 51
Capítulo 7 61
Capítulo 8 69
Capítulo 9 75
Capítulo 10 83
Capítulo 11 91
Capítulo 12 97
Capítulo 13 103
Capítulo 14 111
Capítulo 15 117
Capítulo 16 127
Capítulo 17 135
Capítulo 18 141
Capítulo 19 149
Capítulo 20 157
Capítulo 21 163
Capítulo 22 173
Capítulo 23 181
Capítulo 24 187
Capítulo 25 195
Capítulo 26 203
Reseñas y valoraciones 210
La historia continúa 211
Notas de la autora - Martha Carr 212
Notas del autor - Michael Anderle 214
¿Te has quedado con ganas de más? 216

Capítulo 1

En el salón de baile privado del Creekside Event Center de Colorado Springs, todo lo que decían los oradores en el escenario durante la ceremonia de entrega de premios del Ejército entraba por un oído y salía por el otro. Porque la soldado de primera Idina Moorfield no podía creer lo que había visto.

Desde el momento en que el comandante Hines le dijo por primera vez que necesitaba a su chófer para aquel acto fuera del estado, toda la misión —por pequeña, intrascendente o aparentemente inútil que fuera— le había parecido una broma pesada. Ahora, de pie junto al salón de baile con una copa de champán recién vaciada en la mano, Idina entendido el final del chiste.

El teniente coronel Richard MacBlair, comandante del Batallón 307, era Richard Moorfield. Su tío. El hombre que había desaparecido de la mansión Moorfield y de la vida de Idina justo cuando más lo necesitaba.

El mismo hombre que había sido tan imposible de encontrar, tan increíblemente fuera de su alcance durante los últimos nueve años, había permanecido cerca sin que Idina sospechara nada.

Ahora estaba *aquí.*

«Tengo que encontrarlo».

Mientras el mayor que actuaba como maestro de ceremonias continuaba con sus largos y pausados anuncios y entregas de premios, Idina escudriñaba cada rostro entre la multitud de oficiales de alto rango y oficiales del Ejército que la rodeaban. Los demás oradores que habían subido al podio para pronunciar unas palabras habían vuelto con sus amigos y sus bebidas, pero Richard no.

No lo encontró por ninguna parte.

Sin embargo, sabía que seguía aquí. El cosquilleo eléctrico de su magia de luz verde la inundó, no desde su interior como había hecho toda su vida, sino desde el aire que la rodeaba en todas direcciones. Los hombros y los brazos le ardían con el escozor helado de aquella magia en su sangre, y en la de Richard. Se le erizó el vello de la nuca y apretó los dientes, intentando una vez más encontrar la fuente de la magia que sentía pero no veía.

«Es Richard. Es obra suya. Eso es lo que he sentido desde que llegamos aquí, y eso es lo que sentí en Fort Rucker antes de que nos atacara en nuestro encuentro. ¿Por qué me atacó?».

Demasiadas preguntas se agolpaban en su mente, revueltas y confusas, imposibles de separar unas de otras. Aun así, los reglamentos del Ejército esperaban que permaneciera allí como una buena soldado y que sufriera el resto de la ceremonia como si nada hubiera pasado.

Como si no hubiera visto a su tío desaparecido de pie en el escenario con su uniforme de gala, hablando ante una sala llena de sus superiores como un teniente coronel condecorado que *se había cambiado el nombre*. Como si no la hubiera mirado fijamente, clavado los ojos en su alma y desafiado a hacer cualquier cosa menos encontrarlo.

A pesar de que cada célula de su cuerpo la instaba a salir de aquel salón y encontrar a Richard como fuera, Idina ya había sufrido medidas disciplinarias por insubordinación y desobediencia de órdenes. Una vez era suficiente.

Así que se quedó allí de pie, con la espalda recta y mirando hacia el escenario, esperando a que terminara la ceremonia para poder salir de allí. Solo cuando sintió la advertencia del vidrio cediendo bajo una inmensa presión se dio cuenta de lo fuerte que había estado apretando la copa de champán vacía. Rápidamente la dejó sobre la mesa del banquete frente a ella y cerró los puños a los lados.

Lo más probable es que ahora pareciera una estirada novata del ejército en posición de firmes en una sala ante sus superiores sin tener ni idea de cómo actuar.

«Como Stop. Así estaría *él* ahora mismo, al menos hasta que alguien le dijera que se relajara y se olvidara de las formalidades».

Pensar en los miembros de su unidad la obligó a relajarse, pero el hormigueo de la magia que parecía suya, pero que no le pertenecía no cedía. La magia de Richard.

Todavía estaba aquí, todavía cerca, probablemente observándola. Ella no podía hacer nada.

Al final, el maestro de ceremonias volvió a subir al escenario para pronunciar unas palabras de clausura. Idina se dio cuenta de que no tenía ni idea de cuánto había durado el acto. Había perdido la cuenta de los discursos, los premios entregados y las menciones y elogios individuales repartidos entre el personal del Ejército que había acudido a beber y comer entremeses y darse palmaditas en la espalda por un trabajo bien hecho.

Al parecer, ninguno de ellos tenía ni idea de que les habían mentido. Que el hombre al que conocían como el teniente coronel MacBlair —el hombre que había ascendido en las filas del ejército hasta comandar un batallón entero como había comandado el salón con su breve discurso— era un impostor y un mentiroso. Que los había engañado a todos como había engañado a Idina haciéndole creer que estaba completamente sola desde que tenía nueve años.

—Creo que todos podemos estar de acuerdo en que vinisteis por la barra libre —añadió el maestro de ceremonias con una sonrisa, provocando otra ronda de risas moderadamente corteses—. No dudéis en quedaros para disfrutar de la compañía. Gracias a todos por venir.

El micrófono emitió un ruido sordo cuando el hombre lo apagó y abandonó el escenario en medio de una amable salva de aplausos. De los altavoces colocados por todo el salón empezó a sonar música, pero a Idina no le importaba de qué género era ni si reconocía al artista Solo le importaba que el ruido de fondo adicional hacía mucho más difícil escuchar lo que sucedía a su alrededor.

«Richard podría estar en cualquier parte ahora mismo. Mientras pueda sentir toda esta energía que no es mía, él sigue aquí. No puedo quedarme aquí actuando como si no lo reconociera…».

—Cambiaste de opinión sobre las copas, ¿eh?

Idina casi saltó al escuchar la voz de Hines tan cerca de ella. Parpadeando rápidamente, se volvió hacia él, miró la copa de champán vacía en la mesa frente a ella y no pudo encontrar su voz de inmediato.

—Señor, yo…

—No estaba mintiendo cuando dije que no me importa una mierda, Moorfield. —Escaneó el salón de baile con una pequeña mueca, su bigote entrecano temblando ligeramente—. Estas cosas me dan un reflujo que no te lo creerías. Y ni siquiera he probado la comida. —La mirada de soslayo de Hines se detuvo en su rostro como si supiera exactamente lo que había sucedido allí esa noche y quisiera medir su reacción—. Confía en mí. Lo entiendo.

Idina tragó con dificultad.

—No estoy segura de que usted y yo estemos teniendo la misma experiencia en este momento, señor.

Hines se rio entre dientes.

—¿Ah, sí? ¿Porque nadie te reconoce y quiere arrastrarte a conversaciones más dolorosas que una puñalada en las costillas? ¿O porque solo has tomado una bebida siendo menor de edad?

No había forma razonable de responder a esa pregunta. No podía decirle que había visto a su tío en ese escenario —el superior directo de Hines— y que estaba a punto de arriesgarse a insubordinarse de nuevo porque no podía dejar que Richard Moorfield se le escapara de las manos una vez más. No ahora.

—Diría que nos queda aproximadamente una hora más de esto —murmuró Hines, levantando otra copa de champán hacia sus labios—. Sonríe y asiente. Actúa como si no te hiciera sentir muerta por dentro, y luego…

Mientras el hombre seguía murmurando lo que necesitaba decir para sentirse mejor con la situación, Idina captó un rápido movimiento desde el rabillo del ojo. Se volvió hacia la esquina derecha del salón de baile justo a tiempo para ver a un hombre con uniforme de gala desaparecer por una puerta lateral.

Podría haber sido Richard, sí. También podría haber sido cualquier otra persona. No era el único hombre de cabello oscuro allí con traje de gala. Pero ¿quién más saldría tan pronto de la ceremonia de premios?

«¿Quién más tiene algo que ocultar y todo que perder?».

—… entonces no lo enciendas —Hines seguía divagando—, eso es lo que siempre digo…

—Creo que esta copa me está sentando mal —murmuró Idina, mirando la puerta al otro lado de la cual estaba segura de que encontraría a su tío—. Disculpe, mayor.

—Ajá. —Se bebió de un trago el resto de su champán, sin molestarse siquiera en verla marchar.

No importaba. Idina estaba en una misión con un solo objetivo, y Hines estaba lo bastante achispado como para seguir centrado en su incomodidad en un evento como este e intentar evitar la mayor cantidad de charla trivial posible.

Su visión se enfocó en la entrada lateral del salón de baile, la única puerta que le importaba.

Todo lo que tenía que hacer era extender la mano hacia el pomo…

—¿Puedo ayudarla?

Idina se detuvo en seco, desconcertada al darse cuenta de que no había notado al hombre enorme que estaba junto a la puerta. Vestía completamente de negro, claramente un civil trabajando como seguridad, y podría haber pasado por el gemelo de Trunk si hubiese tenido quince años menos.

—Estoy bien, gracias. Solo salgo a tomar un poco de aire. —Intentó llegar a la puerta, pero el hombre se interpuso educadamente frente a ella y levantó una mano.

—Lo siento, señora. Esta es una salida privada. Hay dos balcones al otro lado del salón de baile para que los invitados disfruten esta noche. —Señaló a través del salón de baile como si ella no pudiera averiguar cómo encontrarlo por su cuenta.

Idina lo miró de arriba abajo, sus luces verdes parpadeando en su visión a una velocidad vertiginosa. El tipo era enorme, sí, pero eso no significaba que los civiles gigantes que trabajaban como seguridad para un evento militar privado no tuvieran puntos de presión y puntos débiles donde su peso estuviera desequilibrado.

El impulso de derribarlo allí mismo para poder atravesar esa puerta era casi imposible de resistir.

«Entonces estaría jodiéndome seriamente a mí misma. Y al mayor Hines. Maldita sea».

—Señora.

—Perdón. Supongo que me he desorientado un poco. —Le ofreció una sonrisa forzada, y él se relajó un poco al asentir—. ¿Puede decirme adónde lleva esa puerta?

Le devolvió la sonrisa tensa y negó con la cabeza.

—Salida privada.

—Claro. Gracias. —Idina se giró rápidamente y trató de parecer que sabía dónde se dirigía, pero ahora se sentía perdida.

«Richard se me está escapando otra vez. No puedo decírselo a nadie porque a nadie le importa. Nadie sabe quién es».

No se dio cuenta de que se dirigía de nuevo hacia el mayor Hines hasta que se detuvo a su lado, apretando los dientes y poniendo mala cara a todo y a todos en su línea de visión. Apenas veía el salón de baile o a los invitados. Todo lo que podía pensar era en el momento explosivo de darse cuenta de que finalmente había encontrado a Richard Moorfield, de pie en ese escenario, bromeando con una sala llena de personal del ejército como si los últimos nueve años de su vida no hubieran sido una completa mentira.

No podía dejar de pensar en cómo la había mirado directamente y había sonreído mientras decía alto y claro que tenía cosas más importantes que hacer.

«Sé que hablaba conmigo. Sé que era un reto. Ahora no puedo llegar a él…».

Hines se aclaró la garganta y señaló con el pulgar por encima del hombro.

—Probablemente debería haberte dicho que el baño está en el vestíbulo.

—Estoy bien. Falsa alarma.

Resopló y la miró de arriba abajo.

—Si fueras un hombre de unos cincuenta años con problemas de próstata, podría creerte.

—¿Qué? —Idina miró a su jefe porque eso podría haber sido lo más raro que le había dicho en los últimos dos meses de trabajo juntos.

—Pareces tensa, Moorfield. Ya, le dijo la sartén al cazo.

Por un momento, pensó en preguntarle si tenía idea de quién era realmente su superior directo. En lugar de eso, se conformó con:

—Probablemente no dormí lo suficiente anoche.

—Ajá.

Con todo el entrenamiento de los últimos nueve meses, gran parte del cual consistió en completar misiones durmiendo poco o nada en situaciones mucho más estresantes que una ceremonia de entrega de premios, tanto Idina como el comandante sabían que su problema no era la falta de sueño. Ninguno de los dos dijo nada al respecto.

Hines asintió al siguiente camarero que hacía su ronda por el salón con una bandeja de champán recién servido.

«Si sigue bebiendo, tal vez pueda hacerlo hablar».

—Entonces… —Idina miró de reojo a su jefe. El camarero se acercó a ellos y Hines le dedicó una débil sonrisa mientras cogía la copa que le ofrecía—. ¿Sabía que el teniente coronel MacBlair también estaría aquí esta noche?

Hines casi dejó caer la copa de champán de la mano extendida del camarero mientras revisaba a Idina y carraspeaba.

—Un segundo, hijo.

El camarero se detuvo con destreza antes de seguir adelante, y Hines rápidamente señaló la bandeja.

—Ya que estamos, dame dos.

—Por supuesto. —El camarero sacó una copa más de la bandeja hábilmente equilibrada y se alejó.

Durante unos tensos segundos, Hines miró aparentemente a la nada al otro lado del salón con una copa en cada mano.

—¿Señor? —insistió Idina.

—No me cuenta una mierda, Moorfield. —Le tendió la segunda copa de champán sin mirarla y murmuró—. Estoy tratando de sobrevivir a la próxima hora. Te sugiero que hagas lo mismo.

Idina le quitó lentamente la copa de su mano, maldiciéndose por haberle presionado demasiado y demasiado rápido.

En cuanto la copa se escapó de su mano, Hines tomó un gran trago y dejó escapar un gruñido bajo.

—Si nos quedamos aquí hablando así, creo que hay bastantes posibilidades de que la gente nos deje en paz.

Era un buen plan, e Idina no podría haber estado más de acuerdo con su jefe en cuanto a no querer participar en charlas triviales se refería. El mayor y su conductora se quedaron allí en el salón de baile mientras los demás se movían —hablando, riendo, tomando más bebidas y llenando pequeños platos de entremeses—, y ninguno de los dos podía pensar en nada que decir.

Capítulo 2

Esa debía haber sido la hora más lenta de la vida de Idina. Hines le ofreció dos copas más a lo largo de esa hora, aunque ella las rechazó. No porque su oficial al mando estuviera fomentando el consumo de alcohol en menores en un evento privado del ejército en Colorado Springs, sino porque todavía tenía que conducirlos a dondequiera que fueran después de todo esto.

También porque esperaba que el hombre bebiera lo suficiente como para empezar a revelar algunos de sus secretos, además de los secretos de MacBlair que Hines pudiera o no conocer.

No tuvo tanta suerte.

Después de la hora prevista, el salón de baile ya se había vaciado de un poco más de la mitad de los invitados de la noche. Los que se quedaron habían encontrado su camino hacia el bar en el vestíbulo del centro de eventos para cambiar el champán de cortesía por su veneno preferido. En lugar de agruparse en pequeños grupos alrededor del salón de baile, ahora habían llevado las conversaciones y las bromas a las mesas redondas de banquete en el centro del salón.

Alguien soltó el remate de un chiste subido de tono y la sala se estalló en carcajadas.

—Eso es una señal tan buena como cualquier otra —gruñó Hines—. Hora de irnos.

Idina no tenía idea de por qué el hombre había elegido quedarse una hora más después de la ceremonia propiamente dicha, especialmente porque solo otras dos personas se habían acercado a él. Habló con ellas de manera más o menos agradable, pero rápidamente logró ahuyentarlas con sus respuestas cortas y desinteresadas.

Ella le siguió hacia las puertas dobles de la entrada principal del salón de baile, tratando de ignorar las risas de los otros oficiales en las mesas que no tenían ninguna preocupación en el mundo.

«No tienen ni idea de lo que está pasando aquí. Yo tampoco, pero estoy seguro de que el hombre con el que se rieron y aplaudieron en el escenario no es el teniente coronel MacBlair».

Cuando pasaron junto a la mesa más cercana a la salida, alguien golpeó la mesa con el puño y gritó:

—¡Calvin!

Hines aminoró la marcha hacia la salida, apretó un par de veces los músculos de la mandíbula y se le crispó el bigote; luego se volvió hacia la mesa y forzó una sonrisa.

—Hola, Donaldson. No te había visto. Parece que hoy en día invitan a casi todo el mundo a estas cosas, ¿eh?

La mesa se partió de risa, incluido Donaldson, que hizo señas para que se acercaran.

—Saca una silla, mayor. Estaba contándoles a los chicos —hizo un gesto hacia la única mujer en la mesa, que lo miraba con una sonrisa— y al capitán Melrose sobre el…

—No le creáis ni una palabra —interrumpió Hines, señalando en general hacia la mesa mientras seguía caminando—. Todo son mentiras.

—Oh, vamos. ¿Tienes algo mejor que hacer mientras estás en la ciudad?

—Sí. —Hines pasó de largo la mesa y se giró a medio camino, golpeándose el pecho con el puño—. Un frasco de antiácidos muy sexy está esperándome en el hotel. No puedo hacerla esperar más, chicos. La acidez es una putada

Donaldson chasqueó la lengua y soltó una risita.

—Siempre dices lo mismo.

—Por eso entiendes por qué soy un cabrón tan miserable. —El mayor les hizo un gesto de despedida con la mano—. Disfrutad el resto de la noche.

—Sí, tú también.

A pesar de su sorpresa y frustración por cómo había transcurrido el resto de la noche, Idina no pudo evitar sonreír mientras seguía a Hines fuera del salón de baile y cruzaba el vestíbulo.

«Odia las reuniones y hablar con la gente, pero no tiene problemas en airear sus trapos sucios para librarse de ellas. Sin excusas, solo la cruda verdad».

Su sonrisa se desvaneció tan rápido como había aparecido, porque ver cómo operaba el mayor Calvin Hines en público le trajo una nueva revelación a su mente.

«Probablemente sea porque es un pésimo mentiroso. Lo que significa que cada vez que ha rechazado mis preguntas, o bien se le ordenó que no hablara del tema, o sabía que se le escaparía todo porque no puede mentir. Entonces, ¿cuánto sabe sobre Richard?».

El comandante golpeó con la cadera una de las puertas exteriores que daban al aparcamiento delantero del centro de eventos y la mantuvo abierta hasta que ella estuvo lo bastante cerca para estirar la mano y mantenerla abierta.

—No le gustan nada estas cosas, ¿verdad?

Hines gruñó.

—Vaya, y yo que pensaba que lo había disimulado genial.

Cruzaron a toda prisa el aparcamiento hacia el Lexus beige alquilado, e Idina lo desbloqueó con el mando a distancia antes de dirigirse hacia la puerta trasera para abrírsela. Él se agachó rápidamente y casi se lanzó al asiento trasero con un suspiro pesado. Antes de que ella cerrara la puerta, él ya había apoyado la cabeza en el cojín del asiento detrás de él y cerrado los ojos.

«Si voy a sacarle algo esta noche antes de que se le pase la borrachera, tiene que ser ahora».

Se apresuró a ir delante, se puso al volante y se abrochó el cinturón de seguridad. Luego se pasó los diez segundos siguientes mirando el reflejo del mayor en el espejo retrovisor antes de que Hines volviera a suspirar.

—¿Hay algún problema, Moorfield?

—No, señor.

—Bien.

—Tengo que preguntar. Sobre MacBlair…

—He pasado demasiado tiempo alrededor de demasiada gente y con muy poco alcohol. Lo que necesites saber, puede esperar.

—Señor, no pude evitar notar…

—Al hotel, Moorfield. No estaba inventando lo de la botella de antiácidos.

—Sí, señor. —Con el ceño fruncido, puso en marcha el motor sin llave y condujo con suavidad, alejándose del Centro de Eventos Creekside y de regreso al hotel.

«No va a soltar prenda. Tal vez sea porque no es la persona correcta a quien preguntar».

Por supuesto, la persona con la que Idina quería tener unas palabras era su tío Richard. La oportunidad de sostener su mirada por más de dos segundos había pasado en un abrir y cerrar de ojos, y no tenía idea de si, o cómo, lograría acercarse a él de nuevo.

* * *

Cuando entró en el aparcamiento del hotel Broadmoor, Idina estaba convencida de que su jefe se había quedado dormido en el asiento trasero. Sin embargo, en cuanto cortó el contacto, Hines respiró hondo y se alejó del cojín del asiento, donde tal vez se había quedado momentáneamente dormido.

—Y aquí estamos.

Reprimiendo su sorpresa y diversión, Idina carraspeó y salió del coche. No había dado dos pasos hacia la puerta trasera antes de que esta se abriera de golpe frente a ella y Hines saliera del asiento trasero, gruñendo y golpeándose el pecho con el puño.

—Un consejo, Moorfield. No comas antes de socializar. Nunca sale bien.

—No lo hice, señor.

—¿Qué? —Cerró la puerta un poco más fuerte de lo necesario y la miró con los ojos entrecerrados.

—No comí antes de salir.

—Cierto. Entonces mi consejo es completamente inútil, ¿no? —Hines soltó una carcajada y se dirigió hacia el edificio—. Más o menos lo normal a estas alturas. No se puede enseñar a un perro nuevo los trucos fallidos de un viejo bastardo.

Idina cerró el coche con llave y se apresuró a seguirle. No podía decir si el hombre había bebido más de lo que pensaba o si estaba de mal humor. No era la primera vez que se reía de sí mismo sin humor o decía cosas que no tenían sentido, dentro o fuera de contexto.

«De todos modos, no estoy en su cabeza. Después de conocerlo durante más de dos meses, ya sé que no quiero estarlo».

Pasadas las once y media, el vestíbulo del Broadmoor seguía bastante activo. Hasta la hora de cierre, a medianoche, los bares aún atendían a un buen número de huéspedes que disfrutaban de una cálida noche de principios de junio en Colorado. Nadie prestó atención al mayor ni a la soldado de primera clase mientras cruzaban el vestíbulo hacia los ascensores. Con tantas bases militares en la zona de Colorado Springs, el personal uniformado era común. Aparentemente, incluso a esta hora.

Hines no dijo nada más mientras pulsaba el botón de llamada del ascensor y esperaban a que llegara el siguiente para bajar al vestíbulo. Idina siguió lanzándole miradas de soslayo, esperando a que sacara algún tema completamente ridículo o, con suerte, volviera al asunto de MacBlair. Lo único que logró antes de que el ascensor sonara y las puertas dobles se abrieran de par en par para ellos fue dejar escapar una serie de eructos apagados y hacer una mueca de dolor.

Entraron en el ascensor, e Idina extendió la mano hacia los botones para subir a su piso. Se detuvo cuando Hines carraspeó y prácticamente se colocó delante de ella para presionar el botón completamente equivocado.

Con un paso atrás, se quedó mirando el único círculo iluminado alrededor del número que no los llevaría a sus habitaciones, y luego se volvió despacio hacia él.

—¿Señor?

—Sé que no es nuestro piso —respondió, mientras se ajustaba los puños de la chaqueta del uniforme—. Y no, no estoy tan borracho.

Las puertas del ascensor se cerraron, y aunque ella sabía que él quería que se quedara allí y se dejara llevar, no podía evitar sentirse un poco incómoda con el secreto que su jefe intentaba ocultarle… y con el hecho de que la estaba arrastrando con él.

—Señor, si va a reunirse con alguien aquí, prefiero volver a mi habitación y dejarle…

—Eso no va a pasar, Moorfield. Esto no es un encuentro clandestino del que tendrás que mantener la boca cerrada, no importa a cuántas personas quieras contárselo. O eso creo.

—Ehh… ¿quiero saber qué significa eso?

Hines se encogió de hombros y miró fijamente las puertas mientras el ascensor los llevaba más allá de su piso y de varios otros. Cuando se detuvo, Idina no estaba segura de si quería salir.

—No hemos terminado esta noche, y no voy a acompañarte de la mano como a una cría. Vamos, Moorfield.

—¿Vamos…, los dos?

Él resopló mientras salían del ascensor y giraban por un pasillo muy corto con muchas menos puertas que en el nivel del hotel donde se alojaban.

—Sabes, si pasaras tanto tiempo prestando atención como haces preguntas, dejarías de hacer preguntas.

—Lo siento, señor.

Se detuvieron ante la primera puerta a la derecha, y Hines suspiró pesadamente.

—Podría decirte lo mismo. Aunque eso no valga nada.

Entonces llamó a la puerta, e Idina no tuvo más tiempo de procesar aquella afirmación ni de plantearse pedirle que se aclarara.

La puerta se abrió rápidamente, como si alguien hubiera estado esperando a que llegaran. Un hombre al que Idina nunca había visto antes estaba al otro lado. Tendría unos cincuenta años, su cabello oscuro se le iba encaneciendo alrededor de las sienes. Sus ojos estrechos se abrieron un poco más, pero el resto de su expresión se mantuvo impasible, carente de toda emoción.

«Es la misma cara que pone Reggie cuando recibe a los invitados en la mansión».

El pensamiento de su jefe de personal —el hombre que había sido más como una familia para Idina que su propia familia— la tomó por sorpresa.

Con una breve inclinación de cabeza, el hombre dio un paso al lado y señaló hacia el resto de la habitación.

—Por favor. Pasen. Los espera.

—Bueno, esa es *tu* señal —murmuró Hines, dando un ligero codazo a Idina—. Buena suerte.

—¿Qué?

—¿No se quedará usted, mayor? —preguntó el otro hombre, y ahora Idina estaba convencida de que era un mayordomo.

«Esto no es una habitación de hotel. Es una suite».

—No puedo —respondió Hines rápidamente—. De verdad. Esta noche tengo una acidez terrible.

—Estoy seguro de que puedo encontrar algo para aliviar su malestar…

—No, no. Gracias. Tengo mi propio… lo que sea. —Hines hizo una mueca y volvió a mirar a Idina, con lo que parecía ser una disculpa silenciosa—. Desayuno a las siete, soldado. Espérame fuera de las habitaciones.

Luego se escabulló por la puerta abierta hacia el pasillo.

Idina se volvió tras él.

—Mayor Hines…

—Solo déjate llevar, Moorfield. Lo harás mejor de lo que hice yo. Probablemente.

Entonces el mayordomo de una de las suites del Broadmoor cerró la puerta, e Idina sintió como si la hubiera aislado del mundo entero.

Mientras el mayordomo cerraba la puerta, ella sacó el móvil del bolsillo lateral y miró la pantalla.

«Menos mal que aún tengo señal aquí. Llamada de emergencia si las cosas se ponen demasiado raras. Ese es el plan A, supongo».

Veinte segundos antes, habría pensado inmediatamente en el mayor Hines como el primer número a llamar si se encontraba en una situación complicada de la que no pudiera salir por su cuenta. Pero luego su jefe la había arrojado a la guarida del león, y no sabía qué tipo de criatura enfrentaría en esta enorme suite de hotel opulentamente decorada.

—Por aquí, soldado. —El mayordomo asintió rígidamente, señalando detrás de él hacia una sala de recepción en miniatura, y luego marchó para indicar el camino.

Idina deslizó su teléfono de nuevo en su bolsillo y se dirigió tras él. Claro que podría haberse dado la vuelta, haber abierto la puerta ella misma y salir de allí sin decir ni una palabra más. Aunque el mayordomo hubiera intentado detenerla, su forma de comportarse no indicaba ni remotamente que estuviera preparado para enfrentarse a un soldado entrenado en combate cuerpo a cuerpo, y no había rastro de armas ocultas en su persona.

Aun así, el mayor Hines lo había dicho él mismo. Era demasiado curiosa para su propio bien, o tal vez para la paciencia de él. Esa curiosidad por sí sola la impulsó a atravesar la pequeña sala de recepción y entrar en la sala de estar mucho más grande de la suite. Además, aunque la hubiera engañado para que hiciera lo que fuera esto y la hubiera dejado completamente sola para pasar el resto de la noche con su acidez, Idina confiaba en el mayor.

Al fin y al cabo, ella le había salvado la vida. Hasta ahora, había cumplido sus promesas. Le consiguió la información que quería sobre la historia de su familia y el diario de Lady Gavina Muirden de trescientos años, incluso cuando había esperado tanto que pensó que tendría que torturarlo para sacársela.

«No me dejaría aquí sola si no creyera que puedo manejarlo. Sea lo que sea esto…».

—¿Puedo ofrecerle una copa, soldado? —preguntó el mayordomo casi sin inflexión emocional.

—No, gracias.

—De todos modos, deja el hielo en el aparador, Peter. —La voz procedía del otro lado del salón y del hombre que Idina no había visto de pie frente a los grandes ventanales con las manos entrelazadas a la espalda—. Tengo la sensación de que podría aceptar una segunda oferta, pero eso tendrá que venir de mí.

—Por supuesto, señor. —A pesar de que su patrón miraba hacia la ventana, Peter el mayordomo asintió al otro hombre, y luego reconoció a Idina con una inclinación de cabeza mucho más superficial—. Si me disculpa.

Luego desapareció y dejó a Idina sola con el hombre que miraba hacia las ventanas, que podría haber sido cualquiera.

—Eso no era una amenaza, por cierto —añadió—. Tengo la ventaja de saber lo que viene a continuación. —Se giró y sonrió—. ¿Te ha gustado la entrega de premios?

Capítulo 3

La mitad de Idina estaba segura de que se trataba de un nuevo desconocido, de que no podía ser su tío Richard el que estaba en esta habitación y le sonreía como si tuvieran este tipo de charlas a menudo. Sobre todo, porque no había sentido ni siquiera un cosquilleo de la misma magia que la golpeaba como un golpe físico como en el centro de eventos.

La otra mitad de ella había esperado con todo su corazón que este fuera finalmente el momento en el que podría sentarse y hacerle a su tío cada una de las preguntas que salieran de su boca sin control alguno.

Ahora que no había forma de negar la verdad —Richard Moorfield, alias teniente coronel Richard MacBlair, estaba de pie frente a ella en su suite, vestido con ropa de estar por casa y una bata—, lo único que cruzaba por la mente de Idina era una ardiente y abrasadora rabia.

La sonrisa de Richard vaciló un poco y se encogió de hombros.

—No me gustan las reuniones formales. Pero me pidieron que hiciera acto de presencia y no pude negarme.

Idina apretó los puños. Todas las palabras, preguntas y reacciones habían huido de su mente en el momento en que vio esos brillantes ojos verdes. La sonrisa que recordaba tan bien de los pocos recuerdos que aún tenía de su tío era la misma. Todo en él era exactamente igual, pero el cariño que había sentido por él durante la mitad de su vida se había convertido en algo más que no podía nombrar.

—¿Qué demonios está pasando? —El grito estalló de ella como un alarido furioso, pero Richard simplemente se rio entre dientes.

—Lo sé. Parece un montón de humo y espejos, ¿verdad? Quería reunirme contigo sin que todos los Tom, Dick y Harry estuvieran observando a la nueva conductora del mayor y poniéndose demasiado curiosos. O envidiosos. Esto me pareció la mejor manera de hacerlo.

Se alejó de las ventanas y señaló casualmente dos grandes sillones tapizados en un rico tejido burdeos. Hacían juego con la oscura y elegante decoración de finales del siglo XVII del resto de la suite.

—Siéntate, soldado. Si conozco al mayor Hines, y lo conozco, solo puedo asumir que pasó toda la ceremonia de pie buscando la ruta de escape más rápida. Así que no es como si hubieras tenido la oportunidad de acomodarte. Toma asiento.

No podía creer lo que estaba escuchando en ese momento.

«¿Soldado? ¿Eso es lo que quiere llamarme después de nueve años de nada? Como si no supiera quién soy».

Tan pronto como tuvo ese pensamiento, su ira vaciló bajo otra ola de confusión. La última vez que Richard la había visto, tenía nueve años, y él había pasado toda la cena de Navidad con la familia siendo gritado por Harold sénior. Esos nueve años no habían cambiado ni un pelo de la cabeza de su tío, salvo que ahora lo llevaba un poco más corto de lo que recordaba, pero esos nueve años habían cambiado a Idina bastante.

«Es imposible que no me recuerde. Me miró en el salón de baile. Sabe exactamente quién soy».

Richard seguía sonriéndole, su brazo suspendido en un gesto de bienvenida hacia el otro sillón girado hacia el suyo.

—Era una invitación abierta.

Ella apretó los puños y tragó saliva, conteniendo toda la sorpresa y la rabia hasta dejarlas en un nivel manejable.

—Prefiero quedarme de pie, gracias.

Soltando una carcajada, dejó caer el brazo sobre su regazo y miró alrededor de la habitación.

—Sí, el lugar se siente un poco cargado si no es lo que esperas, pero estoy seguro de que estos sillones no eran ni de lejos tan cómodos en su estado original.

Al final, ya que había encontrado de nuevo la voz, le ofreció una respuesta que no la hizo parecer completamente vacía de contenido.

—No creo que esté aquí para hablar de la decoración.

Cuando Richard volvió a mirarla, su sonrisa desapareció e inspiró lentamente por la nariz.

—No. Pero quiero que te sientes. Luego hablaremos.

Señaló la segunda silla una vez más, aunque parecía mucho menos acogedora y probablemente estaba a punto de ordenarle que se sentara sin decir nada.

Aunque era su tío, el hombre seguía siendo su superior.

Lo que hizo esto aún peor.

Idina se acercó rígidamente al sillón y se sentó, apoyando lentamente los brazos en los reposabrazos y girándose para mirar a su tío. Desde el día en que él había dejado a la familia para siempre y desaparecido sin dejar rastro, ella había pensado en cómo sería encontrarlo por fin, reunirse y conocer al hombre que había sido como ella. La otra oveja negra de la familia, con o sin las habilidades Muirden adicionales que habían heredado.

Ninguno de sus sueños sobre sentarse con el tío Richard incluía toda la ira y el resentimiento que ahora ardían en su interior. Porque él había encontrado otra vida y la había olvidado tan fácilmente. Porque llevaba más de nueve meses en el ejército y él solo ahora se estaba acercando a ella.

Porque lo que sea que el resto del mundo pensara que él era —lo que el ejército pensaba que él era— era mentira.

Se miraron el uno al otro durante lo que pareció una eternidad, luego Richard tomó un vaso bajo lleno de licor ámbar oscuro de la mesa auxiliar junto a su sillón y lo levantó hacia ella.

—¿Quieres una copa?

Los dedos de Idina se clavaron en la tapicería de los reposabrazos de su silla.

—Ni siquiera sabes la edad que tengo.

—Tienes la edad suficiente para estar en el ejército, soldado. Lo demás no importa. — Era la respuesta más indiferente que podría haber dado, y la remató tomando un sorbo de su bebida con un gesto eficiente y mirando los altos techos de la suite—. Aunque eso debió haber sido una manera infernal de celebrar tu último cumpleaños. Fue durante la primera fase de la instrucción, ¿no?

«¿De verdad quiere jugar? Muy bien».

Lo miró con la mirada más inexpresiva que pudo y se encogió de hombros.

—Podría ser. Todo tiende a mezclarse.

—Apuesto a que sí. —La comisura de sus labios parpadeó y bebió un sorbo más antes de dejar el vaso sobre la mesa auxiliar—. Avísame si cambias de opinión sobre esa copa. No tienes que conducir a ningún otro sitio esta noche, y no estoy obligado a informar de ello a tus superiores.

«No me digas».

Él *era* su superior. Todo esto era un juego para él.

Después de observarla durante otro largo momento con una pequeña sonrisa, Richard carraspeó y cruzó un tobillo sobre la rodilla opuesta, acomodándose en el cojín de su sillón.

—Tengo que decir que estoy impresionado con lo que has estado haciendo hasta ahora. Te alistaste como soldado raso desde el principio. Estoy seguro de que eso te dio una ventaja con tu primera unidad Doce Bravo. No me malinterpretes, los ingenieros de combate están excepcionalmente bien entrenados, pero yo hubiera sugerido que alguien con tu historial tomara el camino de entrar primero en el entrenamiento de oficiales…

Era evidente que había dejado eso abierto como una invitación para que ella continuara, para tratar de explicar por qué había estado tan ansiosa por entrar en la instrucción como una joven de diecisiete años emancipada del control de su familia.

Idina parpadeó y no dijo nada.

Richard asintió.

—Luego a la escuela de paracaidismo. La recomendación que el sargento de Estado Mayor Remmington presentó para tu plaza en esa rotación fue igualmente impresionante. Y, por supuesto, obtener tus alas. Me imagino que esos últimos saltos fueron especialmente emocionantes.

«Claro. Cuando a Hines se le atascaron las cuerdas en un árbol, y tuve que espantar un enorme puño verde que venía hacia nosotros desde el bosque».

Una parte de ella tenía tantas ganas de decirlo en voz alta, dejarle en claro que podía ver a través de las tonterías de su tío y que no iba a soportar ese espectáculo. Él le debía un nivel completamente nuevo de honestidad, más de lo que por lo que se veía estaba dispuesto a darle en ese momento, lo que la enfurecía aún más. Su ira era lo único que la mantenía en silencio.

Además, quería ver si él aprovecharía esta oportunidad para tener una conversación real y significativa con su sobrina.

Richard curvó los dedos y fingió estudiarse las uñas mientras seguía hablando.

—Unos buenos meses con la compañía Bravo, adaptándote a la vida en Bragg. Luego, una mancha inesperada en tu expediente. Todo eso de ausentarse sin permiso.

»No lo menciono para avergonzarla, soldado. Créame, todos pasamos por mierdas de vez en cuando, y el ejército ha mejorado mucho en la última década en proporcionar los mejores recursos para ayudar a los soldados a superar lo que sea que les esté pasando. Pregunta a cualquier oficial superior sobre sus primeros meses de servicio, y te sorprendería cuántos de ellos entienden las dificultades de adaptarse a la vida en servicio activo. Incluyéndome a mí.

Cuando por fin dejó de abrir la boca y la miró con una sonrisa divertida, como si creyera que le estaba haciendo un favor, Idina no pudo soportarlo más.

—Claro. Mucho más difícil que abandonar a tu familia y desaparecer por completo de la faz de la tierra.

Sus ojos se abrieron un poco más, y extendió la mano distraídamente hacia su vaso bajo otra vez. Su pequeña sonrisa de conocimiento ahora parecía tensa y congelada en su lugar.

—Eso, creo, es una conversación para otra noche.

«Sí, sabe quién soy y lo jodido que está esto ahora mismo».

No la hizo sentir exactamente mejor acerca de esta situación tan extraña, pero le dio el combustible que necesitaba para seguir adelante.

—Parece la conversación perfecta para ahora mismo…

El fuerte y sólido golpe del puño de Richard contra el reposabrazos de su silla la interrumpió.

—¡No vamos a hablar de eso!

—¿Por qué no? —gritó ella, el cosquilleo helado de su magia ascendiendo sin ser llamado desde lo profundo de su estómago para extenderse por su torso—. ¿Tienes miedo de que hablar de eso empiece a desmantelar a Richard MacBlair? Porque en la ceremonia de premios, realmente parecía que todos ya se habían tragado esta…

—¡¡Soldado Moorfield!! —ladró, mirando directamente al frente en lugar de sonreír casualmente como había hecho todo el tiempo. El hielo en su bebida tintineó a pesar de su sólido agarre en el vaso—. Elegiría con mucho cuidado tus próximas palabras. Te daré una orden directa de mantener la boca cerrada si es necesario, y estaría encantado de cancelar toda esta discusión ahora mismo.

Giró la cabeza lentamente hacia ella y se encontró con su mirada con los mismos ojos verdes brillantes que les habían pasado a través de generaciones.

—Quería reunirme contigo en persona como una cortesía esta noche. No porque lo merezcas. Si no estás interesada en lo que voy a poner sobre la mesa, por todos los medios, sigue molestándome.

Idina le devolvió la mirada, pero se contuvo. Nunca había visto esa faceta suya, pero después de nueve años sin ver nada de él, era lógico que descubriera en persona más de lo que sus recuerdos infantiles podían ofrecerle.

«Gilipollas. Él sabe exactamente cuánto he querido esto, y ahora se ha hecho con el cebo perfecto».

Si hubiera estado sentada aquí con cualquier otra persona, habría ofrecido un brusco «Comprendo, señor», y lo habría dejado así. Todavía no podía superar el hecho de que él era su tío. Richard Moorfield primero. Y ahora mismo, ella era la única de los dos que estaba uniformada.

Así que no dijo nada.

Eso fue suficiente para satisfacerlo. Como si se hubiera activado un interruptor dentro del hombre, Richard volvió a mostrarle esa sonrisa casual y se relajó en su sillón.

—De todo lo que ya has logrado hasta ahora, soldado, estoy especialmente fascinado por los últimos meses. Buen trabajo con esos informes sobre la sección, por cierto.

—Los has visto.

Ladeó lentamente la cabeza y dejó escapar un zumbido corto y divertido.

—Veo más de lo que la mayoría de la gente podría imaginar. Al igual que tú.

El pulso de Idina se aceleró porque ahora parecía que finalmente estaba pasando de toda la charla inútil sobre su carrera para poder centrarse en lo que importaba. Lo que los hacía iguales.

Entonces Richard chasqueó la lengua y se encogió de hombros.

—Por suerte, eso no incluyó la abominación de la letra del mayor Hines. Esta vez los escribió a máquina. Realmente debería agradecerle por eso.

«Oh, venga ya…».

Idina cerró los ojos, luchando por mantener su temperamento bajo control. No quería que el hombre le arrebatara la oportunidad cumpliendo su amenaza de terminar esta conversación antes de que hubiera comenzado. Hasta ahora, sin embargo, no se sentía como una discusión. Se sentía como si a Richard Moorfield le encantara escuchar a Richard MacBlair hablar.

—Ahora quiero escuchar sobre eso directamente de ti —añadió su tío, girando su bebida y girando más en su sillón para enfrentarse a ella—. Con tus palabras.

—¿Escuchar sobre qué?

—Los últimos meses con tu unidad actual, soldado. Específicamente, cómo lograste identificar las cualidades útiles en tus compañeros soldados que todos los demás pasaron por alto.

Idina apretó los labios y lo miró, esperando que le dijera que lo olvidara y que quería hablar de ella. Quería desesperadamente escuchar lo arrepentido que estaba por haber dejado a la familia como lo hizo, que al menos debería haberle contactado para que no tuviera que pasar por ser quien era —ser todo lo que un «verdadero Moorfield» no era—completamente sola.

En cambio, el hombre dio un sorbo a su bebida y sonrió amablemente, esperando a que ella respondiera.

«Si esto me acerca a hablar de lo que importa, bien».

—Los vi —dijo con tono monótono.

—Vamos, puedes hacerlo mejor que eso. O tal vez sea más fácil hacerlo en un formato de preguntas y respuestas. Empecemos con la especialista Cross.

Ella sacudió la cabeza lentamente, desconcertada por el hecho de que tenía que repasar todo esto de nuevo después de pasar tantas horas acumulativas entregando informes verbales directamente a Hines mientras lo llevaba a casa del trabajo todos los días.

—Evitó que Skim envenenara a toda la unidad con todos los químicos correctos que nunca quieres mezclar. Cuando te grita, su tartamudeo desaparece.

—Cuando asume un papel de liderazgo, en otras palabras. ¿Eso es todo?

—Supongo.

Richard se rio entre dientes.

—Algunos de nosotros estamos hechos para eso. Otros están mejor sentados en un cubículo todo el día luchando por esos informes trimestrales. Recuérdame de nuevo cuál es Skim.

—Soldado Kilder.

—Bien. Háblame de él.

Idina parpadeó rápidamente, incapaz de contener una mueca de molestia al darse cuenta de que quería que repasara a cada miembro de su unidad y cómo había encontrado lo mejor de ellos, en detalle.

—A Skim le importa todo una mierda.

—Suena como un potencial lastre para una unidad cohesionada.

—Una unidad cohesionada que no existía cuando alguien nos juntó.

Él se rio y se inclinó más hacia ella, claramente fascinado por la conversación que Idina no podía creer que estaban teniendo.

—¿Y?

—Dejándolo a su aire sin nada que hacer, es un plato de cultivo ambulante. Dale un objetivo y algo de lo que sentirse orgulloso, y lo llevará hasta el final. —El recuerdo de Skim riéndose como un loco al volante de un todoterreno requisado durante el único ejercicio de entrenamiento de su unidad apareció en su mente, y se encogió de hombros—. Además, puede arrancar un vehículo más rápido de lo que Cake podría recibir un puñetazo en la cara.

—Eso es algo que Hines no puso en su informe —Richard sonrió—. ¿Lo estabas ocultando?

—No. Lo descubrí durante nuestro ejercicio de entrenamiento en campo en Rucker. No intentaba mantenerlo en secreto.

—En Fort Rucker. Sí. —Aún sonriendo, asintió lentamente y miró alrededor de la sala de estar como si pudiera reunir sus pensamientos de los muebles y las paredes—. Para una unidad de menos de dos meses de antigüedad sin ningún entrenamiento organizado y unificado, manejaste esa misión de entrenamiento sorprendentemente bien.

Probablemente no fue un golpe directo hacia ella, pero Idina se irritó por la implicación de que cualquier otra unidad habría llamado a ese ejercicio de entrenamiento un paseo por el parque. Se inclinó lejos de su tío con el ceño fruncido.

—Estoy bastante segura de que la sección es la única unidad del ejército que podría haber manejado esa misión. Y no solo me refiero a completarla.

—No, claro que no. —La sonrisa evocadora de su tío se desvaneció mientras se sentaba más recto en el sillón—. Sabía que podrías con la misión. Aunque no contaba con encontrarte en extrema necesidad de ayuda justo allí antes del final.

El recuerdo de luchar contra el Olc en los bosques más allá del punto de encuentro de su unidad parpadeó en su mente: la luz verde ardiente, su incapacidad para moverse, la criatura antigua chupando su magia como una ración de combate recién salida de la bolsa.

La silueta de un hombre en un destello de luz verde aún más brillante apareció a través de los árboles antes de lanzar al Olc hacia donde demonios iba cuando no estaba aterrorizando la vida diaria de Idina.

Ella aspiró una bocanada de aire.

—Fuiste tú.

—¿Quién más habría sido? —Richard resopló—. Vamos. No me digas que no lo sentiste en cuanto subí a ese escenario esta noche.

Su indiferencia por lo sorprendente que habían sido las últimas horas para ella hacía que mantenerse quieta en ese sillón de respaldo alto fuera aún más difícil. Idina retiró lentamente los brazos de los reposabrazos y se movió en el cojín.

—Sí. Lo sentí.

Richard asintió con la cabeza, como si ella le hubiera dado exactamente lo que había esperado.

—Bueno, ahí lo tienes.

—También lo sentí en Luisiana, justo antes de que nos atacaras a mi unidad y a mí. Luego, más tarde, cuando apareciste en el bosque y detuviste a la cosa que me estaba drenando con esa… lanza.

—No es exactamente una *lanza*, pero supongo que podemos discutir los detalles más tarde.

—Pensé que eras un… monstruo cuando llegamos a nuestro punto de encuentro. —Ahora estaba mirando a su tío de una manera completamente diferente porque todo lo que había sospechado finalmente se estaba demostrando verdadero—. Eras tú en ambas ocasiones, ¿no?

—Por supuesto, fui yo. —Extendió los brazos y sacudió juguetonamente la cabeza—. Al igual que ese divertido informe histórico sobre el clan Muirden. Y el diario. Y el envío sorpresa de suministros de limpieza. Oh, y tu transferencia a la sección, pero siento que eso ya no hace falta decirlo.

Idina seguía obsesionada con la última noche del ejercicio de entrenamiento en campo de su unidad y con darse cuenta de que había sido *Richard* quien había intervenido todo el tiempo.

—Entiendo por qué intervendrías para ayudarme en el bosque. Al menos, espero que lo hubieras hecho de todos modos. ¿Por qué nos atacaste fuera de la base de operaciones? ¿Cuál fue el objetivo de…?— Ella se detuvo entonces porque el resto de lo que él había confesado finalmente la alcanzó—. Espera. ¿Los suministros de limpieza?

A ella no le hacía ninguna gracia, pero Richard parecía encontrar muy divertida su confusión, sobre todo porque era el único que podía darle todas las respuestas que había estado buscando.

—Puede que te haya metido demasiadas cosas a la vez—. Con un resoplido, sacudió la cabeza y bebió otro trago largo—. Entonces, ¿tal vez deberíamos empezar por el principio?

—¿El principio de *qué*? —Idina se quedó boquiabierta—. Porque el principio para *mí* es cuando te largaste de la cena de Navidad hace nueve años y no dijiste una puta palabra.

Su sonrisa desapareció, pero esta vez logró contener otro arrebato. Cuando levantó una ceja hacia ella, Idina no tuvo duda de que, dijera lo que dijera a continuación, no sería otra broma.

—Veo que ya lo has superado.

Apretó los labios y miró frustrada a su alrededor.

—Sinceramente, no está ni cerca…

—Sí, lo está, soldado. Al menos por esta noche, y esta es tu última advertencia, ¿entendido?

Las manos de Idina empezaron a hormiguear, y si no se recomponía ahora mismo, acabaría bombardeando a su tío con luz verde y cabreaba seriamente a su comandante de batallón en el proceso.

—Sí.

«Esto es muy raro».

Richard se bebió el resto de su bebida, que estaba casi a la mitad, y dejó el vaso en la mesa auxiliar con un tintineo final. No hizo ni una mueca ante el gran sorbo de lo que olía a licor puro, pero al menos ya no la estaba mirando con furia.

—Me refería al principio de tu carrera en el ejército. Al menos en lo que yo he estado al tanto. Si crees que puedes evitar intentar cambiar el tema de esta conversación, me encantaría compartir algunas ideas. De lo contrario, estoy seguro de que no necesitas la ayuda de Peter para encontrar la puerta.

—No, estoy bien. —Idina negó con la cabeza, tratando de mantener la compostura a pesar de querer gritarle por haberla tomado el pelo de esa manera. Richard ofrecía *ideas*, y ella no podía dejar que sus emociones arruinaran esta oportunidad. No ahora—. Lo he entendido.

—Todavía me queda mucho que decirte antes de que acabe la noche. —La señaló y enarcó las cejas—. ¿Qué tal esa copa?

Capítulo 4

Antes de que su tío empezara a hablar, Idina se enteró de un nuevo hecho sobre Richard Moorfield que nunca habría considerado de otro modo. El hombre bebía como un náufrago en tierra firme.

Se sirvió dos dedos de whisky escocés en el bar adjunto a la sala de estar, lo bebió de un solo trago y luego llenó la habitación con el sonido del hielo tintineando y más líquido vertiéndose en el vaso bajo.

«Pensaba que Timothy era el alcohólico. Supongo que si alguien tiene probabilidades de tener vicios tan malos como los de Harold sénior, es el hijo de Harold».

Ninguno de sus recuerdos de Richard incluía tanto alcohol. Por otro lado, los niños no prestan tanta atención a esas cosas. Y los hijos menores de imperios financieros no suelen tener tanto motivo para beber cuando todavía creen que forman parte de la familia.

Después de tomar otro sorbo lento de lo que al menos era su tercer trago —sin contar lo que hubiera tomado en la ceremonia de premios—, Richard se giró lentamente para volver hacia su sillón. Finalmente empezó a explicar algunos de los misterios que habían estado volviendo loca a Idina durante meses.

—Primero, quiero que sepas que no tenía ni idea de que estabas en Bragg hasta hace poco más de dos meses. Demonios, no sabía que habías marchado del nido para unirte al Ejército, de todas las cosas. —Con un fuerte suspiro, se sentó en el sillón y ladeó la cabeza—. ¿Seguro que no quieres nada?

—Estoy segura. —Idina bajó la mirada a su bebida y se contuvo de hacer un comentario sarcástico sobre dejar de beber por el resto de esta reunión tan divertida—. Sigue hablando.

Con un encogimiento de hombros, apoyó el vaso en su muslo y buscó en la habitación antes de continuar.

—Poco antes de que aprobaran tu autorización de seguridad, recibí una llamada de cortesía de uno de los investigadores que manejaba tu expediente. Fue una situación extraña, y violaba varias regulaciones éticas y legales. Independientemente de lo que motivó la llamada, la cual informé a mi superior, tenían razón en que su información me interesaba. En ese momento, tenía más curiosidad que otra cosa.

—Simplemente no tenías suficiente curiosidad para ponerte en contacto.

Le dedicó lo que probablemente debía ser una mueca condescendiente, pero parecía que intentaba no reírse.

—¿Y empañar la reputación que ya te estabas haciendo por ti misma al contactar a una recién alistada E3 en la que, de otro modo, no tendría ninguna razón para interesarme? Solo en papel, obviamente. No. Tenía la curiosidad suficiente para investigar en qué habías estado metida.

Cuando Richard le sonrió a continuación, fue la cálida, cariñosa y lenta sonrisa que recordaba de cuando era niña. Verla ahora, como soldado sentada en una suite de un hotel de cinco estrellas, la desgarró en dos direcciones diferentes. Una parte de ella finalmente sintió que se estaban reconectando. La otra mitad se retorcía y quería salir de allí.

—Imagínate mi sorpresa cuando descubrí que la soldado de primera clase Moorfield era, de hecho, una ingeniera de combate con casi todo su entrenamiento calificado de paracaidista bajo el cinturón, en mi batallón, nada menos. Luego la habían enviado a un descanso de salud mental después de estar ausente sin permiso y mostrar niveles sorprendentes de insubordinación para una soldado relativamente nueva con tanto potencial.

Idina resopló.

—Piensa lo que quieras. Estaba intrigado. —Hizo girar el hielo en su bebida y soltó una risita—. Tenía que ver de qué estabas hecha. Llámalo entorno controlado, si quieres.

—¿Entorno controlado? —Ella abrió los ojos al ver que el hombre al fin ofrecía algún tipo de confesión—. ¿En el sentido de experimentar conmigo?

—No experimentar. Observar. — La sonrisa de Richard parpadeó y volvió a aparecer como si supiera que reírse de ella ahora solo la haría enfurecerse más. Lo cual era cierto—. Con algunos golpes de efecto por diversión.

—Te refieres a mis órdenes de traslado a la sección.

—Ahora estás entendiendo.

—Eso no fue un obstáculo, Richard. Esa era mi carrera…

—*Coronel* —corrigió—. O *señor*. Cualquiera de los dos. Depende de ti.

—¿En serio? —Se reclinó en la silla y apoyó un brazo en el reposabrazos—. Esta es *mi* carrera. Me la he ganado.

Dejó que eso flotara en el aire entre ellos hasta que pareció listo para continuar. Idina mantuvo su mirada desafiante, aunque encubiertamente —y preventivamente— deslizó las manos entre los costados de sus muslos y los cojines del sillón.

«Esto se parece demasiado a ser convocada a una reunión con la firma Moorfield. Tal vez me equivoqué con él…».

No creía eso, pero en ese momento era más fácil pensar que Richard era como todos los demás que reconocer la posibilidad de que no estuviera listo para una reunión familiar completa. En este momento, él era el comandante del batallón 307 sentado para una conversación inusual con una soldado de primera clase bajo su mando.

«Muy bien. Entonces seré soldado».

Él resolló, miró su bebida descansando en su muslo y frunció los labios en contemplación.

—¿Dónde estábamos?

—En la sección —respondió ella secamente—. Firmando mis órdenes de transferencia.

—Oh, hice mucho más que firmar las órdenes. Pensé que ya te habrías dado cuenta.

Su tío parecía muy confundido ahora, y la mente de Idina de repente juntó el resto de las piezas por sí misma.

Casi se atragantó.

—*Tú* formaste la unidad.

Richard ladeó la cabeza y se encogió de hombros.

—Y algo más.

—¿Me transferiste de la Compañía B a una unidad que no existía hasta que decidiste «lanzar algunos obstáculos por diversión».?

Él giró la mano en un gesto de «sigue adelante», como si eso afectara las nuevas realizaciones que recorrían su cabeza.

—Por eso sabías dónde enviar el diario. Y los suministros de limpieza. Ya sabías que estaría en la sección antes de que la doctora Sullivan me autorizara a regresar al servicio activo. Tú… — Idina parpadeó furiosamente, y su boca se abrió de golpe—. Me hiciste conductora del mayor Hines. A propósito.

—Ah. —Richard levantó un dedo y se rio—. Eso, hay que reconocerlo, fue una feliz coincidencia.

—No existen las coincidencias.

—Créeme, soldado, ahora sí. No tenía idea de que Hines y tú se habían conocido antes. Revisé tu expediente, no el suyo.

—Espera, ¿él sabe todo esto? Sobre quién… —Se detuvo a sí misma de mencionar su identidad anterior apenas a tiempo, no queriendo arriesgarse a cerrar la puerta a esta conversación ahora que finalmente estaba yendo a alguna parte. En cambio, señaló con el dedo de un lado a otro entre ellos y esperó que él entendiera el mensaje.

Richard negó con la cabeza.

—El mayor Hines piensa que esta es la primera vez que tú y yo nos encontramos. Lo cual estoy seguro de que es la razón por la que se escabulló de aquí como un roedor asustado en cuanto entraste por la puerta.

—¿Qué?

—Olvida lo que dije.

Era muy fácil hacerlo porque ya tenía mucha práctica en ignorar las cosas raras que decía Hines durante el trayecto diario.

—Así que tú… ¿qué? Pensaste que sería divertido ponerme en este nuevo puesto con él sin ninguna razón en absoluto. Sin tener idea de que nos conocíamos de la escuela de paracaidismo.

—Correcto. Bueno, no fue sin razón. Necesitaba un intermediario. Entre todos sus otros activos, el mayor Hines tiene su propia forma especial de transmitir información. Como resultó, vino a mí y me contó todo sobre ti que no estaba en tu expediente. Incluyendo el hecho de que te debe la vida.

—Espera. —Se estaba haciendo difícil recuperar el aliento para que las palabras que quería pudieran seguir el ritmo de sus pensamientos acelerados—. ¿Sabe él… lo que podemos hacer? Quiero decir, ¿lo sabía? ¿Antes de lo que pasó en Benning?

Richard se rio por encima del borde de su vaso antes de beber otro gran trago de whisky. Luego asintió.

—No eres, de hecho, la primera persona que ha visto con habilidades como las tuyas, si eso es lo que estás preguntando.

—Eso es exactamente lo que estoy preguntando —espetó ella—. Coronel.

Él le dirigió una sonrisa muy divertida y buscó su mirada por lo que pareció demasiado tiempo.

—Permíteme ponértelo de esta manera. El mayor Hines y yo tenemos una historia juntos. Probablemente te diría lo contrario ahora mismo, pero hemos sido amigos durante mucho tiempo. No le es ajeno lo que estamos manejando aquí.

—Quieres decir lo que tú y yo estamos manejando. —Se inclinó ligeramente hacia delante en su silla, sosteniéndole la mirada—. Como las habilidades genéticas o comoquiera que las llamemos transmitidas a través de *nuestra familia*.

Eso lo hizo dar otro trago mucho más grande, luego dejó escapar un fuerte suspiro de desprecio y siguió adelante como si ella no hubiera mencionado las relaciones de sangre.

—Supongo que has descubierto cómo leer el diario de Gavina. No es que supusiera que no sabías leer, pero… Bueno, ya sabes a lo que me refiero.

—Sí, lo he leído. Encontré los mensajes que me dejó específicamente. Me llevó un tiempo, claro. Ya sabes, porque no tenía a nadie que me explicara cómo funciona todo esto.

Su última pulla pareció pasarle por encima a su tío. O había bebido lo suficiente como para perderse por completo su sarcasmo, o simplemente se había controlado lo suficiente como para mantener esa cara de póker y dejar de delatarse.

Richard asintió y estudió la mesa de café bien pulida de madera oscura y cara que probablemente se había fabricado a finales del siglo XIX, como todos los demás muebles de la suite.

—Bien. Muy bien. Después de aquella involuntaria demostración tuya delante de mi casa hace dos meses, no estaba seguro de si la conexión se completaría sola.

La visión de Idina se estrechó en su tío en el momento en que mencionó su explosión mágica de luz verde que la había tenido tres días en el hospital después.

«Ha estado delante de mí todo el tiempo. Él sabía exactamente quién era yo ese día, y, aun así, me hizo esperar».

En lugar de dejarse afectar por esos detalles de nuevo, se centró en la otra mitad de lo que había dicho.

—¿Qué conexión?

—Entre el diario y tú. —Richard la miró de arriba abajo. Luego su mirada recorrió la habitación. Parecía muy incómodo.

—¿Hay alguna posibilidad de que quieras explicar eso un poco más? Porque la única conexión que conozco es la que me permite leer mensajes secretos en un diario de una mujer que vivió hace trescientos años y sabía que recibiría esos mensajes en el futuro.

—Así que funcionó. —Se rio suavemente—. Gavina tenía una manera de colapsar el tiempo.

—Eso es quedarse muy corto.

—¿Cómo es eso?

Idina lanzó una mirada exasperada al techo.

—Me llamó *Lady Morefield*. Con una sola O.

—Huh. Eso es excepcionalmente específico.

—Igual que esta conexión que aún no has explicado. —Volvió a sentarse en su silla, se desabrochó las manos, apoyó ambos brazos en los reposabrazos e inclinó la cabeza—. ¿Verdad?

Richard frunció los labios al estudiarla de nuevo, pero no ocultó del todo una sonrisa.

—¿Eres así de arrogante con todo el mundo, o he sacado la pajita de la suerte?

Ella quiso decirle que estar con la familia tenía ese efecto en algunas personas. No habría ayudado. Lo único que podía hacer era morderse la lengua y esperar a que él siguiera hablando.

—La conexión. —Asintió y respiró hondo—. Cada guerrero Muirden, lo que solíamos llamar el *Luchd-díon*, tiene una conexión intrínseca con un objeto tangible y físico en este mundo. Ese objeto es único, específico para el individuo, y eventualmente se une a las habilidades del guerrero. O podríamos llamarlas habilidades mágicas, ya que parece que te gusta tanto esa palabra.

—No me gusta.

Eso le hizo reír, e Idina sintió como si se hubiera perdido el remate de un chiste que había estado preparando durante toda su vida.

—¿Por qué no?

Richard le sonrió, y el tío juguetón, risueño y despreocupado que recordaba volvió a estar frente a ella. Casi la hizo sentir como si tuviera nueve años de nuevo.

—Es… demasiado. No sé. —Se encogió de hombros—. No tengo ni idea de cómo llamarlo.

—No creo que necesite un nombre. El hecho es que el diario de Gavina activó algo así como un siguiente nivel de lo que puedes hacer. —Enarcó una ceja, mirándola de arriba abajo—. A menos, claro, que solo me hayas estado diciendo lo que crees que quiero escuchar.

—¿Sobre qué?

—Poder leer ese diario.

Idina resopló.

—Créeme. De los dos, no soy yo quien está mintiendo.

Richard torció los labios y asintió lentamente.

—Esta noche, soldado, espero que ninguno de los dos sienta la necesidad de ocultar nada. Al menos mientras hablamos de lo que está justo aquí frente a nosotros y no de lo que dejamos atrás en otro tiempo y lugar. No te estoy mintiendo.

Con un encogimiento de hombros, sostuvo su mirada y no pudo evitar sentir que podía confiar en él. No estaba mintiendo, al menos no sobre esto.

—Entonces supongo que estamos en la misma página.

—Casi. Asumo que descubriste cómo leer el diario poco después de ponerte nuclear en mi calle, ¿verdad?

Se le escapó una risa amarga.

—Ojalá la gente dejara de llamarlo así. Sí. Una vez que salí del hospital…

—Entonces eso es lo que he estado esperando antes de poder dar pasos adicionales. Incluyendo finalmente reunirme contigo cara a cara.

Idina estudió los brillantes ojos verdes de su tío hasta que el hombre apartó la mirada de ella para mirar de nuevo al otro lado de la sala de estar mientras tomaba otro largo trago de su whisky.

«Lo dice como si no nos conociéramos. Y está nervioso. De eso se trata todo esto».

—Sabes, te oí ese día —añadió suavemente—. Cuando saliste corriendo al coche y le gritaste a Hines.

Richard estuvo a punto de atragantarse con la bebida, y ella no supo decir si era un intento de no reírse o porque le había sorprendido con aquella confesión.

—¿Ah, sí?

—Sí. Me pareció raro que el comandante del batallón no se asustara tanto al ver una gigantesca explosión verde delante de su casa como se habría asustado la mayoría de la gente.

—Bueno. Ahora ya sabes por qué.

Ella negó con la cabeza.

—Te fuiste. Le dijiste a Hines que llamara a una ambulancia y dijiste que ninguno de los dos estaba listo para vernos.

Richard se puso rígido en la silla y se quedó mirando la mesa de café pulida que tenían delante.

Aun así, no pudo evitar seguir presionando.

—¿Qué querías decir?

—No vamos a entrar en eso esta noche.

Su desvío no la sorprendió, pero aún había mucho más sobre aquel día que quería aclarar.

—¿Qué hay del diario, entonces? Te molestó que lo llevara conmigo y no quisiste tocarlo…

—El diario es tuyo —respondió bruscamente, mirándola de nuevo con una mirada de advertencia—. Te pertenece. Activó tu… despertar, por así decirlo. No quería interferir con eso.

Ella entrecerró los ojos.

—Tú también tienes uno.

—Dije todos los guerreros Muirden, ¿no?

—¿Cuál es el tuyo?

Richard se rio suavemente y sacudió la cabeza.

—Tal vez profundicemos en eso en otro momento.

—Oh, claro. Porque me iré de esta charla sintiéndome tan satisfecha con todas las otras respuestas claras que ya me has dado.

Apretó los labios.

—Escucha, esto es…

—¿Cómo sabías que ese diario era mi… artefacto, o lo que sea? —Idina cruzó una pierna sobre la otra, sintiendo finalmente que podía agarrar un hilo de información que no se encontraría con la resistencia de su tío o sus arrebatos de irritación—. Tú fuiste quien me lo envió por correo al cuartel general.

La sonrisa divertida y contemplativa de Richard volvió.

—Por supuesto.

—Entonces, ¿cómo lo supiste?

—¿En serio? —Se rio y dio un sorbo a su bebida—. Hay un boceto sorprendentemente bien conservado de Gavina Muirden escondido en esas páginas.

El recuerdo de voltear ese pequeño pedazo de papel entró en la mente de Idina, viendo su semejanza en carbón antes de ser golpeada por otra visión de la propia Gavina. Lo que tenía mucho más sentido ahora que había aprendido que Lady Muirden podía alcanzar a través del tiempo y el espacio y más allá del velo de la muerte.

«Sigue siendo totalmente extraño que esté aceptando todo esto como lo que está haciendo».

—Sí, lo encontré —respondió—. Prácticamente en el segundo en que abrí ese paquete.

—Bueno, sabrás que cualquiera con medio cerebro podría deducirlo. —Richard extendió los brazos, el hielo de su vaso tintineó y se arremolinó en el poco licor que quedaba—. Gavina y tú estáis unidas. El diario era para ti. Ahora tienes lo que necesitabas de él. Obviamente.

—¿Obviamente?

—Lo preguntas como si no estuvieras ya convencida de lo que puedes hacer. —Al ver que fruncía el ceño, Richard volvió a reírse e inspiró profundamente—. Hacía tiempo que tenía mis sospechas, pero necesitaba estar seguro.

»Como estoy seguro de que sabes, la mejor forma de poner a prueba el entrenamiento y la convicción de un guerrero es en el fragor de la batalla. Nuestra pequeña escaramuza en Fort Rucker selló el trato. Lo manejaste exactamente como yo esperaba, y *eso fue* lo que lo hizo evidente. Fue entonces cuando supe que no sería un error sentarme contigo en persona. Ya sabes, llenar algunos de los detalles más borrosos.

—¿Eso es lo que crees que es? —Idina soltó una carcajada—. Rellenar los detalles más difusos. Están todos jodidamente difusos.

—Entiendo que probablemente sea difícil asimilar…

—No tienes idea de lo que estoy tratando de asimilar ahora mismo —espetó ella, tratando de ignorar el cosquilleo helado de otro destello mágico que corría por sus venas—. Y estás equivocado.

—¿Sobre qué? —Le miró brevemente las manos y luego abrió los ojos como hacía siempre la doctora Sullivan cuando le interesaba especialmente alguna respuesta frívola de Idina durante una de sus sesiones.

—Aceptar todo lo que me estás contando. — Los dedos de Idina comenzaron a arder ahora, y pensó que vio un brillo de luz verde brillante en la esquina de su ojo, pero no dejaría que la posibilidad de otra explosión accidental de luz verde la distrajera de mantener la mirada de su tío.

Porque ahora, mientras juntaba más piezas del rompecabezas en voz alta, quería medir cada una de sus reacciones hasta la más mínima microexpresión.

—Como el hecho de que una vez que obtuviste todos esos informes sobre los soldados de la sección directamente del mayor Hines —continuó—, te diste cuenta de que mi equipo no sería completamente inútil y no se mataría en una misión de entrenamiento. Aún no querías mostrar tus cartas, así que tenías que hacer que pareciera que estabas sometiendo a toda la unidad a la prueba de fuego. Lo hicimos mucho mejor de lo que nadie pensaba que podríamos, pero eso no importaba, ¿verdad? La única razón por la que la sección recibió esas órdenes de recorrer cuatro días el sitio de navegación terrestre fue para que pudieras emboscarnos al final. Solo para ver qué haría yo.

La pequeña sonrisa de Richard parpadeó.

—Supongo que metí la pata, ¿verdad?

—No he terminado. —Cuando Idina deslizó los brazos de los reposabrazos para marcar los siguientes puntos con los dedos, no había forma de confundir el destello de la neblina verde brillante que seguía a sus manos. No le importaba—. Los dos últimos meses de mi vida, el traslado fuera de la compañía B, ser arrojada al basurero militar con los soldados de una unidad que creaste sobre la marcha, recibir ese diario, no tener un puto oficial al mando al que informar porque a nadie le importaba una mierda… todo eso fuiste tú. Solo para que pudieras enviarnos a Rucker, a quién le importa lo que le pase a la unidad real, ¿verdad? Todo lo que querías era ese entorno controlado para poder llegar a mí y poner a prueba mis habilidades sin mostrar tu cara. Luego te retiraste de esa pelea porque viste todo lo que habías venido a ver.

Idina se burló al revivir todas sus experiencias con la sección y ver lo intrincadamente que había manipulado su vida desde el momento en que Sullivan la autorizó a volver al servicio activo.

—Todo ha sido una mentira. No hice nada para merecer esa transferencia. Honestamente, probablemente mi equipo tampoco. ¿Qué hiciste? ¿Elegiste sus nombres al azar de la lista de soldados que parecían fracasos en el papel?

Richard se quedó helado, parpadeó rápidamente y se sentó en su silla.

—En realidad, sí. Eso es exactamente lo que hice.

—Sí, bueno, eso encaja con su perfil, ¿no? Coronel *MacBlair*.

Ahora la neblina verde brillante que se elevaba de las manos de Idina flotaba hacia su cara, girando entre ella y su tío. No parecía notar que estaba al borde de una explosión emocional y mágica seria. Por ahora, ella aún tenía control sobre sí misma, pero si él no le daba una razón para no seguir este camino hasta el final de su furia justificada, probablemente no podría contenerlo por mucho más tiempo.

Su tío ladeó lentamente la cabeza.

—Pareces disgustada.

—¿Me estás tomando el pelo? ¿Sabes cuánto me trastornó darme cuenta de que mi nueva unidad era el montón de desechos? Yo. Quiero decir, sí, tenía algunos problemas, pero estaba trabajando en ellos.

—Con la doctora Sullivan. Lo sé.

—¡Ni siquiera me diste una oportunidad! —Un destello de luz verde salió disparado de sus dedos y chamuscó la esquina de la alfombra impecable debajo de la mesa de café. El olor amargo de las fibras chamuscadas llenó la sala de estar, pero no podía detenerse ahora—. Hice que funcionara, alistándome en el Ejército. Recorrí mi propio camino porque yo lo elegí y nadie pudo decirme que había tomado la decisión equivocada. Hice exactamente lo que quería. Todo el entrenamiento, mi especialidad, la escuela de paracaidismo.

»Ya era parte de una unidad. Personas a las que les importaba lo que me pasara. Fueron ellos los que se aseguraron de que obtuviera lo que necesitaba para que pudiera volver a concentrarme en mi trabajo. Maldita sea, para que pudiera concentrarme en quién soy. ¡Y luego tú apareciste de la nada para dejar caer una bomba en todo mi trabajo!

—Soldado Moorfield —dijo Richard con frialdad, mirando la neblina verde que resplandecía desde sus manos y se enroscaba alrededor de los reposabrazos de su silla—. Respira hondo…

—¡Pensaba que tú y yo éramos iguales! —Su piel ardía con toda la furia y el resentimiento que alimentaban su magia, hasta el punto de que ya no *quería contenerse*—. Hice todo lo que pude imaginar para descubrir adónde fuiste, por qué te fuiste, cómo pudiste marcharte así sabiendo lo que tendría que soportar durante los siguientes nueve años. Sola.

—Créeme. Fue una de las cosas más difíciles que he…

—¡Y una mierda! Te pusiste a ti primero, y sigues haciéndolo ahora. —Una parte de ella quería levantarse de un salto de la silla, salir furiosa y condenar las consecuencias de golpear lo que fuera con otro episodio. Eso también era culpa de Richard, porque se había marchado antes de que ella pudiera aprender a controlar su magia con alguien que sabía hacerlo—. No puedo creer que me alegrara ser más como tú que como el resto de mi familia engreída, egoísta e ignorante. ¡Porque eres exactamente igual!

Otro rayo de luz verde crepitante se desprendió de su otra mano y chasqueó contra el sillón de su tío.

Richard dio un respingo de sorpresa, e Idina no podía soportar estar sentada en aquella suite ridículamente opulenta al lado del hombre que seguía mintiendo a todo el mundo, incluso a sí mismo.

—He terminado.

—No, ni se te ocurra.

—Mírame. —Golpeó las manos en los reposabrazos para levantarse de su asiento, pero la bocanada más espesa de neblina verde brillante que brotaba de debajo de sus palmas y la oleada abrasadora de magia que corría por su interior hicieron que todo lo demás desapareciera.

Algunas personas «veían rojo» cuando alcanzaban sus límites. En este momento, Idina veía verde.

Todo era verde. La sala de estar desapareció. El sillón debajo de su cuerpo y sus manos ya no existía. Incluso su tío Richard se había desvanecido bajo la presión de una visión más que no podía controlar.

De algún lugar muy lejano llegó el estruendo de lo que sonaba como bombas estallando y ciudades desmoronándose en polvo y la risa ancestral y vengativa del Olc que reconocía demasiado bien.

Sonaba como el fin del mundo.

Capítulo 5

Un segundo antes de que la visión consumiera por completo a Idina, una mano cálida y sólida se aferró con fuerza a su muñeca.

Por encima del rugido en sus oídos de los Olc destruyendo el mundo entero, oyó una voz muy tranquila y clara.

—Idina. Es suficiente.

No fue un grito airado, ni siquiera una advertencia firme. Era sereno, seguro y estable, aunque con una corriente subyacente de preocupación.

Era la voz de Richard.

Idina parpadeó con fuerza, y su visión volvió lentamente. Los sonidos caóticos de la guerra y la risa aterradora del Olc se desvanecieron. Escuchar a su tío llamarla por su nombre —su nombre de pila y no quien se había convertido como soldado del ejército— la sacó del borde del episodio. La quemazón y el frío punzante de su magia se apagaron, y estaba de vuelta en el sillón, respirando con dificultad, con la mano de su tío alrededor de su muñeca.

La idea de cuánto daño podría haber causado al ser arrastrada completamente por otra visión no deseada la hizo tragar saliva.

«Podría haber destrozado toda esta habitación. Tal vez incluso a él con ella».

Entonces se dio cuenta de que la sensación refrescante que la inundaba provenía de su muñeca izquierda. Y de la mano de Richard.

En cuanto giró la cabeza para mirar los dedos largos y delgados del hombre presionando firmemente sobre su muñeca, su tío la soltó al instante. Luego levantó la mirada para encontrarse con la suya y contuvo el aliento.

—¿Qué has hecho?

Richard se aclaró la garganta y al instante se llevó el vaso a los labios, solo para darse cuenta de que ya había vaciado la copa.

—Lo siento. No pretendo convertir esto en un altercado físico.

Ella lo miró mudamente y luego se rio con incredulidad. Sonó débil y etérea, pero tenía sentido cuando aún no había recuperado el aliento.

—Hace mucho tiempo que no estás en primera línea, ¿eh?

Su tío abrió la boca, la volvió a cerrar rápidamente y se apartó de ella.

—¿Qué te hace decir eso?

—Bueno, si piensas que eso fue un altercado físico…

—Créeme, soldado. Si no hubiera intervenido cuando lo hice, probablemente estaríamos allí ahora mismo. — Rápidamente se levantó de su silla y se dirigió a través de la sala de estar hacia el aparador y la barra. Otra vez.

Idina le siguió con la mirada y dejó escapar otra risa insegura.

—Sigues sin responder a mi pregunta.

Parecía una tontería decir eso después de que la mayor parte de su conversación había consistido en que él ignorara sus preguntas con desvíos, verdades a medias y sus intentos exasperantes de cambiar de tema. Pero esto se trataba del aquí y ahora, de lo que estaba justo allí debajo de sus narices.

—Has hecho muchas preguntas esta noche, soldado —murmuró mientras rebuscaba de nuevo en la pequeña cubitera, con la espalda rígida y recta, y se volvía directamente hacia ella.

—Vale, bien. Te lo preguntaré otra vez. ¿Qué has hecho?

El hielo tintineó en el vaso de Richard, seguido del suave estallido de la botella de licor al abrirse.

—Te he traído de vuelta. Créeme. Sé lo difícil que puede ser contenerlo todo cuando las emociones están a flor de piel. Puedo manejar reemplazar la alfombra y el sillón, pero ni siquiera quiero pensar en el cargo a mi habitación si te dejaba llevar ese tren hasta el final.

Idina miró su espalda, una sonrisa lenta extendiéndose en sus labios por lo que ahora sabía que era posible.

—No estoy hablando de las luces verdes, coronel. Me sacaste de una visión. ¿Cómo lo hiciste?

—Eso es algo que esperaba mencionar un poco antes —respondió casualmente mientras se servía otra bebida más. Por el sonido, era una bebida particularmente fuerte—. Preferiblemente antes de llegar al punto en que simplemente hablar ya no era…

El hielo tintineó en su vaso cuando se puso rígido. Idina abrió mucho los ojos en cuanto el hombre se volvió para mirarla.

—¿Qué visión?

—La de antes. —Se encogió de hombros—. No es que no haya disfrutado de la conversación más loca de mi vida esta noche, pero estaría en el ascensor ahora mismo si esa… cosa no hubiera elegido el momento perfecto para entrometerse de nuevo.

—¿Qué quieres decir exactamente con *visión*?

—¿En serio? —Ahora estaba sonriendo mientras él caminaba lentamente de regreso hacia sus sillones a juego, aunque no había tomado ni un sorbo de su whisky recién servido—. Fuiste tú quien lo paró.

Richard la miró fijamente mientras se hundía de nuevo en su sillón, los ojos muy abiertos y todos sus movimientos rígidos y bruscos.

«¿De verdad está fingiendo, no?».

—Escucha —añadió—, si este acto de despistado es otra tentativa de ignorar lo que pasó, no me lo creo. ¿De acuerdo? Así que, sea lo que sea que hiciste, tienes que mostrarme cómo. Porque eso es algo que puede marcar una diferencia en mi vida ahora mismo, y si eso es todo lo que voy a conseguir de ti, me lo quedo.

Por un momento, él no respondió. Todo rastro de diversión había desaparecido de sus rasgos, y su intensa mirada se había nublado como si no la viera.

«De ninguna manera. Si está teniendo un episodio ahora mismo, no puedo hacer nada más que sentarme aquí y esperar a que vuelva. Que es exactamente la razón por la que necesito saber cómo me detuvo».

Los segundos pasaban, e Idina no podía seguir esperando allí en silencio.

—¿Coronel?

Él inhaló bruscamente y pareció sorprendido al encontrar una bebida fresca en su mano. Después de mirarla fijamente durante otros segundos, los sorprendió a ambos al dejar lentamente el vaso en la mesa auxiliar, sin beber ni un trago.

Entonces sus ojos verdes volvieron a posarse en los de Idina, y la intensidad de su mirada casi la hizo reír.

—Cuéntamelo con tus propias palabras —dijo lentamente—. ¿Qué visión?

—Esta no es la primera vez que me pasa, ¿eh? —Idina frunció el ceño bajo su mirada—. — Ocurren mucho. Y te ves demasiado sorprendido para alguien que apagó la última antes de que tuviera la oportunidad de apoderarse de mí.

—Eso sería porque *estoy* sorprendido. No era consciente de ninguna visión.

—Sí, bueno, supongo que no lo anotan todo en los expedientes personales. —Ella le mostró una sonrisa de suficiencia, que no obtuvo respuesta.

—Empiece a hablar, soldado.

Idina se resopló.

—No hasta que me digas cómo usaste ese pequeño truco para hacerme volver.

—Ese *truco* era para tu magia. Obviamente funcionó. —Richard se sentó en su silla y se cruzó de brazos—. Ahora hemos introducido algo completamente nuevo en la mezcla, y no tengo una respuesta para ti en este momento. Eso podría cambiar una vez que me cuentes todo sobre estas visiones. Así que empieza a hablar.

Con un fuerte suspiro, Idina miró al techo y apretó los dientes.

«Tengo muy pocas respuestas como para que me marche de repente. Lo cual debí haber hecho hace media hora».

Aun así, sabía que estaban llegando a alguna parte. Por primera vez en nueve años, estaba sentada con su tío cara a cara. Por primera vez, estaba teniendo una conversación sobre sus visiones y las luces verdes y lo que podía hacer con la única otra persona en el planeta que realmente lo entendía, le gustara o no llamarlo magia.

—Bien. No tengo que empezar dándote la definición de *visión*, ¿verdad?

Richard esbozó una sonrisa, que desapareció al instante.

—Solo la versión Moorfield.

—Ja. Cierto. —Idina buscó en su memoria, tratando de encontrar la manera correcta de describir las cosas que había visto en los últimos seis meses—. La mayoría de ellas son de Gavina Muirden. Incluso antes de conseguir el diario y ver su rostro o saber algo sobre ella.

—¿Cuándo fue la primera?

—Cuando terminé la instrucción. —Una pequeña sonrisa de orgullo se dibujó en su rostro—. Y conseguí mi recuerdo.

Él levantó las cejas y bajó la mirada al pin blanco y rojo en la camisa de su uniforme, claramente divertido de saber que la habían dejado marcada con eso, con su emblema de castillo de ingeniería sujeto en su lugar y algo más por Remmington un mes después de la instrucción.

—Un momento de orgullo. ¿Es entonces cuando estas visiones te llegan de forma regular?

Idina rio con dureza.

—Ojalá. Vienen cuando les da la gana, y no puedo hacer nada. Hasta que me muestres cómo tú…

—Las visiones de Gavina no son tan sorprendentes, ahora que lo pienso. — Él se acarició la barbilla, sin prestar atención al hecho de que la había interrumpido para poder expresar su proceso de pensamiento en voz alta—. Se comunicaba a través del tiempo. Es lógico que supiera los mejores momentos para llegar a ti. Lo que me desconcierta es cómo lograste ocultarlo durante tanto tiempo.

—¿Qué quieres decir?

—Unas pocas luces verdes son una cosa. Me imagino crecer con visiones del pasado, y especialmente las que provienen de un antepasado compartido del que nadie estaba dispuesto a hablar…

—Vale, para un momento. — La mención de su infancia y la forma en que toda su familia había lidiado con la oveja negra más joven la hizo apretar los dientes. Esta vez, la llamarada de ira no vino con una ráfaga ardiente de magia acumulada. Al menos esa parte estaba bajo control por ahora—. No crecí con visiones. ¿Las luces verdes? Sí. Unos pocos episodios aquí y allá. Te estoy diciendo que las visiones no comenzaron hasta después de la instrucción.

—Hmm. —Richard ladeó la cabeza—. Entonces eso plantea otra pregunta interesante. Esto debería haber comenzado a manifestarse mucho antes de que tuvieras dieciocho años. ¿Por qué elegiste ahora, de todos los momentos, para que tu… magia se hiciera realidad?

Ella hizo una mueca ante la palabra «magia», que a su tío le pareció divertida, ya que soltó una suave carcajada.

—No elegí nada de esto.

—Una parte de ti lo hizo. Tal vez no conscientemente, pero la parte de ti que se pone al volante cuando es importante, cuando usas tus habilidades y todo ese poder para lograr algo… —Asintió y le sostuvo la mirada—. Esa parte de ti absolutamente eligió. Entonces, ¿qué cambió? Además de lo obvio de unirse al ejército.

Mientras él se reía de su chiste horrible, Idina le dirigió una sonrisa burlona.

—No lo sé. Tal vez fue porque el ejército no reparte Anagracin, así que tuve que dejarlo de golpe. Luego está toda la parte de no tener a nadie cerca para enseñarme cómo manejar este tipo de cosas cuando la «parte de mí al volante» quiere dar un paseo.

Richard entrecerró los ojos.

—Anagracin.

—Sí.

—No tengo ni idea de lo que es.

Idina sacudió la cabeza y miró al techo.

—Eso es lo que todo el mundo me dice. Cuanto más lo pienso, más convencida estoy de que el doctor Kruchek es un charlatán que todo el imperio Moorfield contrató para sentirse como si lo tuvieran todo bajo control. —Cuando volvió a mirar a su tío, no esperaba encontrar tanta confusión devolviéndole la mirada—. El doctor Kruchek. El médico de la familia. ¿No te suena?

—En realidad, no.

—Bueno, probablemente vino después de…

Casi dijo «después de que te fueras», pero se detuvo. Richard podría estar lo suficientemente intrigado por este tema en particular como para no darse cuenta de que ella hacía referencia a su pasado común, pero ella no quería arriesgarse.

—Cuando tenía nueve años. Me dio algunas pastillas, dijo que tenía que tomarlas todos los días y siguió viniendo hasta que me fui.

—Intentaron tratar tu magia. — Richard se inclinó hacia atrás, y se escuchó un ligero ruido de chasquido desde su silla. No pudo averiguar qué era hasta que notó sus manos apretando la tela de los reposabrazos, sus dedos hundiéndose en la tapicería casi lo suficiente como para perforar por completo—. ¿Durante nueve años?

—Sí. —Ella copió su postura y se alejó de él. Su tío parecía a punto de explotar, y no quería ser el blanco de lo que eso pudiera parecer—. No podía traerlo al ejército conmigo, obviamente.

—¿Qué te han dado? No me refiero al nombre farmacéutico de mierda. ¿Cuáles eran los…?

—Atropa belladona. Mayormente.

Se quedó con la boca abierta.

—Debes estar bromeando.

—No lo estoy. Todos los días desde que tenía… Bueno, los últimos nueve años.

Su tío cerró lentamente la boca, soltó su agarre mortal sobre los reposabrazos de la silla para apretar los puños y exhaló larga y lentamente. Esa fue suficiente muestra de ira por sí sola. Aun así, cuanto más miraba al otro lado de la sala de estar sin mirar nada en particular, más se preguntaba Idina si había activado algo en él que probablemente debería haberse mantenido bien guardado en algún lugar profundo de su interior.

—Esos jodidos idiotas —gruñó, y luego inmediatamente buscó su whisky recién servido para finalmente dar el primer sorbo. Fue mucho más que un sorbo.

«Tal vez por eso bebe tanto. La emoción intensa trae un resplandor de magia, y el alcohol la calma. Qué bueno que nunca haya sido una bebedora menor de edad antes de descubrirlo».

Idina observó a su tío procesar esas emociones intensas, las mismas que tenía hacia todos los miembros de su familia y un poco hacia Richard ahora, esperando que él dijera algo más.

No lo hizo.

Cuando se dio cuenta de que su tratamiento silencioso significaba que quería que saliera de su suite de hotel increíblemente grande para una sola persona, estaba lista para hacerlo. Antes de que pudiera ponerse de pie, él retomó la conversación como si no hubieran pasado los últimos cinco minutos dejándolo cocinarse en su furia.

—Cuatro meses —murmuró.

Se dejó caer de nuevo en los cojines de la silla y frunció el ceño.

—¿Qué?

—Después de nueve años de tener *lo que eres* sofocado por la belladona… —Richard apretó los dientes y dejó escapar un gruñido de frustración—. Empezaron las visiones. ¿Te llevó tanto tiempo recuperar el resto de tus habilidades también?

—No. —Idina se miró las manos, recordando su paso por la instrucción y lo útiles que habían sido sus luces verdes para superar aquellos primeros meses sin perder la cabeza—. La belladona no desapareció del todo de mi organismo. Todavía tenía las luces verdes. Ya sabes, algunas señales útiles aquí y allá que solo yo podía ver. Casi pensé que estaba rota cuando llegó la fase de endurecimiento y yo... aplasté el suelo del gimnasio.

—Fase de endurecimiento. Es curioso cómo nombran esas cosas. —Su tío resopló y volvió a mirarla, ahora con los ojos claros. Por lo visto, hablar del entrenamiento había sido un acierto y le había distraído de su rabia para que pudieran seguir conversando—. Supongo que hacer que te hicieran polvo durante tres días abrió una nueva caja de Pandora.

—Sí, más o menos. —Idina no pudo evitar reírse de lo loca que pensó que estaba en el momento en que no pudo hacer una flexión más y dejó escapar toda su frustración en el suelo del barracón de la instrucción—. Las cosas se pusieron raras después de eso. O *más* raras.

—¿Como qué?

—Ver números, medidas, posibles resultados. Estadísticas. Especialmente durante nuestros últimos ejercicios de entrenamiento. No me entregó una victoria en bandeja de plata ni nada, pero los sargentos de instrucción quedaron impresionados. Creo.

Richard murmuró pensativo, su sonrisa regresando lentamente.

—Un mes después de la base, te hiciste con el recuerdo, te pincharon con la insignia y recibiste esta primera visión.

—La primera de Gavina, de todos modos, sí.

Sus ojos verdes se clavaron en su rostro y se movió de lado en la silla para mirarla.

—¿Hubo otras?

En ese momento, hablando así con su tío, viendo esa sonrisa de nuevo, sabiendo que él estaba interesado en lo que tenía que decir y no se volvería loco con la verdad como todos los demás en su vida, Idina se dio cuenta de cuánto había querido esto. Aunque era un lugar nuevo y un poco inquietante, se sentía segura con él.

«Ya sabe sobre el Olc. Es quien reunió ese expediente de Muirden. Ya superamos la sorpresa de la visión, así que ¿por qué no poner todo sobre la mesa?».

—Sí. Hubo otras — Se encogió de hombros y se sacudió una pelusa invisible de la pernera del pantalón de su uniforme—. Solo tengo dos tipos de visiones. Ver a Gavina Muirden liderar una gran batalla en los páramos escoceses no fue la primera.

El salón se quedó en silencio y Richard se aclaró la garganta.

—¿Quieres que te recuerde que necesito un poco más que...?

—La primera fue al final de la instrucción —soltó de golpe—. En el ejercicio nocturno.

—Un mes entero antes.

—Más o menos. —Ella se movió en su silla y se cruzó de brazos—. Justo después de que terminamos el curso de entrenamiento cuando todos los demás estaban celebrando. Esa fue la primera visión. Déjame decir que me habría hecho la vida mucho más fácil si hubiera sabido qué era el Olc antes de…

Richard inhaló un fuerte silbido y se sobresaltó en su silla.

—¿El qué?

—Así es como se llama, ¿verdad? El Olc. —Resultaba increíblemente extraño pronunciar el viejo nombre en voz alta, pero más extraña aún era la expresión desconcertada de su tío—. Estaba en el informe que le diste a Hines para que me pusiera en las manos. Ya sabes, el que tú preparaste y que le hizo balancear sobre mi cabeza como un…

—¿Esa fue tu primera visión?

—Eso es lo que dije.

Levantó un dedo, hizo una pausa y la señaló.

—¿El Olc se te apareció en una visión? ¿Es eso lo que me estás diciendo?

—Sí, coronel. Unas cuantas veces. —Extendió los brazos—. Eso es lo que te estoy diciendo, ¿de acuerdo? Por eso debería haber sabido estas cosas mucho antes. Pensé que me estaba volviendo loca cuando escuché la voz de esa cosa en mi cabeza…

Richard se levantó de la silla y gritó:

—¿Te has comunicado con él?

—Eh… sí. Sigue riéndose de mí y hablando de…

—¡Maldita sea, esto lo cambia todo! —Ahora se paseaba por la sala de estar junto a la gran ventana con vistas a los terrenos del Broadmoor iluminados en la oscuridad exterior—. Entonces se nos está acabando el tiempo. Tendré que redirigir nuestro enfoque mucho más de lo que esperaba. Al menos al principio.

—Espera. —Idina se puso de pie también, tratando de captar su atención mientras giraba y acechaba de nuevo hacia ella—. ¿Nuestro enfoque en qué?

—No me puedo creer que esté pasando esto. Lo tenía todo preparado. ¿Cómo no lo vi venir?

—Coronel.

Él giró de nuevo y siguió caminando, las manos entrelazadas a su espalda, mientras murmuraba más tonterías que no tenían sentido.

«De acuerdo, tal vez esté loco. Tiene sentido cuando mezclas una carrera de alta presión y todo ese alcohol con hablar de un mal antiguo que viene por los Moorfield con magia».

—¿Cuántas veces? —preguntó.

—¿Qué?

Richard dejó de pasearse y giró para mirarla de nuevo con ojos desorbitados.

—¿Cuántas veces se te ha aparecido el Olc en visiones, Moorfield? Piensa.

—No lo sé. Tres o cuatro. Tal vez unas cuantas más…

Gruñó de frustración y se dirigió directamente hacia ella.

—Entonces se acabaron todos mis planes. Tendré que cambiarlos para el futuro previsible. Y estaba disfrutando no meterme en el meollo de todo esto esta vez.

—Ey, alto. —Idina dio un paso atrás cuando él le cogió del brazo. Su tío no se había detenido, y él colocó su mano en la parte superior de su espalda para empujarla con fuerza hacia la entrada de la suite—. ¿Qué estás haciendo?

—Acompañándote hasta la puerta.

—¿Qué? ¿Qué? No hemos terminado…

—Esta noche sí.

Estaba demasiado confusa para resistirse a su fuerte mano, que prácticamente la empujaba hacia delante. Solo cuando llegaron a la puerta principal de la suite dio un gran paso para alejarse de él para quitarle la mano de encima.

—No me voy.

Richard se detuvo y la miró como si se hubiera olvidado por completo de que estaba allí.

—Tienes que volver a tu habitación. Duerme bien. Estaré en contacto.

—No.

—No era una sugerencia, soldado.

—No puedes terminar la conversación así. Te dije todo lo que querías saber sobre mis visiones, y aún no has dicho una maldita cosa sobre cómo detuviste la última.

—Porque aún no tengo una respuesta. Pero la tendré—. Desbloqueó la puerta, agarró el picaporte y se detuvo—. Probablemente esté de más decirlo, pero aún necesitamos cubrir todas nuestras bases.

Se giró a medio camino para mirarla y asintió.

—Nadie con quien tengas contacto regular sabe de nuestra… asociación previa. Incluyendo al mayor Hines. Hasta donde yo sé, solo los investigadores privados que manejaron tu investigación de seguridad están al tanto de la conexión aquí. Hasta que te diga lo contrario, nadie más lo sabrá. Esa es una orden directa, ¿entendido?

Idina le fulminó con la mirada.

—No hagas esto.

—¿Entiende, soldado Moorfield?

Ella apretó los dientes y no deseaba más que empujarlo lejos de la puerta y obligarlo a sentarse con ella para que pudieran terminar lo que habían comenzado. Excepto que ahora él estaba imponiendo su rango, y las consecuencias de desobedecer parecían mucho más amplias que tratar de enfrentarse a su tío en una pelea mágica.

—Sí, señor.

—Bien. —Tiró de la manilla de la puerta y la abrió antes de señalar hacia el pasillo—. Como te he dicho. Estaré en contacto.

Rígida como una tabla, Idina apretó los puños y se obligó a salir de la suite de Richard. Giró en cuanto sus zapatos de vestir aterrizaron en la alfombra del pasillo y añadió:

—Al menos dime qué…

La puerta se cerró de golpe en su cara. La cerradura se deslizó de nuevo en su lugar, y luego el suave golpeteo de los pasos de su tío sobre los suelos de madera pulida se desvaneció hacia el otro extremo de la suite.

Respirando agitadamente, Idina miró hacia la puerta y no podía creer que la noche hubiera terminado *así.*

Por supuesto, no tenía idea de que esta conversación con su tío la estaba esperando cuando subió al avión con Hines. No tenía idea de que Richard estaría aquí, de que había sido su comandante de batallón desde el momento en que se unió a su primera unidad, de que estaba en el ejército.

Ahora él le había vuelto a arrebatar todo porque pensó que podía abrirse al menos un poco y contarle a una persona sobre las visiones que interrumpían su vida y su cordura durante los últimos seis meses.

«No debería haber sido para tanto. Él ya sabe cómo luchar contra el Olc».

Se le ocurrió que tampoco habían tenido la oportunidad de hablar sobre eso. No sabía cómo su tío había aprendido a ahuyentar al ser que había intentado alimentarse de la fuerza vital de Idina en el bosque, qué había hecho para deshacerse de él o cualquier cosa que podría haberle ayudado a evitar otra visión, al menos, si no otro ataque en la vida real.

Despacio, se apartó de la puerta y se volvió hacia los ascensores. Después de esperar otro minuto, escuchando, y no oyendo nada desde dentro de la suite de su tío, Idina finalmente se dirigió hacia los ascensores para ir a su habitación de hotel.

Richard no le había dado una orden directa de no aporrear la puerta y exigir terminar su pequeña charla, pero sin duda lo había dado a entender. Más que eso, había terminado.

Demasiadas preguntas sin respuesta seguían recorriendo su mente, y el cosquilleo helado de su magia volvió a aparecer. Hizo todo lo posible por no gritar allí mismo en el pasillo y tal vez eliminar algunos trozos de paneles de yeso y madera en el proceso. Aun así, lo logró.

«Apuesto a que por eso Harold sénior perdió la cabeza cuando le amenacé con alistarme en el ejército, y luego lo llevó a cabo. Él sabía a dónde fue Richard. Ahora estoy aquí sin nada que mostrar».

Capítulo 6

Cuando la alarma del teléfono de Idina sonó a las 05:45 de la mañana siguiente, todavía estaba medio dormida y la pospuso por primera vez. Y luego por segunda vez. Fue vagamente consciente de la hora cuando la tercera alarma sonó, y la cuarta le pareció otro sueño.

Hasta que su teléfono hizo un ruido completamente diferente y emitió un molesto timbre electrónico.

Idina gimió y tanteó en la mesa de noche para apagar el maldito aparato. El timbre se detuvo, pero luego una voz distorsionada salió por el altavoz del teléfono, fuerte y clara.

—¿Qué pasa, Moorfield?

—¿Eh? —Se humedeció los labios y trató de recordar dónde estaba: en una cama gigante en una habitación de hotel en el Broadmoor. En Colorado Springs. Con el Mayor Hines.

—Dije a las siete en punto, ¿no?

Tardó un momento en darse cuenta de a qué se refería, y luego se incorporó de un salto en la cama y agarró el teléfono. Eran las 07:05.

—Mierda.

Hines resopló.

—Parece que así estás ahora mismo.

—Quiero decir… Lo siento, señor. Ahora mismo voy.

—Ajá. —Eso fue todo antes de que él colgara la llamada, que se dio cuenta venía de justo afuera de la puerta de su habitación de hotel.

Idina se lanzó fuera de la cama y casi se cayó cuando sus pies resbalaron con el edredón que se había derramado en el suelo. En una carrera frenética, corrió por la habitación para vestirse con su uniforme de combate directamente de su bolsa de lona, pasó al baño y se recogió el cabello negro y ondulado en algo parecido al orden. Cuando se puso las botas y metió el resto de sus cosas en su bolsa de lona —afortunadamente, había tenido la presencia de ánimo de empacar la mayor parte la noche anterior—, colgó la bolsa sobre su hombro y se apresuró hacia la puerta.

El comandante Hines estaba, por supuesto, esperándola en el pasillo. Su bolsa de viaje descansaba en el suelo a su lado, y ya estaba comprobando su reloj.

—No está mal. Solo he estado en el pasillo diez minutos más de lo que debería.

—Lo siento, señor. Me costó conciliar el sueño.

Él la miró de arriba abajo antes de levantar una ceja.

—¿Mala noche?

Por un momento, solo pudo mirarle fijamente.

«Sabe exactamente dónde estuve anoche y con quién hablaba. Si lo que Richard me dijo era cierto, Hines no tiene ni idea de que el coronel es mi tío. O la forma en que eso hace que todo esto sea aún más extraño».

Se aclaró la garganta e intentó aparentar que la pregunta no la había desconcertado por completo.

—Como sacada de La Dimensión Desconocida, sí.

—Vaya. Esa referencia es un poco vieja para ti, ¿no?

Dejó que la puerta de la habitación se cerrara suavemente detrás de ella y se reajustó la correa de la bolsa sobre su hombro.

—Crecí tratando de no romper el televisor cuando mi hermano ponía ese programa sin parar. Supongo que tuve bastante éxito.

—¿Tratando de no romper…? —Hines frunció el ceño y, solo entonces, Idina se dio cuenta de que había hecho una referencia que él no entendía.

«No tiene idea de lo que hacen mis luces verdes a la tecnología cuando no me siento bien».

Sacudió la cabeza.

—No importa.

—No, no. Ahora me tienes intrigado. —Hines se agachó para recoger su bolsa y se la colgó al hombro antes de dirigirse por el pasillo hacia los ascensores—. Anda, explícamelo de camino al desayuno.

—¿Desayuno, señor?

Resopló y le dirigió una mirada de sorpresa.

—En caso de que no lo hayas notado, Moorfield, esto no es un sitio de navegación terrestre. Si prefieres dejar que tu entrenamiento tome el control y prescindir del sueño o la comida en un futuro previsible, eso es asunto tuyo. Yo me estoy muriendo de hambre.

Soltando una carcajada, Idina se apresuró a seguirle.

—El desayuno suena muy bien. No estaba segura de lo que implicaba todo esto.

—¿El qué?

—Estar aquí. Como su chófer, señor. La ceremonia de entrega de premios y todo lo demás que sucedió anoche. Usted, eh… se fue con bastante prisa antes de que tuviera la oportunidad de…

—¿Hacer más preguntas? —Se detuvieron en los ascensores, y él apretó el botón de llamada antes de retroceder—. Siempre con las preguntas, ¿no es así?

—¿Puede culparme, señor?

Hines se giró lentamente para mirarla de nuevo, y el ceño preocupado que oscurecía su rostro la sorprendió. No parecía preocupación por él mismo, sino por ella.

—No. No realmente. Tampoco me gusta que me interroguen con el estómago vacío. Así que reserva tus preguntas hasta que hayamos solucionado eso. O al menos hasta que haya tomado mi café. Joder. —Se pasó una mano por la cara con un suspiro.

El ascensor emitió un pitido, las puertas se abrieron y entraron.

—¿El reflujo le ha dado una mala noche, señor?

—Esa es una pregunta, Moorfield. —Con un gruñido, Hines miró al frente y presionó el botón del vestíbulo—. Sí. Cada maldita noche.

Permanecieron en silencio mientras se cerraban las puertas del ascensor, y ninguno de los dos dijo nada cuando el estómago de Idina soltó un furioso gruñido que pareció durar una eternidad. Hines sonrió un poco, pero se quedó mirando la pared más alejada del ascensor y suspiró.

«Sí, gran manera de comenzar el día. Llego tarde para reunirme con él fuera de las habitaciones, y ahora soy yo la que no puede controlar su cuerpo».

Él bufó y la miró de reojo.

—¿Entonces?

—¿Señor?

—Que rompieras televisores. Esa es una imagen que me resulta un poco difícil de imaginar ahora mismo. Moorfield de niña, destrozando sistemas de entretenimiento porque alguien no le daba el control remoto. —Hines se rio—. ¿Qué usabas, una llave inglesa?

Idina bajó la cabeza, tratando de no reírse ante el inesperado interés de su jefe en un pequeño detalle personal de su pasado que había dejado escapar en su agotamiento. El pasado que dejó muy, muy atrás hace nueve meses. Hasta anoche.

—No exactamente, señor.

—Ajá…

Por un momento, Idina cayó en su patrón habitual de tratar de ocultar lo que podía hacer, las luces verdes y el poder que crecía en ella. Lo que Richard Moorfield prefería llamar magia. Luego recordó cómo de consciente era de la situación, específicamente de su situación, estaba Hines que probablemente la mayoría de las otras personas en el planeta.

—Moorfield, espero que te des cuenta de que me diste una respuesta de mierda—.

Ella soltó una pequeña carcajada.

—Cierto. ¿Recuerdas el viejo televisor que el sargento Airborne sacó al hangar en la escuela de salto?

Hines gruñó.

—¿Con ese video de reclutamiento espantoso de los años setenta en repetición durante seis horas seguidas? Ese tipo de tortura no se olvida fácilmente. Por suerte para nosotros, el artilugio se averió antes del final.

—Sí. Por suerte para nosotros. —Lo miró de reojo, esperando que la comprensión se hundiera.

—Maldita sea, Moorfield. Ahora me tienes paseando por el camino de la memoria, y te estás desmarcando. ¿Qué diablos tiene eso que ver con…? —Justo en el momento en que la miró con los ojos bien abiertos, el ascensor dejó de moverse con un pitido, y las puertas se abrieron lentamente—. Espera un maldito minuto. ¿Me estás diciendo que fuiste *tú*?

—Sin querer, señor. Pero sí. Supongo que eso es lo que te estoy diciendo.

La miró fijamente con incredulidad durante tanto tiempo que las puertas del ascensor comenzaron a cerrarse de nuevo. Luego se lanzó hacia delante y extendió el brazo para abrirlas de nuevo de un tirón.

—No juegues conmigo, Moorfield.

—Nunca lo haría, señor. —Le costó mucho no reírse de la incredulidad de su jefe, especialmente cuando él había estado jodiéndola de una forma u otra desde que la asignaron como su nueva conductora.

«Eso fue porque él seguía órdenes. No puedo culparlo por eso. Pero tal vez pueda seguir investigando un poco más».

Finalmente, cuando Hines pareció creerle, olfateó, murmuró:

—Me gustó más tu primera respuesta. —Y salió del ascensor hacia el vestíbulo.

Idina tuvo que deslizarse rápidamente por las puertas del ascensor antes de que se cerraran y apenas logró sacar su bolsa de lona a tiempo. Luego alcanzó al mayor y cayó en el paso ligeramente detrás de él, como de costumbre.

Aunque parecía que ya había planeado todo para su desayuno, Hines se detuvo a examinar la información sobre sus opciones disponibles y se encogió de hombros.

—¿Qué opinas de las tostadas con aguacate?

—No soy exigente.

—Aunque lo fueras, te diría que no lo eres. Vámonos.

* * *

Se sentaron rápidamente en el Ristorante del lago del Broadmoor, donde el comandante Hines pidió un café con leche e Idina un café solo grande. Hines resopló cuando llegaron sus bebidas y señaló con la cabeza la taza de café de Idina.

—La primera vez que salimos a tomar un café, pensé que ese pedido era un marcador de posición.

Ella bajó la taza antes de que pudiera tomar un sorbo y frunció el ceño.

—¿Para qué?

—Para complacerme. —Tomó un largo sorbo de su *latte* y la miró de arriba abajo desde el otro lado de la mesa—. Te gusta el sabor.

—Cuando es buen café, sí.

—Hostias. No soporto esa cosa sin todos los extras. —Hines miró el menú y murmuró—. Ahora mi conductora me hace quedar como un blandengue.

Sonriendo, Idina tomó un sorbo de su humeante taza y examinó la manera casual en que Hines estudiaba el menú del desayuno mientras levantaba y bajaba su bebida. Cada vez que su bigote acumulaba una capa impresionante de espuma, la limpiaba con una servilleta que siempre tenía en la otra mano, y luego seguía bebiendo.

«No estoy segura de qué tipo de conversación quiere tener hoy. Preguntándome sobre mi infancia y si disfruto el café negro, como si de repente estuviera interesado en todas mis cosas personales. O está especialmente nervioso y trata de disimularlo poniendo el enfoque en mí».

—Entonces… —Bebió otro trago de café, sorprendentemente bueno, y dejó su taza sobre la mesa—. ¿Cuánto tiempo supo sobre esa ceremonia de entrega de premios antes de ordenarme que fuéramos?

Hines se atragantó, tragó su bebida y pasó una mano por encima de su menú como si estuviera limpiándolo. No la miró.

—Es algo anual. A juzgar por tu mirada vacía durante la mayor parte de ella, no creo que puedas decirme para qué eran esos premios si te lo preguntara.

—¿Y usted podría?

Eso hizo que él la mirara con los ojos muy abiertos antes de que rápidamente intentara recuperarse con una expresión de sospecha.

—Te dije que no jugaras conmigo.

—Pensé que esto era una pequeña conversación amistosa durante el desayuno, mayor.

Los ojos del hombre se entrecerraron aún más, y luego resopló.

—¿Sabes lo que quieres?

—Ya se me ocurrirá algo.

«Si lo he tomado tanto por sorpresa, tal vez haya una oportunidad de que finalmente me hable. No es como si el teniente coronel fuera tan secreto ahora mismo».

Se arriesgó y se metió de lleno.

—Lo que no entiendo, señor, es cuánto tiempo usted y el coronel MacBlair estaban planeando esa pequeña entrega de anoche…

Hines tosió con fuerza, se golpeó el pecho con el puño y apartó el café con leche para no derramárselo encima.

—¿Qué demonios te dijo?

—Solo que no soy la primera persona que conoce que puede… hacer lo que yo hago. Y que ustedes dos son amigos desde hace un tiempo.

Él se limpió el bigote con la servilleta y se aclaró la garganta.

—Ninguna de esas cosas debería sorprenderte, Moorfield.

—No, la verdad es que no. Quiero decir, muchas más cosas tienen sentido ahora. Como el hecho de que usted no se volvió loco la noche en que hicimos nuestro último salto de combate. O cualquier otra vez que me haya visto…

—Cuidado, soldado. —Hines sostuvo su mirada un segundo y luego miró alrededor del restaurante—. Estás acercándote demasiado a territorio clasificado en un lugar público.

Ella soltó una risa y rápidamente trató de disimularlo, inclinándose hacia delante con una sonrisa creciente.

—¿Se refiere a mi vida?

—Ciertas… —Se giró ligeramente en su silla para mirar a su alrededor—. Ciertas partes, sí.

—Entonces todo esto es clasificado, ¿no? —Idina inclinó la cabeza—. Este viaje. Los dos sentados aquí tomando café con una gran vista de las montañas. Mi reunión con el teniente coronel en una suite de tres dormitorios en el Broadmoor Hotel…

El rostro entero de Hines se torció cuando escuchó esa última parte, las comisuras de su boca se torcieron en decepción.

—¿Tres dormitorios?

Ella se encogió de hombros y envolvió sus manos alrededor de su taza de café.

—Dejó todas las puertas abiertas ahí. Conté tres colchones.

Mirándola desde el otro lado de la mesa, Hines chasqueó los dientes y murmuró:

—Imbécil.

—¿La suite del hotel de MacBlair también es clasificada, señor? —continuó, esperando empujarlo a algún tipo de reacción que pudiera darle una pista de cuánto sabía sobre su tío—. Porque si lo es, estoy bastante segura de que ya me arrastraron a través de la cinta en esto. No quiero seguir…

—Maldita sea, Moorfield. Bien. De acuerdo. —Hines olfateó, estudió la mesa, las otras sillas vacías, los otros invitados que llenaban el restaurante para un desayuno de cinco estrellas y cualquier otra cosa a su alrededor menos el rostro de Idina—. No es técnicamente clasificado. No como estás pensando.

—No estoy seguro de saber exactamente a qué se refiere, señor.

—Corta el rollo. Si vamos a tener esta conversación, vamos a tenerla…

—Disculpen la espera. —La camarera apareció en su mesa con los ojos muy abiertos, claramente un poco desconcertada por la mesa en su sección con dos militares, uno de ellos en medio de maldecir antes de que llegara la hora de ordenar—. ¿Han tenido suficiente tiempo para decidir qué les gustaría?

Hines fulminó con la mirada el menú, tomado por sorpresa por la camarera, o por cualquier otra persona que escuchara lo que estaba a punto de revelar. En voz alta. En un lugar público.

Así que Idina tomó la iniciativa y le entregó su menú a la camarera.

—Tomaré el croissant de chocolate. Gracias.

—Sí, eso probablemente esté delicioso —murmuró Hines—. Yo tomaré el pastel americano. Y otro *latte*.

—Maravilloso. Se lo llevaré enseguida. —La mujer les ofreció a ambos una sonrisa tensa que solo duró el tiempo que le tomó alejarse apresuradamente de su mesa.

Idina bebió su café y observó a su jefe.

—Eso no es confuso —murmuró Hines mientras miraba la mesa como si el menú aún estuviera allí y realmente no pudiera decidir cómo proceder—. Ponerle el nombre del desayuno más grande a una bebida de café elegante. ¿En qué demonios estábamos?

—Quería que me dejara de tonterías, señor.

Sus ojos oscuros y brillantes parpadearon hacia ella y gruñó.

—A partir de ahora.

Ella le dedicó la sonrisa más dulce y enfermiza que pudo, y Hines se echó a reír.

—En primer lugar. —Le apuntó con un dedo—. No quiero escuchar ni una maldita palabra más sobre esa suite. Pensé que estaba fuera de mi zona de confort al entrar en un lugar como este, y MacBlair consiguió esa habitación para restregarlo en mi cara.

—¿En serio? —Idina miró la decoración formal del restaurante y la agradable luz de la mañana que entraba por las altas ventanas.

—Te lo he estado diciendo durante meses, Moorfield. Yo también tengo mis órdenes. Que a veces incluyen morder la bala y derrochar en un resort de cinco estrellas cuando habría sido mucho más feliz en el Hilton al final de la calle. —Bebió largo y tendido de su *latte* con enfado, luego se estremeció y lo dejó de nuevo en la mesa—. Mierda, está muy caliente. ¿En qué estaba?

—Que el coronel MacBlair tiene un sueldo más alto y le gusta restregárselo en complejos de cinco estrellas.

Hines parpadeó hacia ella, y su bigote se agitó cuando una esquina de su boca se curvó en algo que era mitad sonrisa, mitad mueca.

—No te estás conteniendo, ¿verdad?

—Me dijiste que me dejara de tonterías.

—Sí, lo hice. Dios. —Después de limpiarse el bigote de nuevo, Hines se echó hacia atrás en su silla y suspiró—. No puedo juntar dos malditas frases sin olvidar lo que estaba tratando de decir.

—Algo sobre que no está técnicamente clasificado —repitió ella—. ¿Tal vez empezar con eso?

—Cierto. —Él estudió su mirada, luego se encogió de hombros—. No tu vida, Moorfield. Obviamente. Eso es tuyo, y más allá del alcance de lo que el Ejército de los Estados Unidos necesita de ti, tienes derecho a tu vida.

»Nada de dónde estamos o por qué estamos aquí es un secreto. MacBlair y yo ambos hicimos una aparición en la ceremonia anoche. La gente sabe que existimos. Por otro lado… La mayoría de la gente no tiene ni idea de lo que realmente es posible cuando metes a un hombre como MacBlair en una habitación con un soldado como tú.

Idina se quedó helada.

«Mierda, tal vez sí sabe quién es Richard».

—Eso es lo clasificado —asintió ella—. Lo que él y yo podemos hacer, ¿verdad?

—Entonces te lo mostró, ¿eh? —Hines hizo una mueca—. El bastardo no me dijo que iba a hacer una revelación completa en este viaje.

—Ya lo sabía.

—¿Ah, sí? ¿Desde cuándo?

Idina giró lentamente su taza de café por el asa.

—Desde el final de nuestro ejercicio de entrenamiento en Luisiana. Solo que no sabía que era él.

—Vaya, qué cosas. —Hines se frotó la boca, luego sacudió la cabeza—. Eso es lo clasificado, Moorfield. A este punto, está tan jodidamente clasificado que nadie te dirá que está clasificado, incluso si lo preguntas de frente. ¿Entiendes?

«Lo que significa, o ultrasecreto o más allá de eso, que técnicamente no tiene clasificación. Lo que significa que técnicamente no existe».

Idina asintió lentamente y levantó su taza hasta sus labios.

—Eso creo.

—Bien. Ahora ya lo sabes.

—¿Que no soy la única que te vuelve loco en el ejército?

Hines soltó una carcajada, lo que hizo que varios de los otros comensales del restaurante se giraran y le lanzaran miradas condescendientes. A él no pareció importarle.

—Esa es otra cuestión en la lista, sí. De todas las personas que mantienen esta gran máquina del Ejército en marcha, las dos mayores molestias en mi trasero tienen más secretos de los que yo tengo úlceras. Apuesto a que esa charla de anoche fue un golpe en los pantalones.

Respiró hondo y se encogió de hombros.

—No fue tan… esclarecedor como pensé que sería.

—Ajá. Así que pensaste que me triturarías hasta convertirme en un charco tembloroso de resentimiento y confusión hasta que finalmente cediera y te contara todo lo que quieres saber.

Idina apretó los labios para no reírse.

—Eso podría haber cruzado mi mente, sí.

—Bueno, este es el trato, Moorfield. No sé tanto como usted quiere que sepa. Pero si haces una pregunta que *pueda* responder, lo haré. Tanto como pueda.

Ella se enderezó en su silla y levantó una ceja.

—¿Sobre cualquier cosa?

El comandante lanzó un suspiro y miró al techo.

—Te di los parámetros, ¿no? Jesús, eres tan horrible como él.

Idina sonrió.

«No tiene ni idea de que Richard es mi tío. Supongo que tener algunas habilidades extra como la magia en el ejército tiende a hacer que la gente siga un determinado camino. Veamos adónde nos lleva».

Capítulo 7

Como no quería desaprovechar la oportunidad ni dar a Hines tiempo para repensar su oferta de responder a sus preguntas, ahora que habían llegado tan lejos, Idina guio el resto de su conversación durante el desayuno hacia una sesión de preguntas y respuestas a ritmo acelerado.

—¿Cuánto tiempo hace que se conocen usted y MacBlair?

—Doce años. Más o menos.

—¿Cómo se conocieron?

—Ejercicio de entrenamiento en Francia.

—¿Cuáles eran sus rangos?

—Especialistas. Ambos.

—Espere, ¿ambos pasaron a ser oficiales? ¿No es inusual?

—Sí, y sí.

—¿Cómo sucedió eso?

—Clasificado.

—¿Y sigue siendo mayor?

Hines puso los ojos en blanco.

—Mantente en el tema, Moorfield. No abrí el piso para que me apuñalaras por la espalda.

Ella resopló y arrancó otro trozo de croissant.

—Claro.

Él la observó un momento más, luego volvió a su desayuno.

—¿Cuándo descubrió lo que… puede hacer MacBlair?

—Hace algo menos de doce años.

—¿Haciendo qué?

—Eso es clasificado.

Idina apuró el resto de su café.

—Bien. ¿Ahora recibe sus órdenes de él?

—Lamentablemente, sí.

—¿Quién más sabe de él?

Hines sorbió su *latte* para ponerla nerviosa. En cambio, eso la hizo reír entre dientes.

—Clasificado.

Dejó escapar un corto suspiro de decepción.

—Eso significa que no es solo usted.

—Eso no era una pregunta.

—¿Por qué no aparece en una búsqueda en Google? Me refiero a con una foto o cualquier información sobre él.

—Probablemente porque está clasificado.

—¿Sabe algo de su vida antes de que se uniera al Ejército?

Hines la miró, masticando pensativamente su desayuno, y se tomó su tiempo.

—No.

—¿Alguna vez ha preguntado?

—No.

—¿Sabía que estaba haciendo la sección antes de que el cuartel general recibiera una unidad completamente nueva en el armario de suministros?

El mayor sonrió.

—La mayoría de nosotros no conocemos nuestras órdenes antes de recibirlas, Moorfield. Tampoco hacemos preguntas después.

—¿Qué hay del ejercicio en Rucker?

—Esas eran tus órdenes, no las mías. Mira, la única información que recibí antes que tú fue toda esa cosa sobre el diario verde. —Él hizo una mueca—. Y tu trabajo era informarme sobre los soldados de tu unidad. Más allá de eso, estoy tan a ciegas como tú.

Idina lo estudió, tratando de encontrar otro punto débil en su aparente comodidad con ser interrogado por su conductora sobre algo de lo que probablemente no deberían hablar.

«No sabe nada sobre Richard antes de que se convirtiera en MacBlair. Pero sabe mucho más sobre las luces verdes y la magia y algo más que está pasando de lo que quiere que alguien más sepa».

—¿Le ha dicho algo más sobre mí?

Hines soltó una carcajada.

—¿Por qué demonios haría eso?

—Me refiero a lo que cree que puedo hacer. O si tuvo una opinión sobre lo que pasó frente a su casa cuando quería ver ese diario en mi mochila.

Su sonrisa desapareció rápidamente.

—Lo único que me ha dicho sobre eso fue justo después de que sucedió. —El mayor miró la bolsa de lona de Idina, que estaba en el suelo junto a su silla—. Sinceramente, espero que no hayas retomado el viejo hábito de llevar ese diario contigo a todas partes.

Mirándolo con una pequeña sonrisa, ella empujó suavemente la punta de su bota contra su bolsa.

—Te ves nervioso, mayor.

—Claro que lo estoy. Dime que no me equivoqué al pensar que eras más inteligente que eso.

—No estabas equivocado. —Le lanzó otra dulce sonrisa, sabiendo que solo lo inquietaría más ver lo divertida que estaba con eso—. He movido el diario a un cajón de mi escritorio. Está cómodo ahí.

—Ajá. —Él miró su bolsa de lona un poco más, luego volvió a encontrarse con su mirada—. Te lo juro, Moorfield, eso casi me hizo renunciar a todo esto. Otra vez.

—¿Ah, sí? ¿Qué «todo esto»?

—Clasificado.

—¿Pero has estado aquí antes, verdad?

—Ja. No así.

—¿Pero algo parecido?

—Algo clasificado. —Hines suspiró profundamente y miró su segundo *latte*, ahora casi vacío, antes de lanzarle una mirada—. Sigue.

—De acuerdo. ¿Qué pasa ahora? —Idina se metió el último trozo de croissant de chocolate en la boca—. Ahora que pude conocerlo y todos saben quién es quién. En su mayoría.

—¿En su mayoría? —Hines frunció el ceño y se giró hacia un lado para poder seguir frunciendo el ceño mientras terminaba su segundo *latte*—. ¿Hay algo más que debería saber sobre quién es quién?

Idina apretó los labios y no podía creer que casi dejara escapar que Hines no sabía quién era realmente Richard MacBlair.

—Quiero decir, hay muchas cosas encerradas detrás de la puerta clasificada.

—Ajá. —Siguió masticando, mirándola ahora con una expresión que no era del todo una sonrisa, pero que parecía que estaba disfrutando de esto—. En cuanto a tu pregunta real, no. No soy adivino, no veo el futuro y no tengo idea de qué se trata todo esto.

—Si tuviera que adivinar… —Ella gesticuló—. No se quedaría en blanco, ¿verdad?

—Sí. Y en ese caso, mi suposición es clasificada.

—Por supuesto que lo es. —Con un profundo suspiro, se recostó en su silla y se sintió mucho menos satisfecha de haber hecho preguntas directas y haber recibido respuestas igual de directas. Porque la mitad de lo que quería saber era lo suficientemente importante como para ser completamente inaccesible, y la otra mitad no era lo que había querido preguntar.

«Como por qué Richard Moorfield cambió su nombre a Richard MacBlair, si lo hizo antes o después de unirse al Ejército, y quién más sabía quién había sido antes de ocultar toda su existencia al mundo, sin mencionar a su sobrina».

—¿Eso es todo? —Hines sonrió—. Te doy libertad para preguntar, y ya te has quedado sin dudas. Maldición, si lo hubiera sabido, lo habría hecho hace meses.

—Tengo una pregunta más.

—Entonces suéltala.

Idina alcanzó su taza de café, luego recordó que estaba vacía y le había dicho a la camarera que no le trajera más.

—El coronel también me hizo muchas preguntas anoche. No tenía toda la información sobre… lo que puedo hacer. O lo que he visto.

—Si se hizo el sorprendido al escuchar cómo nos conocimos, Moorfield, mintió. Ya le conté todo sobre ese último salto nocturno. Sabe lo que has visto.

—Claro. Pero no todo.

Hines recogió el último bocado de su desayuno con el tenedor y se lo metió en la boca.

—¿Había una pregunta en eso?

—Él estaba sorprendido. Un poco. Luego dijo que se nos estaba acabando el tiempo y que tendría que cambiar todos sus planes para el futuro previsible. Antes de básicamente echarme de la suite, así que… ¿Sabe a qué se refería?

A medida que revelaba todas las pequeñas piezas para preparar esa última pregunta, los ojos de Hines se agrandaron más y más. Ahora, bajó el brazo lentamente para devolver su tenedor al plato con cuidado, luego se limpió la boca con otra servilleta y se recostó en su silla.

—Se acabó el tiempo.

—¿Qué? Dijiste que responderías mis preguntas.

—Y lo hice. —Hines levantó la mano e hizo una señal a su camarera al otro lado de la habitación antes de sacar su billetera—. Si tuviera que adivinar, diría que no estás exactamente contenta con las respuestas que obtuviste. Entonces, te daría la bienvenida al maldito club.

—Mayor Hines. —Idina se inclinó hacia delante en su asiento para captar su atención—. Si sabe de qué estaba hablando, si puede darme alguna pista sobre lo que viene a continuación o los planes que cree que tiene que cambiar…

La camarera se acercó a la mesa con la cuenta, su sonrisa parecía mucho más genuina ahora que estaban por irse que durante todo su desayuno.

—Muchas gracias por venir. Que disfruten el resto de su estancia.

Se apresuró a atender a sus otras mesas sin esperar respuesta.

Hines frunció el ceño al ver la cuenta mientras sacaba dinero de su billetera para pagarla.

—Pensé que solo Starbucks cobraba tanto por un *latte*.

—Me ayudaría, señor. —Idina esperaba obtener un último pedacito de información de su comandante de compañía, que solo tenía un pie en la puerta cuando se trataba de los planes secretos del teniente coronel MacBlair, soldados con magia y cualquier otra cosa que cayera bajo el paraguas clasificado—. Si pudiera darme alguna orientación o información. La cosa más pequeña podría ser increíblemente útil. Me gustaría seguir adelante sabiendo que estoy en la dirección correcta.

—Escucha, Moorfield. Lo entiendo. He estado en tus zapatos antes, más o menos. Queriendo respuestas y no encontrando nada más que trámites burocráticos por todas partes. Es frustrante. Créeme. No estoy exactamente emocionado de estar en este lado de las cosas. —El mayor arrojó el dinero para su desayuno sobre la cuenta, luego se apartó de la mesa y se puso de pie—. Dicho esto, no guiaría conscientemente a un soldado bajo mi liderazgo a ningún lugar en el que no creyera que podría manejarse. ¿Quieres saber cuál es la mejor dirección?

Él agarró su bolsa de viaje y levantó el pulgar sobre su hombro.

Idina frunció el ceño ante el gesto.

—¿Detrás de usted?

Hines bajó la mano y suspiró.

—Fuera de este hotel. Regresa a tu trabajo. Un pie delante del otro. Estate atenta cuando tu comandante de compañía esté de pie, Moorfield. Ambos seguimos en horario.

Se levantó de inmediato cuando el mayor se giró para salir del restaurante porque la había reprendido por holgazanear en su silla mientras un oficial superior se ponía de pie para salir de la habitación.

«Estábamos fuera de horario, fuera de servicio, desayunando como dos personas normales. Esa fue su forma de decirme que se acabó todo. Genial».

Después de tomar rápidamente su bolsa, que no tenía el diario de Gavina Muirden en su interior, Idina colgó la correa sobre su hombro y se apresuró a alcanzar a su jefe. Tuvo que desviarse alrededor de otro grupo de huéspedes que ingresaban al hotel para registrarse y tratar de seguir el ritmo del ridículamente rápido paso del mayor por las escaleras de entrada y hacia la estación de valet.

«Está bien, tal vez fui demasiado lejos, demasiado rápido. Aun así, me dio una invitación abierta. Y no dijo que todo lo que planea Richard está clasificado. Entonces… ¿qué? ¿Ya no quiere hablar de eso?».

El valet se acercó a Hines con un breve saludo.

—¿Recogiendo, señor?

Antes de que el mayor pudiera responder, Idina lo había alcanzado.

—Disculpe, señor —murmuró antes de sacar su boleto de valet de su bolsillo lateral—. Sí. Por favor, traiga el coche.

El hombre tomó su boleto, miró rápidamente de un lado a otro entre los dos militares parados en su estación y asintió.

—Traeré el coche de inmediato.

Solo cuando el valet había agarrado las llaves de su coche de alquiler y había desaparecido para recogerlo, el mayor Hines se giró lentamente para mirarla con sorpresa.

—¿«Por favor, traiga el coche»?

Idina trató de pensar en qué podría estar mal con eso, pero no se le ocurrió nada.

—¿Hay algo mal, señor?

—No. No. Nada malo… —Resopló y miró los extensos terrenos del Broadmoor Hotel and Resort, con uno de los más hermosos paisajes de las Colorado justo frente a sus ojos—. Me pregunto cómo mi conductora es tan natural al pedirle al valet que «busque el Lexus».

Dijo las últimas palabras con una voz aguda y pomposa antes de resoplar con incredulidad.

Con una pequeña risa, Idina miró los jardines impecables alrededor de los otros edificios, cabañas y centros comerciales que conformaban el Broadmoor.

—Bueno, señor, su conductora solía tener un chofer.

—No me jodas.

Ella trató de borrar la sonrisa de su cara mientras lo miraba de reojo.

—Supongo que nunca tuvimos la conversación de «¿quién eras antes del Ejército?».

—Ajá. ¿Quién demonios eras?

—La metepatas, señor. —Entrelazando las manos detrás de su espalda, vio la sonrisa privada de otro valet al escuchar su conversación, lo que hizo aún más difícil no reírse—. En una familia de banqueros de inversión.

—¿Qué, del tipo de Wall Street?

—Eso es parte de ello, sí.

Hines resopló y señaló detrás de ellos hacia el hotel.

—Te sentiste como en casa en un lugar elegante como este, ¿verdad?

Idina se encogió de hombros y contuvo otra risa.

—Bueno, es el hotel de cinco estrellas con la trayectoria más larga de Forbes. En el mundo.

—No me digas.

—La habitación era un poco pequeña, sin embargo…

—Jesucristo. No debí haber preguntado. —Después de un momento de fruncir el ceño, se apartó de ella para mirarla de arriba abajo—. La idea de ti y MacBlair sentados juntos en una suite de tres dormitorios. Te juro, es como un interminable déjà vu.

—No estoy segura de a qué se refiere, señor.

—Quiero decir, ambos están cortados por el mismo patrón. Me pregunto si es toda la mierda de las luces verdes lo que los hace tan similares o algo más.

Ella parpadeó y bajó la cabeza cuando el valet regresó con su Lexus de alquiler color champán y lo estacionó suavemente junto a la acera frente al hotel.

—Estoy segura de que hay una explicación razonable para eso.

—Moorfield, no hay nada razonable, lógico o comprensible en todo lo que llevas extra en tus manos. O en las suyas. Soy el idiota que quedó atrapado entre la espada y la pared en el momento equivocado.

—Creo que debería darse más crédito, señor.

—Oh, ¿de veras? —Resopló—. ¿Por qué?

—La mayoría de la gente habría salido corriendo a estas alturas. O perdido la cabeza.

Sacando su billetera cuando el valet salió del coche, Hines chasqueó la lengua y murmuró:

—¿Quién dice que no lo he hecho?

—Entonces la mayoría de la gente no es tan buena disimulándolo.

—¡Ja! No tienes idea. —Sacó otro billete y se lo entregó—. Para el valet. Aceptan propinas, ¿verdad?

Idina negó con la cabeza y sacó su billetera.

—Me encargo yo, señor. Gracias por el desayuno.

—Ajá. —Sin mirarla, guardó la billetera en el bolsillo y se dirigió al coche.

Lo cual probablemente fue mejor, porque el hombre no sabía cómo dar propina a un valet, y Idina no había gastado un centavo en este pequeño viaje secundario. El valet le dio una sonrisa cómplice mientras intercambiaban las llaves por dinero y murmuró:

—Que tenga un buen día, señora.

—Sí, igualmente.

«No tengo idea de cómo será el resto del día, pero estoy bastante segura de que no puede ser más raro que las últimas veinticuatro horas».

Capítulo 8

No habían llegado al final del largo camino privado de dos carriles que conducía al hotel Broadmoor cuando el comandante Hines demostró a Idina que estaba equivocada y le lanzó otra bola curva.

—¿Qué te parece si hacemos un poco de turismo?

Idina parpadeó y aminoró la marcha en el siguiente cruce de cuatro direcciones, mirando entre la carretera y el reflejo del mayor en el espejo retrovisor.

—¿Señor?

—Vamos, Moorfield. Conoces los hoteles de cinco estrellas, los autos decentes y cómo dar propina a un valet. No me digas que el término «turismo» te sorprende.

«Después de descubrir que mi tío y el comandante de mi batallón son el mismo tipo con identidades diferentes, nada me sorprende».

Contuvo la respuesta ingeniosa que tenía en la punta de la lengua y se aclaró la garganta.

—No, señor. No me lo esperaba.

—Oh, bien. Finalmente tomé a la soldado Moorfield por sorpresa. —Hines se rio en el asiento trasero y sacó su teléfono—. ¿Qué sabes de Colorado Springs?

—No mucho. Quiero decir, está Fort Carson. La Peterson Space Force. Cheyenne Mountain Space Force. Y aquí está NORAD. Justo debajo de la montaña Cheyenne, creo.

—Maldita sea. Si quisiera perder el resto de mis vacaciones de trabajo en una base militar, habría tomado un vuelo más temprano a casa.

Idina soltó una risa seca y asintió.

—Entendido.

—Muy bien, aquí vamos. —Él deslizó el dedo por lo que sea que había buscado en su teléfono y sonrió—. Jardín de los Dioses. Una de las mayores maravillas geológicas del mundo. ¿Qué te parece, eh?

Tras girar a la izquierda para regresar por Lake Avenue hacia el centro de Colorado Springs, Idina miró hacia arriba en el espejo retrovisor.

—Parece un lugar turístico popular, señor.

—Hoy somos jodidos turistas. Cambio de rumbo, Moorfield. Quiero echar un vistazo a las «altas formaciones de rocas rojas». Este artículo divertido dice que «cobran vida».

Alcanzó el GPS en el tablero y se detuvo.

—¿Quiere ir de excursión?

—Se llama Jardín de los Dioses. Supongo que a ambos nos vendría bien un poco de intervención divina en este momento, ¿no crees?

Idina no podía decir si hablaba en serio o estaba bromeando, y no quería poner en peligro su extraño buen humor ofreciendo la respuesta equivocada.

—Sí, señor.

En el siguiente semáforo, escribió Jardín de los Dioses en el GPS y estableció su nuevo destino. Luego miró hacia arriba en el espejo retrovisor y encontró a Hines mirándola.

—No me mires así, Moorfield.

—¿Cómo, señor?

—Como si te hubiera pedido que limpiaras mierda de perro de la suela de mis zapatos.

Ella se rio entre dientes, y él se apoyó contra el reposabrazos de la puerta trasera a su lado, sonriendo por la ventana.

—Es un parque público —añadió—. No hay forma de que la absorbente de luz me convenza de que salir a caminar por unos senderos bien cortados sea demasiado para ella.

—No, señor.

* * *

Para ser una mañana soleada a principios de junio, el Centro de Visitantes y Naturaleza de Jardín de los dioses estaba, comprensiblemente, lleno de excursionistas, escaladores, ciclistas de montaña y turistas que querían visitar una de las maravillas geológicas más increíbles del mundo. El mayor Hines no tenía ningún deseo de entrar en el centro de visitantes para ver los mapas, guías o la tienda de regalos, y Idina no tuvo problemas para cumplir con esos deseos.

«Quiere matar el tiempo antes de que regresemos a Bragg, y yo soy la conductora».

Ninguno de los dos sabía exactamente qué esperar mientras conducían por el largo y sinuoso camino de tierra que conducía a los múltiples estacionamientos del parque. El lugar estaba lleno, pero finalmente encontró un espacio para estacionar en uno de los estacionamientos adicionales, lo que solo significaba que tendrían que caminar un poco más para llegar a los senderos.

Hines no dijo nada mientras marchaba por el sendero hacia el inicio del sendero. El hombre lucía algo ridículo con sus enormes gafas de sol, pero Idina tenía la sensación de que esa no era la razón por la que recibían miradas curiosas y abiertas de las otras personas que ingresaban al parque. Probablemente, eso tenía más que ver con el hecho de que dos militares con uniforme completo se estaban tomando un desvío de sus horarios diarios para explorar la naturaleza bajo el brillante sol de Colorado.

Antes de llegar al primer sendero, el mayor jadeaba como una locomotora.

—Maldita sea. No creía estar en tan mala forma.

Se detuvo junto a la entrada del sendero, se apoyó en el poste de la cerca más cercano y se secó el sudor de la frente.

—Creo que es la altitud, señor. —Idina lo alcanzó, sintiendo los efectos también, aunque no tan intensamente—. Creo que hay una botella de agua en el coche.

—Debería haberlo pensado antes de salir. —Hines resopló y se enderezó, finalmente recuperando el aliento—. No voy a dar la vuelta hasta haber pasado más tiempo en este sendero del que pasaste tratando de encontrar un lugar para estacionar. Vamos.

Por suerte, sus gafas de sol ocultaron su divertido gesto de ojos en blanco. Luego Hines volvió a moverse. Sacudiendo la cabeza, ella lo siguió. El segundo que salió del camino de concreto y se adentró en el sendero de tierra roja compactada, se detuvo en seco.

«Santo cielo, es como entrar en un enchufe eléctrico».

Eso fue lo primero que le vino a la mente porque la energía en este parque público era más electrizante que cualquier cosa que hubiera sentido antes. Su piel se erizó de repente, a pesar del clima árido a unos sólidos veintisiete grados y el sol ardiendo sobre ella.

Cualquiera que fuera la energía, no se sentía como su magia o como algo que había percibido de Richard las pocas veces que se habían reunido en persona. Tampoco se parecía a la pesada sensación de asfixia y presagio inminente que la invadía cada vez que aparecía el Olc, ya fuera en su vida o en su cabeza.

«Es fuerte. Jesús, ¿no podía Richard haberme advertido que también podría sentir estas cosas?».

A unos veinte pasos de distancia en el sendero, Hines finalmente notó su ausencia junto a él y se giró para mirarla.

—¿Qué pasa, Moorfield? ¿No quieres ensuciarte las botas?

—Yo… —Tragó saliva, sacudió la cabeza y luchó contra el impulso de frotarse los brazos para que se le pasara la piel de gallina. Luego señaló el cartel junto al inicio del sendero—. Leyendo sobre el lugar.

—Ajá. Lee en Internet. Luego. Este podría ser mi ejercicio de la semana y no me voy a detener en cada cartel porque te dio curiosidad. —Hines giró sobre sí mismo y subió la leve colina mientras el sendero continuaba entre dos largas crestas de piedra desgastada por el clima tan roja como la tierra, cada una de al menos seis metros de altura.

Le resultaba mucho más difícil de lo que debería dar ese próximo paso en el camino de tierra, pero Idina se obligó a hacerlo de todos modos. Otra oleada de energía poderosa recorrió ambas piernas, lo que también sirvió como un gran motivador para seguir avanzando. Echó a correr suavemente para alcanzar a su jefe, y con cada paso que daba hacia el interior del parque, la intensidad electrizante de la energía que sentía allí se desvanecía.

«Al menos no me están dando sacudidas cada vez que mis botas tocan la tierra. Hay algo aquí».

Casi pasó corriendo junto a Hines cuando llegaron a la cima de la colina. La vista que se desplegaba ante ella la hizo detenerse de nuevo. La vista era increíble.

Altos puños de piedra roja salpicaban el paisaje del desierto alto, sus formas curvándose y retorciéndose tras siglos de ser desgastadas por los elementos. El sendero continuaba entre estos monolitos de roca roja, serpenteando entre arbustos y plantas de yuca y el ocasional estallido de flores silvestres de un naranja brillante. Las Montañas Rocosas se extendían de norte a sur hasta donde alcanzaba la vista, añadiendo aún más a la magnífica vista en lo que Idina de otro modo habría llamado el medio de la nada.

Se llevó las manos a las caderas y se permitió un momento para asimilarlo todo.

—Guau.

Hines miró por encima del hombro los primeros metros de sendero que habían cubierto, luego la miró de arriba abajo.

—¿Subiste corriendo esa colina?

—Sí, señor.

—Estás sonriendo.

—Es mucho más fácil sin armadura completa y mi mochila.

Él resopló y volvió a bajar por el otro lado de la colina mientras el camino giraba suavemente a la derecha.

—Fanfarrona.

Idina inhaló profundamente, percibiendo el aroma de la tierra cálida y el olor ligeramente mentolado de una planta arbustiva y peluda que no reconoció. Luego marchó por el sendero y se aseguró de que Hines no volviera a adelantársele.

«De esa manera, no tendré que alardear».

Cuando rodearon la curva en el sendero junto a una cresta particularmente masiva de piedra roja, se encontraron con muchos más excursionistas de los que había esperado. Además de algunos no humanos.

El fuerte sonido de cascos resonando en el sendero más adelante rebotó entre las rocas rojas. Hines se detuvo y ladeó la cabeza ante la vista.

—Eso es un maldito caballo.

—Es un parque público, señor. En Colorado.

—¿Se supone que eso debe significar algo para mí?

Idina sonrió cuando los dos jinetes a caballo tomaron una bifurcación diferente en el sendero y pasaron a unos diez metros de ellos a través de la tierra suelta y los arbustos.

—Creo que significa algo para los caballos.

Él resopló.

—Deja de ser una listilla.

Luego volvió a bajar por el sendero, marcando un ritmo mucho más rápido, ya fuera porque se estaba acostumbrando a la elevación o porque no quería que su conductor viera su malestar.

Idina le seguía paso a paso, con la mitad de ella completamente asombrada y contemplando la vista seca y amplia del parque, salpicado de agujas de piedra y las Rocosas al fondo.

«Quizá si viéramos todas estas rocas como árboles petrificados, claro. Esto podría ser un jardín gigante».

La otra mitad de ella seguía en alerta máxima buscando el origen de toda la extraña energía que había sentido en cuanto pisó el sendero de tierra roja. No se había sentido maligna como el poder del Olc, pero tampoco la había llenado exactamente de una sensación de calma y paz. Solo inmenso poder y el hormigueo de electricidad recorriéndole cada poro.

«La gente habla de sentir la energía de un lugar todo el tiempo, ¿no? La energía de la Tierra, tal vez. No es como si tuviera mucha experiencia con eso, pero tal vez eso sea todo».

El sol brillaba sobre ellos desde su posición de media mañana en el cielo. En minutos, Idina estaba sudando casi tanto como en Carolina del Norte o incluso en Nueva Inglaterra cuando el calor del verano subía con un setenta por ciento de humedad. Aquí, sin embargo, estaba seco como un hueso.

El mayor Hines parecía arrepentirse de no haber regresado por esa botella de agua en el coche, pero no dejó que eso lo detuviera. Idina no estaba a punto de sugerir que dieran la vuelta a menos que tuvieran problemas de deshidratación o insolación.

Dieron la vuelta a otra curva en el sendero, junto a un enorme trozo de piedra roja. Se elevaba unos doce metros de altura y al menos sesenta de ancho. La estrecha cresta se proyectaba a través del paisaje, cóncava en el centro donde décadas de lluvia y viento habían esculpido un hueco, haciendo que la roca pareciera doblarse sobre sí misma. Idina estudió las estriaciones en la piedra roja, con colores que iban desde un crema rosado hasta un rojo sangre profundo.

«Estas cosas han estado aquí para siempre, y aún siguen en pie. Seguirán en pie cuando todos los que estamos aquí hoy nos hayamos ido hace mucho tiempo».

Le pareció posible que la energía electrizante que había sentido proviniera de estas piedras en lugar de alguna fuerza oscura tratando de encontrarla a plena luz del día, como ya había sucedido dos veces antes.

Hines se detuvo a unos metros por delante de ella y miró hacia la cima de la larga cresta rocosa junto al sendero. Inclinó el cuello y se bajó las gafas de sol por el puente de la nariz para ver mejor ahora que la cima de la roca bloqueaba completamente el sol.

—Vaya. Mira eso…

Idina no tuvo tiempo de mirar hacia arriba. En cuanto las palabras salieron de la boca del mayor, la intensa sensación ardiente de la energía extraña que había sentido en este lugar volvió a encenderse.

En segundos, había crecido hasta volverse casi insoportable. El vello de su nuca se erizó de nuevo. Su uniforme empapado de sudor no le hacía ningún favor cuando otra oleada de piel de gallina la recorrió, más pronunciada por su ropa húmeda y el raro momento de sombra junto a la piedra roja.

Retrocedió un paso a lo largo del sendero, mirando la roca y esperando que se revelara la fuente de esta nueva energía.

Hines la miró de reojo.

—¿No es de tu gusto, Moorfield? Vamos, ambos sabemos que no tienes exactamente miedo a las alturas. ¿Moorfield?

Idina no oyó una sola palabra. Lo único de lo que era consciente ahora era del crujido y el retumbar que se le acercaban desde muy lejos.

Los rugidos temblorosos de explosiones en la distancia le siguieron, una tras otra.

Un temblor recorrió el suelo bajo sus pies.

Destellos de luz verde iluminaron la visión de Idina, dibujando líneas en zigzag a lo largo de la superficie de la piedra roja frente a ella, mientras sus brazos y su espalda ardían con el picor helado de su magia encendiéndose en respuesta.

Entonces escuchó la risa.

La risa del Olc. Le quemó la cabeza con todos los retumbos, estallidos y gemidos de la tierra siendo arrancada y volteada sobre sí misma.

—Ahora siempre te encontraré, guerrera. Terminaremos lo que empezaste…

Capítulo 9

Sabía que no era otra visión. Idina seguía viendo todo a su alrededor: las rocas rojas que sobresalían, el sendero, los arbustos rastreros y los cactus del desierto alto, al mayor Hines de pie junto a ella. Todavía oía el viento silbando a través de las estrechas aberturas de otras piedras y los pequeños pájaros revoloteando de arbusto en arbusto. La brisa que ondulaba su ropa húmeda y tiraba de los cabellos sueltos que se le habían escapado del peinado apresurado de esa mañana era fresca y demasiado real. No le daba ningún consuelo.

Si esto fuera una visión, Idina se habría ido completamente al presente y a su entorno. Así era como siempre habían funcionado.

«Mierda. Está aquí».

Hines se quitó las gafas de sol de la cara y frunció el ceño al mirarla.

—¿Qué pasa, Moorfield?

—Algo anda mal, señor. —Escaneó la gran forma de cuenco tallada en la roca, luego examinó el paisaje lleno de más pilares rojos—. Tenemos que sacarlo de aquí.

—¿Qué quieres decir?

—Quiero decir, que puedo sentir algo. —Sus manos ardían con su magia mientras su pulso se aceleraba y palpitaba en sus oídos. Con su suerte, no llevaba un arma de fuego con ella. No es que un arma manufacturada hubiera sido remotamente útil contra el Olc, pero Idina de repente se sintió desnuda y expuesta—. Es…

El fuerte chasquido de las rocas al partirse provino de la larga cresta de piedra detrás de ella. Idina giró cuando rocas del tamaño de un puño se soltaron de la cima. Chocaron con la forma curva y retorcida, seguidas por una lluvia de guijarros más pequeños y polvo.

El rugido áspero de la risa del Olc resonó en su mente, que claramente nadie más podía oír.

Luego hubo un fuerte desgarro, un siseo y una voz completamente nueva.

—¡Cuidado!

—¡Oh, mierda, te tengo!

Una gran forma oscura cayó rápidamente desde la cima de la cresta.

El primer pensamiento de Idina fue que las rocas se estaban partiendo para dejar salir al Olc o alguna parte de él, como los puños verdes en los bosques de Fort Benning.

—¡Mayor Hines! —Saltó hacia su jefe y lo apartó de la piedra. Ambos retrocedieron tambaleándose fuera del sendero y se adentraron en los pastizales rodeados de arbustos y suculentas. Luego, Idina se puso delante del mayor para enfrentar la amenaza inminente mientras el Olc rugía de risa y el estruendo retumbante de la destrucción inminente resonaba en la distancia.

En realidad, no tenía idea de cómo iba a combatir esta amenaza. Aun así, tenía que intentarlo. Estaría mucho más preparada para lo que el Olc podría hacerle aquí que la última vez.

Alguien gimió. Otra forma oscura atravesó la sombra bajo la cresta rocosa. Idina se centró en las formas en movimiento y tenía toda la intención de disparar un rayo de advertencia.

—¡Ey, ey, ey! —Hines se interpuso en su camino y le empujó el brazo hacia abajo a su costado—. ¿Qué demonios estás haciendo? Guarda eso.

—Señor…

—No me importa un carajo lo que creas que sentiste, Moorfield. No hay nada aquí.

En el segundo en que lo dijo, todo el ruido de destrucción y la risa del Olc se cortaron de golpe, como si alguien hubiera estado reproduciéndolos desde un sistema de sonido oculto, y ahora se había acabado la broma. Idina parpadeó y se dio cuenta de lo que estaba a punto de hacer.

Las sombras oscuras agazapadas en la base de la roca no eran rocas que caían ni algún tipo de enemigo mágico enviado aquí para eliminar a la soldado Moorfield y al mayor Hines. Eran personas.

Personas con equipo de escalada conectadas a largas bobinas de cuerda. Uno de ellos estaba sentado en una alfombra de seguridad de color rojo oscuro en la base de la roca, mientras el otro se encontraba de pie sobre su compañero. Ambos señalaban la cima de la piedra y se reían de lo que había sido un roce cercano antes de que uno de ellos atrapara al otro y evitara algunas lesiones graves por la caída.

—No hay nada aquí —susurró, incapaz de comprender cómo diablos había dejado que el pánico se apoderara de ella.

«Casi derribo a dos escaladores de roca. Por no hacer nada…».

—Sí, pero hay testigos civiles —gruñó Hines, y volvió a empujarle el brazo—. Así que guarda el poder de fuego donde debe estar, ¿de acuerdo? Vamos. ¿Qué te pasa? —Ladeó la cabeza para desviar su atención de los escaladores y hacia él—. ¿Hay algo que deba saber?

Finalmente, Idina encontró su mirada y negó con la cabeza.

—Lo siento, señor.

—Ajá. —Él la miró de arriba a abajo, luego se puso de nuevo las gafas de sol—. Vamos a atribuir esto al mal de altura, tal vez incluso a la insolación, y quedarnos tranquilos. No quiero ver esa mierda sin una buena razón. ¿Entendido?

—Sí, señor. No volverá a suceder.

—Bien. —El mayor resopló, se dio la vuelta hacia el sendero y luego señaló con el pulgar por encima del hombro—. Vi un cartel por allí que indicaba una bifurcación a un circuito más corto. ¿Crees que puedes terminar una caminata?

—Estoy bien. De verdad. Puedo manejarlo.

—Entonces sigue el ritmo. —Hines volvió a bajar por el sendero sin decir una palabra más, caminando a paso tranquilo para disfrutar de la vista y el paisaje mientras se aventuraban más en el Jardín de los Dioses, pero permaneciendo relativamente cerca de la carretera y la línea de estacionamientos junto a ella.

Idina siguió fácilmente el ritmo, pero ya no disfrutaba del paisaje ni del placer de caminar en la naturaleza sin armadura, equipo, un kit de armas ni treinta kilos adicionales.

Hines no notó nada. Ni el temblor en el suelo. Ni la voz, obviamente. No sintió toda esa energía. Pero eso no fue una visión.

Parte de ella empezó a preguntarse si estaba volviéndose loca de nuevo. El miedo no era tan intenso como cuando abrió el primer agujero en el suelo de la bahía durante el entrenamiento básico o cuando las luces verdes comenzaron a llenar su cabeza con números, estadísticas y probabilidades, convirtiéndola en una computadora viviente. Lo que casi había sucedido —lo que Idina casi había hecho a dos civiles inocentes y completamente desprevenidos— nunca debería haber ocurrido.

Era más probable que perder la razón fuera la posibilidad de que su magia se estuviera descontrolando otra vez, completamente fuera de su control, y no tenía idea de por qué.

«O tal vez el Olc hizo algo cuando me estaba absorbiendo la magia y toda la vida. Si lo hizo, tengo muchos más problemas de los que pensaba».

Incluyendo casi convertir un arma poderosa del Ejército contra civiles en un parque público. Y posiblemente haciendo que el mayor Hines sospechara que ya no estaba capacitada para mantener su trabajo y ser su conductora.

Alejó esos pensamientos de su mente y trató de concentrarse en seguir el ritmo de su jefe mientras él avanzaba por el sendero, decidido a completar un circuito completo en el Jardín de los Dioses antes de que ambos volvieran a la vida normal.

Lo que sea que eso fuera.

* * *

Después de su caminata un tanto tensa e increíblemente calurosa, y una botella de agua tibia para cada uno de ellos una vez que regresaron al coche, Hines quiso ir a almorzar. Idina lo llevó a donde él quiso ir, y se detuvieron en un pequeño restaurante mexicano llamado Señor Manuel.

—Esto ya es otra cosa —dijo él con la boca llena de un taco al pastor—. Barato, rápido, condenadamente delicioso. Tenemos unos diez minutos. Luego, de vuelta al aeropuerto.

—No hay problema. —Mientras comían, Idina lanzaba rápidas y curiosas miradas a su jefe entre bocados. No parecía alterado por su casi accidente en su caminata ni preocupado por lo que ella podría malinterpretar la próxima vez. El hombre no parecía preocupado de que su conductora, una soldado en su compañía y la soldado de primera clase que había tenido una reunión privada no anunciada con el comandante del batallón, pudiera estar experimentando nuevos problemas con sus habilidades que ninguno de los dos comprendía.

Por ahora, estaba demasiado concentrado en disfrutar de sus tacos, que hacía parecer mucho mejores que cualquier cosa que hubieran comido en el desayuno en el Broadmoor.

«No metí la pata. No realmente. Mientras él no esté enojado conmigo, supongo que todo está bien».

También se le ocurrió que Hines y Richard se conocían desde hacía mucho tiempo. Aparentemente, se conocían incluso antes de que Richard hubiera estado fuera del radar después de dejar Moorfield Manor y nunca regresar. Lo que probablemente significaba que el mayor Hines había visto a Richard Moorfield luchar por controlar su magia una o dos veces. Idina no había podido ocultar sus habilidades a ninguna de sus unidades en el 307 hasta ahora, y lo había intentado.

Por otro lado, era el modo de operar del mayor ver algo con sus propios ojos, cerrar la boca y nunca volver a mencionarlo porque no quería encontrarse sin palabras o explicaciones.

«Fue suficiente la primera vez. Puede ser suficiente ahora».

* * *

El resto de su viaje de regreso de Colorado fue tranquilo, incluso aburrido. Hubo poca conversación entre Idina y el mayor mientras devolvían el coche de alquiler, abordaban su avión, volaban de regreso a Carolina del Norte y tomaban el todoterreno para regresar a Bragg. La mayor parte de esa conversación fue un intercambio necesario de información y su breve encuentro con el sargento a cargo de la seguridad en la puerta de entrada al puesto cuando Idina los condujo.

El sargento sonrió y asintió al mayor Hines, sentado en el asiento trasero del vehículo, y luego golpeó el marco de la ventana abierta de Idina.

—Adelante, soldado. ¡Por los paracaidistas!

—Siempre, sargento. —Su respuesta fue completamente automática antes de que rodara suavemente el vehículo a través de la puerta.

Solo cuando Hines se rio en el asiento trasero, ella se dio cuenta de que había dicho algo.

—Cuando te dije que guardaras esa mierda, Moorfield, no quise decir que cerraras toda la operación.

—¿Señor?

—Dijiste más a ese suboficial de seguridad en dos minutos de lo que me has dicho a mí en las últimas siete horas.

Rápidamente lo miró en el espejo retrovisor antes de tomar el siguiente giro hacia su barrio residencial en el puesto.

—¿Había algo más de lo que quisiera hablar?

—Ah, así que solo se trata de lo que quiero, ¿eh? Escucha. Diré esto. Luego lo dejaré en paz. Estuviste un poco hipervigilante esta mañana. Tal vez reaccionaste de forma exagerada. Créeme. Si hubiera estado en tus zapatos durante los últimos nueve meses, habría hecho algo mucho peor. No dejes que te arruine el día.

—Entendido, señor. —Idina apretó el volante y condujo calle abajo, las luces de la calle parpadeando a través del parabrisas en la tenue luz azul-gris del crepúsculo.

Cada vez que miraba hacia el espejo retrovisor, Hines seguía mirándola.

—Has tenido todo un día para pensarlo —añadió él—. Así que te lo preguntaré una vez más. ¿Hay algo que deba saber?

—¿La palabra «Olc» le suena de algo, señor?

—¿Orco? —resopló él—. ¿Te refieres a esos pequeños bichos verdes de fantasía con colmillos?

Presionó los labios y sacudió la cabeza.

—No, señor. Con L.

—Bueno, obviamente no.

«No tiene ni idea. La única persona que puede ayudarme con esto es Richard, y él vuelve a esconderse detrás de todo el batallón sin darme un solo consejo útil sobre cómo se supone que debo manejar esto».

—Estoy bien, señor —añadió, manteniendo su mirada un poco más a través del reflejo del espejo para dejar clara su postura—. Tiene razón. Hipervigilante y sobrerreaccionando. Eso es todo. Como dije, no volverá a suceder.

—De acuerdo. Tendré que tomarte la palabra.

No dijeron nada más hasta que Idina se detuvo en la acera frente a la casa del mayor. Él sacó su bolsa de viaje del asiento trasero y abrió la puerta.

—Mañana a la misma hora, Moorfield. Duerme más de lo que dormiste anoche, ¿eh?

—Sí. Buenas noches, señor. —Lo observó caminar por su entrada y desaparecer por la puerta principal. Luego, no había nada más que hacer excepto conducir hasta el edificio del cuartel general y dirigirse a su habitación.

La cena consistió en carne seca y una barrita de proteínas en lugar de ir al comedor. Idina estaba perfectamente contenta con su elección porque significaba que podía quedarse en su habitación lejos de la gente, sacar el diario de Gavina Muirden e intentar leerlo de nuevo.

La última vez que había hojeado las páginas y sus luces verdes habían iluminado y reorganizado las palabras para revelar el mensaje oculto de Gavina, ese mensaje se había detenido a la mitad del diario. Idina tenía la corazonada de que había más, que la otra mitad de esas páginas contenía otro mensaje privado específicamente para ella de una de sus antepasadas mágicas de hace trescientos años.

O tal vez era un deseo.

El mensaje que ya había leído en la primera mitad del diario destacaba en letras verdes brillantes sin ningún esfuerzo de su parte. La segunda mitad del diario estaba oscura, revelando solo los relatos de Lady Muirden sobre la vida diaria en la finca de Tigh Ghleann.

—Genial. —Idina finalmente cerró el diario y lo lanzó al pie de la cama. Con un suspiro, se recostó contra la pared y miró al otro lado de su pequeño pseudoapartamento en el cuartel general.

«Tal vez Gavina pensó que tendría algún tipo de maestro para cuando descubriera cómo leer sus mensajes. Así no tendría que escribir un manual de instrucciones completo sobre cómo lidiar con esta cosa que nos ha estado cazando durante siglos».

Luego recordó cómo había reaccionado su tío cuando le habló de sus visiones y específicamente de las que incluían al Olc.

—¿Te comunicaste con él?

—Sí. Me comuniqué con él —le respondió a su memoria y resopló—. Lo que, al parecer, no se suponía que pasara. Gracias por el consejo, Richard.

Decir su nombre en voz alta en la privacidad de su habitación fue mucho más extraño de lo que esperaba, y de inmediato deseó no haberlo hecho.

Porque su tío ya no era simplemente un recuerdo lejano. Encontrarlo no era un sueño imposible, algo que deseaba hacer, pero no sabía por dónde empezar. Richard Moorfield estaba aquí en Fort Bragg, destinado como comandante del Batallón 307, y había estado aquí todo el tiempo.

Había creado la sección como una unidad desechable para probarla en un «entorno controlado». Le había dado pequeñas pistas durante los últimos dos meses para ver cómo reaccionaría, y la había puesto a prueba al final del único ejercicio de entrenamiento de su unidad porque quería demostrar que ella podía manejar un ataque mágico.

Claro, era el tipo de ataque que la mayoría de los soldados del ejército nunca experimentarían ni sabrían cómo combatir, pero Idina lo hizo. Estaba lista.

Tal vez demasiado preparada, a juzgar por su reacción en el Jardín de los Dioses esa mañana. Aun así, estar demasiado preparada era mucho mejor que estar muerta.

«Cualquiera que sea el significado de necesitar cambiar todos sus planes, sé que Richard está tramando algo. No me habría hecho pasar por todo esto para descartarme y desaparecer de nuevo. Pasé su prueba. Así que ahora pasamos a la siguiente fase de… lo que sea que esto sea».

Ese pensamiento mantuvo a Idina despierta mucho más tarde de lo que le hubiera gustado, pero al menos esa noche durmió más de cuatro horas.

Capítulo 10

A la mañana siguiente, Idina se sentía mucho mejor con toda la situación. Era un nuevo día con una nueva oportunidad de enfrentar lo que viniera con Richard, sin mencionar lo que pudiera haber pasado con su magia. Las falsas alarmas no eran realmente lo suyo, pero al menos fue solo una, y había podido apagar su magia a tiempo para evitar un problema mayor.

Mientras conducía a través del puesto para recoger al mayor Hines, como lo había hecho todos los días durante los últimos dos meses y algo más, empezó a emocionarse un poco con el futuro.

«He encontrado a mi tío. Se cambió el nombre y esperó más de dos meses para contactarme, pero sigue siendo mi tío. Él puede hacer lo que yo hago y mucho más, y no hay forma de que no me dirija a un tipo de trabajo nuevo ahora».

La unidad de Idina había completado su misión de entrenamiento cuando nadie pensó que lo haría. Si nada más, habían demostrado ser completamente capaces de manejar más responsabilidad que quedarse sentados en el almacén todo el día. Richard había formado la unidad por una razón. Quería pruebas de lo que los hacía «dignos» de no estar en una unidad desechable en primer lugar. Eso significaba que tenía planes más grandes y mejores para todos ellos.

Estaba tan segura de esto que aún sonreía cuando el mayor Hines salió por la puerta de su casa.

Mientras ella sostenía la puerta trasera del terreno para él, un ceño fruncido cruzó sus cejas y la miró de arriba abajo.

—Parece que seguiste mi consejo anoche. ¿Te sientes mejor?

—Definitivamente. ¿Y usted, señor?

—¿Qué hay de…? —Él resopló y agachó la cabeza para deslizarse en el asiento trasero—. Perfecto, Moorfield. Como todos los días. Me sentiré aún mejor cuando borres esa sonrisa de tu cara. Pareces un asesino en serie en ciernes.

Ella se rio, cerró su puerta y se sentó al volante. Le costó sorprendentemente mucho esfuerzo seguir la sugerencia de su jefe y deshacerse de la sonrisa, pero una sonrisa contenida tendría que ser suficiente. Incluso cuando le empezaron a doler las mejillas, no pudo reprimir su emoción ni su buen humor y enterrarlos en un rincón oscuro de sí misma.

Hines la observó a través del reflejo con una ceja levantada mientras ella ponía la marcha y se alejaba de su casa. No le preguntó por qué estaba tan contenta, y no ofreció ninguna información por su cuenta.

«Por supuesto que no. Hines no ofrece información. Tengo que sacársela con unos alicates verbales».

Solo pudo esperar hasta que salieran de su vecindario residencial antes de mencionarlo.

—Entonces. ¿Ha escuchado algo ya?

La comisura de su boca se torció cuando ella volvió a mirar su reflejo.

—¿Sobre qué?

—Sobre lo que pasa después, señor.

Hines suspiró y se apoyó contra la puerta para mirar por la ventana.

—Supongo que si hubiera una segunda mitad de esa oración, sería, «después de reunirme con el coronel». ¿Verdad?

—Cierto.

—Por supuesto que tengo razón.

Idina se concentró brevemente en cambiar de carril mientras se dirigían al cuartel general.

—Me pregunto si él se ha puesto en contacto con usted ya. O si sabe lo que haré ahora.

—Tu trabajo, Moorfield.

—¿Qué? —Ella miró hacia el espejo retrovisor de nuevo con los ojos muy abiertos, pero el mayor ya no parecía tan interesado en observarla—. ¿Eso es todo? ¿Volver a la vida cotidiana después de algo así?

—Eso es todo. —Él resopló y sacó su teléfono del bolsillo de la chaqueta. Lo que leyó allí fue más importante que el avance de Idina desde la etapa de estancamiento perpetuo de su carrera.

—¿Y sobre otras misiones? —preguntó ella—. La sección puede manejarlo. Hemos estado sentados en nuestros traseros el tiempo suficiente…

—Voy a detenerte justo ahí, Moorfield. Antes de que te emociones demasiado.

«No me estoy emocionando. Esto se supone que debe pasar. No voy a pasar el resto de mi carrera sentada en un maldito almacén».

El siguiente semáforo parpadeó en amarillo, e Idina presionó un poco demasiado el freno a pesar de tener suficiente espacio adelante para detenerse suavemente. Tragó saliva y miró con furia al semáforo.

—¿Señor?

—No tengo idea de qué sigue —respondió Hines con calma—. Misiones, reuniones, objetivos, nuevos informes… nada. Eso es algo para tu líder de sección.

—¿El capitán Irons?

Hines no respondió porque ambos sabían que Irons era la única opción.

—Señor, él no sabe nada sobre…

—¿Estás buscando trabajo, verdad? Consulta con el oficial responsable directo de tu unidad.

Idina contuvo un estallido de rabia y suspiró pesadamente por la nariz. Luego, la luz cambió a verde, y su pie se sintió un poco pesado sobre el acelerador.

«Hines no necesitaba un conductor en Colorado. El teniente coronel le ordenó que me llevara porque Richard quería reunirse. Después de todo eso, ¿se supone que debo ir a mi oficial a cargo, quien no ha sido parte de nuestra unidad desde su formación?».

No podía mentirse a sí misma y decir que todo estaba bien y que tenía que ser paciente. Idina ya había sido paciente, y ahora estaba enojada.

Sin embargo, también era una soldado, y su jefe había dejado claro que no le daría respuestas esta mañana. Otra vez.

* * *

El resto del trayecto transcurrió en silencio. Idina solía esperar junto al todoterreno al menos cinco minutos para que Hines pudiera entrar solo en el edificio antes de dirigirse a su despacho, pero hoy redujo ese tiempo a la mitad. Luego cruzó la puerta de entrada, conteniendo las ganas de cruzar el vestíbulo casi a las siete y media, por si encontraba al capitán Irons en su despacho antes del comienzo oficial de la jornada laboral.

No le sorprendió encontrar la oficina de Irons desbloqueada y vacía. Una fina capa de polvo se había acumulado en todo el interior de la estrecha habitación que probablemente había sido un almacén antes de convertirse en oficina. Tampoco le sorprendió que no hubiera más órdenes de trabajo «distribuidas al azar» sobre su escritorio para tentarla a motivar a su unidad a hacer algo productivo con su día.

Después de todo, ella había completado su pequeña misión secundaria de informar al mayor Hines sobre los soldados de la sección. Las órdenes de trabajo no eran necesarias, y podría ser que no hubiera órdenes de trabajo actuales para distribuir después de lo productivos que habían sido con el mantenimiento y la limpieza.

«Aún merecemos la oportunidad de hacer algo diferente. Algo más grande. Una misión de entrenamiento para que el coronel MacBlair pueda probarme en un escenario real no es suficiente».

Lo más frustrante era que no tenía ni idea de cómo ponerse en contacto con Irons. Eso debería haber sido lo normal en su unidad, como lo era en todas las demás, tanto si el comandante del batallón que dirigía un pequeño experimento secreto en la parte trasera del edificio del cuartel general había reunido a esa unidad como si no.

Al límite de su paciencia, ahora que su anterior buen humor se había esfumado, Idina salió furiosa del despacho perpetuamente vacío de Irons. Era consciente de que había dado un portazo mucho más fuerte de lo que su frustración justificaba. Sin embargo, dar un portazo era mucho mejor que agujerear las paredes de aquella estrecha habitación, que era lo que había querido hacer.

«No es como si hubiera alguien aquí para escucharlo. Solo nosotros, conejillos de indias que creemos que nos juntaron en una unidad completamente nueva por una razón real».

Sin nada más que hacer hasta que llegara el resto de los soldados de la sección, dobló la esquina y se dirigió a la sala de suministros. La despensa abierta del fondo estaba repleta de tentempiés, botellas de agua y papel higiénico, aunque aún no sabía quién se encargaba de reponerlos.

«Puedo encontrar algo ahí para desayunar. Tomar una hora para relajarme sola antes de que todos los demás empiecen a entrar».

Llegó al final del pasillo y empujó la puerta del almacén, esperando tener la habitación para ella sola.

No la tenía.

—¡Mierda, mirad esto! —gritó Cake, girando en su silla y colgando un brazo sobre el respaldo—. ¡Ha regresado la desaparecida!

—No desapareció, idiota. —Sentada al lado del cabo, Badge le dio un golpe en el hombro y medio saludó, medio señaló a Idina—. Moss tenía una misión especial.

Pill resopló y empujó sus gafas de montura gruesa hacia arriba por el puente de su nariz.

—A menos que no leyeras el correo que recibimos y no te hayas enterado de nada de esto.

Cake bufó.

—Leí el correo. Aunque no me hubiera enterado de nada, seguro que los habría engañado a todos haciéndoles pensar que sí.

—Sí, seguro. —Trunk bajó la revista que estaba leyendo en el sofá, y los nudillos de su mano rozaron el suelo cuando levantó la vista hacia todos—. Porque siempre nos tienes engañados a todos, ¿verdad?

A Idina le llevó unos segundos superar su sorpresa y la sensación de haberle quitado la alfombra de debajo de los pies cuando se había propuesto estar sola durante la siguiente hora. Luego, dio un paso al interior y dejó que la puerta se cerrara tras ella.

—¿Qué estáis haciendo aquí?

—Matando el tiempo —Skim se encogió de hombros—. Como siempre.

—¿Una hora antes de que se supone que debamos estar aquí?

Cake le sonrió.

—Mierda, Moss, no sabía que tenías el monopolio de la sala fuera del horario laboral.

—No lo tengo. —Se dejó caer en una de las sillas libres de la mesa y suspiró—. Vosotros no tenéis que llevar al mayor Hines de un lado a otro, y luego quedarse sentados esperando. ¿Qué pasa?

Los demás soldados de la sala giraron la cabeza para mirar a Stop, que se sentó derecho en uno de los viejos pupitres pegados a la pared y les sonrió.

Entonces Pill se echó a reír y señaló al soldado Markle.

—A Stop no le gustan mucho los cambios frecuentes de rutina.

—¿Y eso qué significa?

—Significa que tú no estabas aquí después de que volvimos de esa caminata de casi noventa horas seguidas, además de todas esas otras cosas. —Cake lanzó un gesto de desdén—. Algunos de nosotros pensamos que nos habíamos ganado unos días para dormir un poco.

—El c-capullo vino a tocar todas nue-nue-nuestras puertas de todos modos —añadió Badge—. Para hacer ejercicio.

—¿En serio? —Idina sonrió a Stop y le levantó el pulgar—. Buen trabajo, soldado. Manteniendo a todos en línea mientras yo no estaba durante… ¿qué? ¿Cuarenta y ocho horas?

La profunda y resonante risa de Trunk llenó la habitación.

—¿Y cómo te fue, Moss?

Skim levantó las cejas con picardía.

—Todo ese codeo con los peces gordos en algún hotel de lujo en Colorado, ¿no?

—Eh… sí. ¿Cómo lo sabéis?

Pill cruzó una pierna sobre la otra y volvió a centrar su atención en el libro que había estado leyendo.

—Estaba en el correo.

—Sí, ya mencionaste eso. No tengo idea de lo que estás hablando.

—Llegó directamente de la sargento Felicidad Perpetua. —Badge señaló la puerta, aunque ya estaba claro que se refería al sargento Williston, en la recepción del vestíbulo—. Supongo que nadie quería que nos volviéramos locos pensando que te habías ausentado sin permiso de nuevo, ¿verdad? —Con una sonrisa torcida dirigida a Idina, Cake abrió los brazos—. ¿Quién sabe qué clase de espectáculo hubiera sido? Moss suelta por ahí y volviéndose verde nuclear…

—En serio. Otra vez. —Idina cruzó los brazos y fulminó al cabo con la mirada—. No soy una bomba.

Skim chasqueó los dedos y señaló hacia ella.

—No. Solo las haces.

Los demás soldados se rieron, e Idina se obligó a sonreír todo lo que pudo. Era más difícil de lo que esperaba, sobre todo porque todos los presentes no tenían ni idea de lo que había aprendido en las últimas cuarenta y ocho horas.

—Entonces, ¿de qué se trataba todo eso? —Cake cogió el mando a distancia de la diminuta televisión que estaba en el centro de la mesa—. Misión de última hora a Colorado.

—Como conductora del mayor —añadió Pill—. No en alguna misión secreta de operaciones especiales.

—Joder, si alguno de nosotros recibe una llamada para operaciones especiales en cualquier momento, esa va a ser Moss.

—No fue una misión secreta —murmuró Idina y cruzó los brazos—. Ni siquiera fue tan genial, honestamente. Solo un montón de oficiales de alto rango bebiendo champaña y riéndose de chistes malos.

—Apuesto a que había algunos tipos de alto nivel allí, ¿verdad? —Badge levantó la barbilla hacia Idina y sonrió—. ¿Verdad?

—No estaba allí haciendo amigos. Quiero decir, vi al coronel MacBlair.

Cake arrugó la nariz.

—¿Quién?

—¿En serio? —Pill dejó caer su libro en su regazo y lo miró fijamente—. ¿Teniente coronel Richard MacBlair? ¿Comandante del 307°? ¿Nada de esto te suena?

—Bueno, joder. Si me tomara el tiempo para leer sobre cada comandante en cada nivel, Pill, terminaría como tú.

—¿Preparado con la información relevante para saber quién está en el liderazgo y para quién trabajo?

—No. Nerd con gafas.

Badge resopló.

—Oh, mierda. —Skim exageró una expresión de sorpresa y miró a un lado y a otro entre Cake y Pill—. ¿Os vais a pelear por eso ahora?

—Vete a la mierda, hombre. Eh, Stop. ¿Qué repeticiones crees que están poniendo ahora mismo?

Stop sonrió y se escabulló del escritorio antes de ponerse en pie de un salto.

—*El precio justo*. 18 de marzo de 2013.

—No te creo —Cake le hizo un gesto para que se acercara—. ¿Te lees la guía por diversión?

—La guía de televisión. —Con una risita aguda, Stop rodeó la mesa, cogió una silla vacía y la arrastró por el suelo para sentarse detrás de Cake y poder ver la diminuta televisión desde su nuevo asiento.

Todos hicieron una mueca al oír el chirrido de las patas de la silla sobre el linóleo.

Trunk gimió.

—Hace que me duelan los putos *dientes*, tío.

—Eso tuvo que haber roto algo. —Pill se frotó el oído—. La silla. Tal vez el suelo.

—¿A quién le importa el maldito suelo? —Badge lo miró con el ceño fruncido, confundido.

—Estoy bastante seguro de que soy el único que lo friega.

—¿Tú también lo compraste?

—Vale, vale. Mirad esto. El momento de la verdad. —Cake apuntó el mando a distancia al televisor, hizo una pausa y se lo dio a Stop en su lugar—. Sin trampas.

—*El precio justo.* —Stop cogió el mando y miró con impaciencia la diminuta caja que había en el centro de la mesa—. 18 de marzo de 2013.

—Bueno, enciéndelo, amigo. Veamos si el *cerebro* andante tiene razón—.

Mientras Skim, Stop, Cake y Badge se agolpaban alrededor de la televisión, Idina trató de bloquear el sonido de los miembros de su unidad, ya fuera discutiendo por el canal correcto o regañándose entre ellos por cualquier otro detalle completamente inútil.

—¿Llegaste a conocerlo? ¡Moss!

—¿Eh?

Pill cerró su libro y lo dejó a su lado en el sofá.

—MacBlair. ¿Lo conociste?

Por un momento, Idina no supo qué contestar.

«Me dijo que mantuviera la boca cerrada. Supongo que se trata de todo el asunto, ¿verdad?».

—No. —Sacudió la cabeza—. Estuvo en el escenario tal vez tres minutos antes de que…

—¿Qué coño? —Cake se rio y golpeó a Stop en la espalda. —¿Cómo coño haces eso, tío?

—¡Hey! —Pill les frunció el ceño—. Estamos tratando de tener una conversación. ¿Os importa?

—No. Tened vuestra puta conversación. —Los ojos de Cake seguían pegados a la tele. También los de Stop. Badge y Skim sonrieron antes de prestar atención al episodio exacto del programa de televisión que Markle había predicho.

—Joder, Stop —dijo Skim sonriendo al soldado de su unidad con la memoria fotográfica—. ¿Te equivocas alguna vez?

—¿Vosotros dos dejáis de molestar alguna vez? —chilló Pill mientras se ponía de pie—. No puedo decir dos palabras si no se trata de algo que os interese…

—Cálmate de una p-p-puta vez —interrumpió Badge.

—Chicos —murmuró Idina, luchando contra un creciente dolor de cabeza y la creciente presión de su frustración. No esperaba realmente que nadie la escuchara.

—Llevad vuestra mierda al pasillo si os molesta tanto.

—¿Te molesta tanto? ¿Estás de broma? ¡No puedo oírme pensar aquí dentro con esa mierda sonando!

—¡Horno tostador, doscientos cuarenta y nueve dólares con noventa y nueve centavos! —gritó Stop.

—Tíos, os tenéis que relajar —dijo Trunk con voz grave.

—Espera, espera… —Skim y Cake golpearon sus manos en la mesa cuando el presentador reveló el precio del horno tostador en la reposición del programa—. ¡Joder! ¿Habéis visto eso?

Skim sonrió y sacudió la cabeza.

—El tío lo *petaría* en el programa.

—Estoy a esto de romperos la cara si no bajáis esa mierda —chilló Pill.

—Vete a la mierda, hombre. La puerta está a la derecha…

—No. ¡Dame eso! —Pill se abalanzó sobre la mesa y trató de forcejear con Stop por el pequeño mando a distancia.

—¡Tío, quita las manos!

—¡Eh, eh! ¿Qué coño haces?

—¡Cámara digital, doscientos dólares!

Pill prácticamente se subió a la mesa, que se tambaleó bajo su peso mientras forcejeaba con Cake por el mando. Idina ya había oído suficiente.

Se apartó de la mesa y gritó:

—¡Que todo el mundo se calle de una puta vez!

Fue suficiente para que los miembros de su unidad se detuvieran en su incipiente pelea. En ese segundo de pausa, el diminuto televisor emitió un chisporroteo y un chasquido antes de que la pantalla crepitara con luz verde eléctrica y se apagara.

Capítulo 11

La sala de suministros se quedó en silencio porque todos estaban mirando la grieta astillada en la pequeña pantalla de vidrio del televisor y las delgadas volutas de humo que salían de la parte trasera.

Pill se bajó de la mesa y carraspeó, abandonando su misión de conseguir el mando.

Cake giró la cabeza lentamente hacia Idina y chasqueó la lengua.

—Joder, Moss. ¿Tenías que llegar a esto?

—Lo siento.

—Toma, quédate el mando. —Lo lanzó sobre la mesa hacia Pill, que estaba tan ocupado mirando el televisor humeante que no se movió para atraparlo antes de que cayera al suelo con un ruido sordo.

Pill empujó sus gafas hacia arriba por el puente de la nariz y carraspeó.

—Solo quería que bajara el volumen. Eso es todo.

—Bueno, ahora tienes todo lo que querías. ¿Contento?

—¿Contento? —repitió Stop mientras se levantaba de su silla. Idina nunca lo había visto tan desanimado como cuando le dirigió una mirada de dolor y se dirigió hacia los escritorios contra la pared.

—Stop, lo siento —le dijo—. Fue un accidente.

—Vaya accidente de mierda. —Badge señaló la tele—. No c-c-creo que pueda a-a-arreglarla.

—Tíos, es solo un maldito televisor. —Trunk hizo un gesto con la mano—. Y estabais comportándoos como idiotas.

—Oye —Skim giró en su silla y señaló al gigantesco soldado tumbado en el segundo sofá—. También te comportarías como un idiota si finalmente consiguieras que algo funcionara aquí.

—Finalmente consiguieras que algo funcionara aquí. —Stop sopló un chorro de aire a través de los labios y se desplomó sobre el escritorio, apoyando la barbilla en ambas manos.

—Mirad —empezó Idina, extendiendo las manos—. Os ayudaré a arreglarla…

—Sí, ¿por qué no te tomas un respiro, eh? —Cake señaló con el pulgar hacia la puerta de la sala de suministros—. Porque lo último que necesitamos es que nos vueles la cabeza porque estás teniendo un mal día.

Estudió las caras de los otros soldados. Pill la miraba aterrorizado, como solía hacerlo después de ver incluso un indicio de lo que ella podía hacer con sus luces verdes. Badge fruncía el ceño mirando la tele rota. Skim y Stop parecían completamente abatidos, y Trunk se había puesto los tapones para los oídos antes de volver a su revista.

—Vale. —Idina asintió y se apartó de la mesa.

—Vale. —Cake resopló y lanzó una mano en señal de desdén—. Vuelve cuando tengas las bombas de Grinch bajo control.

Se detuvo junto a los escritorios donde Stop estaba haciendo pucheros y se encogió de hombros.

—No lo hice a propósito. Os ayudaré a arreglarla o a construir otra…

—Cuando tengas las bombas de Grinch bajo control —murmuró Stop sin mirarla.

—Sí, está bien. —No miró a nadie más antes de marcharse rápidamente del único puesto al que alguien los había asignado oficialmente.

«Esto es una mierda. Regresamos de un ejercicio de entrenamiento, encuentro a mi tío desaparecido y lo único que toda la unidad puede hacer es pelearse como un montón de idiotas que no han pasado los últimos dos meses tratando de ser mejores».

La puerta de la sala de suministros se cerró tras ella con un golpe sordo, y caminó por el largo pasillo hacia el otro extremo del edificio, tratando de mantener su ira bajo control.

Con su unidad molesta con ella, el capitán Irons imposible de encontrar, como de costumbre, y nada más que hacer, Idina subió al segundo piso, cruzó el edificio y volvió a bajar por el vestíbulo hasta finalmente salir. A estas alturas, casi una hora antes del inicio oficial de la jornada laboral para casi todos los demás en el puesto, la sargento Williston ya estaba instalada detrás de su escritorio. Le dedicó a Idina una sonrisa radiante.

—Buenos días, soldado Moorfield.

—Sí, supongo.

—Oh no. —La mujer comenzó a levantarse de su silla—. Pareces molesta. ¿Hay algo que pueda hacer para…?

—Voy a salir a tomar el aire, sargento. Gracias.

Williston volvió a acomodarse en su silla y asintió.

—Bueno, muy bien entonces. Es una mañana preciosa. Seguro que eso ayuda.

Idina empujó las puertas dobles y salió a la acera que bordeaba el frente del edificio. Williston no se equivocaba al decir que era una mañana preciosa, pero eso no ayudaba mucho a aclarar la mente de Idina. Aun así, pasar tiempo afuera era mejor que estar encerrada con el resto de su unidad, la mitad de los cuales no parecían darse cuenta de que habían regresado de una misión de entrenamiento real —la primera como un equipo cohesionado, por fin—, solo para volver a la misma rutina de siempre.

«¿Cómo se supone que voy a volver a esto? Podría estar haciendo mucho más ahora mismo. Debería estar haciendo más, pero a nadie le importa. Richard… ¿qué? ¿Sentado en su torre cambiando sus planes?».

Caminó por la acera, observando distraídamente los coches que pasaban a medida que aumentaba el tráfico. Siguió caminando.

El aire de la mañana todavía era lo suficientemente fresco a las ocho y cuarto para que la humedad del verano fuera soportable. Una suave brisa le acarició el rostro, haciendo que le resultara más fácil dejar ir su ira y decepción. Había aprendido a hacerlo bien en los últimos meses, y esto no habría sido muy diferente si no hubiera sido por Richard MacBlair.

Le resultaba demasiado fácil dejar que su mente divagara hacia esa larga y casi inútil conversación con su tío ahora que había dejado atrás a su unidad para tomarse el tiempo que necesitara para calmarse y aclarar su mente. Idina repasó la conversación con tanto detalle como su memoria se lo permitió: lo que Richard había revelado, las piezas de su magia en las que él se había mostrado particularmente interesado. Él la había sacado de una visión inminente y del borde de hacer un daño serio a la habitación con solo una mano apretada alrededor de su muñeca.

«Entonces se acabaron todos mis planes —había murmurado—. Tendré que cambiarlos para el futuro previsible. Y estaba disfrutando no meterme en el meollo esta vez».

Todo el tiempo, Richard Moorfield había parecido al borde de perder la cabeza. Todo porque ella había confiado en él y le había contado sobre el Olc deslizándose en su mente siempre que le daba la gana.

«Quizá esto es lo que obtengo por confiar en un hombre al que apenas conozco. Me han dejado justo donde empecé. Lo único que he aprendido en los últimos tres días es lo mucho que el tipo al que todos creen que es Richard MacBlair me ha estado engañando».

No sabía cuánto tiempo caminó por la acera, más allá del conjunto de edificios donde el cuartel general realizaba sus operaciones. No prestaba atención a dónde iba, solo que necesitaba seguir moviéndose para no concentrarse demasiado en una sola cosa que pudiera desencadenar su magia otra vez. Pronto, se dio cuenta de que había llegado a un área del puesto que no reconocía y finalmente tuvo que detenerse para orientarse.

—Vaya —murmuró, girando en círculo y buscando señales de calles—. Vaya forma de no ir al trabajo…

Cuando se llevó la mano al bolsillo lateral para sacar el móvil, un inesperado cosquilleo le recorrió la espalda.

Su campo de visión se estrechó y el rugido llenó el aire.

«No, otra vez no. Ahora no. Vamos…».

Idina se giró lentamente, buscando el origen del ruido y la causa de que su magia se activara como si la amenaza estuviera justo delante de ella.

—*Ahora somos iguales, guerrera.* —La voz del Olc llenó su cabeza con un rugido ensordecedor, y el mundo a su alrededor tembló—. *No me lo has dado todo. Aún no. Pero me lo darás.*

Cerró los ojos con fuerza e intentó expulsar la voz de su cabeza. Era increíblemente fuerte, mucho más fuerte que todas las otras veces que lo había escuchado. Como si el Olc no estuviera alcanzando su mente, sino que estuviera justo frente a ella.

Sentía que la cabeza le iba a estallar.

—*Sí. ¡Eso es!* —La risa chirriante creció en volumen hasta que Idina no pudo pensar en nada más que en la certeza de que no lograría superar esta visión.

—Vete a la mierda —gruñó.

El suelo volvió a temblar, y ahora las calles y las aceras se movían, vibrando a gran velocidad. La vista se le nubló.

—*Te dije que abrieras el puente, guerrera. ¡No puedes detener lo que no puede morir!*

Ahora su visión estaba teñida de verde. No porque otra visión estuviera a punto de cerrarse, sino porque sus luces verdes estaban parpadeando. Resplandecían alrededor de la señal de stop en la esquina y brillaban desde las grietas de la acera. Trató de cubrirse los oídos con las manos, pero ya no podía sentir ni sus oídos ni sus manos.

El rugido del Olc la asaltaba desde todos los lados y el dolor agonizante en su cabeza la hizo caer de rodillas.

No podía pensar. No podía sentir su cuerpo.

El parche de hierba en la esquina donde había caído junto a la acera tembló. El suelo se retorció y burbujeó, como si algo masivo estuviera saliendo a través del centro de la tierra, viniendo a por ella. Cuando la primera capa de tierra se resquebrajó y cayó del creciente montículo, Idina pensó que estaba acabada.

Una luz verde brillante surgió del agujero abierto en el suelo, extendiéndose más y más a cada segundo. El oscuro abismo que se abría frente a ella se tragaba la tierra y el césped que se desmoronaban. Sabía que la consumiría a ella también si no se levantaba de rodillas y se movía.

La risa aterradora y sádica del Olc surgió del agujero en el suelo un segundo antes de que la oscura figura verde de la criatura emergiera. Dos manos con garras se dispararon por el borde del abismo. Rasgaron el césped, arrancando mechones y dejando enormes surcos en la tierra.

Idina podría haber gritado contra el dolor que le atravesaba la cabeza, pero por mucho que quisiera levantarse y luchar, oponerse a esa cosa que seguía viniendo a por ella una y otra vez, no podía moverse.

La cabeza de la figura humanoide del Olc se elevó por el borde del agujero, y entonces Idina estaba mirando dos ojos ardientes en llamas verdes.

Eso fue todo lo que vio porque al segundo siguiente, el dolor que la desgarraba era tan agonizante que no pudo quedarse a sentir el resto.

Capítulo 12

Idina se despertó con un grito ahogado y se incorporó de golpe.
—¡Joder!

Por fin capaz de moverse, extendió la mano hacia delante y no tuvo que pensárselo antes de lanzar la oleada ardiente de su magia hacia la punta de los dedos. Una crepitante luz verde salió de su palma y recorrió la habitación. Golpeó la cómoda del lado opuesto, sacudiendo la madera y dejando un pequeño círculo de cajón carbonizado donde impactó.

Solo entonces se dio cuenta de que no seguía tirada en la hierba con un gigantesco agujero abriéndose delante de ella. El Olc se había ido. Esos furiosos ojos verdes ardientes no estaban por ningún lado. Y no tenía idea de dónde se encontraba ella.

Luchando por calmar su respiración entrecortada, se empujó hacia atrás contra las almohadas que la sostenían y se dio cuenta de que ni siquiera eran sus almohadas.

«¿Qué demonios…?».

Otro rápido vistazo a su alrededor, con todos sus sentidos restablecidos, y el dolor de cabeza desaparecido, resolvió ese pequeño misterio en cinco segundos.

Lo que le dio la pista definitiva fue el pulsómetro que había junto a la cama, seguido de las barandillas de los laterales, el pequeño botón con una figura de palo para llamar a enfermería y el hecho de que no llevara ropa y llevara una de esas estúpidas batas de hospital.

«Otra vez no. Esto es ridículo».

Con un profundo suspiro, se dejó caer en las almohadas y buscó la mesita de noche. Esta vez estaba al otro lado de su cama, entre ella y la ventana, pero al menos podía alcanzar la jarra de agua y el vaso de plástico que había a su lado.

Sus manos temblaban mientras se servía un vaso, pero después de tragarse el primero, los temblores desaparecieron. Tras el tercero, los restos de su dolor de cabeza se esfumaron. Mientras se planteaba servirse un cuarto, alguien llamó a la puerta de su habitación antes de abrirla lentamente.

—¿Soldado Moorfield? —El hombre que entró en su habitación no parecía tener la edad suficiente para ser médico, pero el estetoscopio alrededor de su cuello, la bata blanca y el «Dr. Pucinelli» bordado en hilo azul sobre el bolsillo de la bata decían lo contrario.

—Presente —murmuró, luego dejó el vaso vacío y la jarra casi vacía en la mesita de noche.

El médico se rio antes de cerrar la puerta tras de sí.

—Sabes, sorprendentemente, no recibo muchas respuestas al pasar lista por aquí.

—Me pareció lo correcto. —Se empujó aún más contra las almohadas y alisó las sábanas del hospital que cubrían su divertida bata de cintura para abajo.

—No puedo discutir eso. —Con una sonrisa amistosa y completamente carente de preocupación, al menos del tipo preocupante, se acercó al pie de la cama y miró su reloj—. ¿Alguna idea de cuánto tiempo llevas despierta?

—Eh… lo suficiente como para beber tres vasos de agua. Rápidamente.

El doctor la miró fijamente y su sonrisa se ensanchó.

—Me alegra saber que te las arreglaste sola.

—Sí. Gracias. —Mientras él tomaba su historial médico y miraba lo que fuera que los enfermeros hubieran escrito allí, Idina tragó saliva, miró la jarra de agua de nuevo, y lo pensó mejor—. ¿Cómo he llegado aquí?

Le devolvió la carta e inclinó la cabeza.

—¿Qué recuerdas?

—Salí a dar un paseo. Entonces… —«Sí, claro. Como si contarle a un médico civil lo que pasó me sacara de aquí más rápido». Sacudió la cabeza—. Entonces me desperté aquí.

—Bueno, puedo llenar al menos algunos de los espacios en blanco. Tuviste bastante suerte. Según contaron, los dos soldados que te trajeron estaban parando en la señal de stop cuando te vieron desmayarte al lado de la carretera. No pudieron reanimarte, así que te trajeron aquí. Pensaron que podría ser un golpe de calor.

—No hace tanto calor afuera.

—Bueno, no a las ocho y media de la mañana, claro. —Alzó una ceja y cruzó los brazos—. Parece que tienes una mejor idea de lo que sucedió.

—No, en realidad no. Solo sé que no tenía calor. Quizás estaba un poco deshidratada…

—Sí, normalmente lo habría atribuido a eso. Sobre todo porque bebiste más de un litro de agua de golpe. Excepto que tus signos vitales no mostraron signos de deshidratación. El análisis toxicológico resultó negativo para todo tipo de alcohol y sustancias ilegales. La verdad, en papel, eres tan saludable como todos los pacientes que los médicos sueñan con ver. Lo cual, lo sé, probablemente significaría que estaría sin trabajo, pero un hombre puede soñar, ¿verdad?

Idina resopló.

—Sueña lo que quieras.

La sonrisa de Pucinelli se ensanchó mientras estudiaba su rostro. Luego señaló el historial que había vuelto a colocar en el pequeño bolsillo de plástico sujeto a los pies de la cama.

—Gracias a que esto es un hospital militar, no me llevó mucho tiempo conseguir tus registros médicos. Juzgando por la cara que pusiste, supongo que sabes lo que encontré ahí.

—No fue una convulsión, doctor.

—¿Cuál de las dos veces?

—Ninguna.

—Lo sabes porque…—

—Porque no tengo convulsiones. Yo solo… No sé. —Idina se pasó las manos por las mejillas y suspiró—. Probablemente deba ser más estricta con mis vitaminas, ¿no? Me siento bien ahora, así que realmente me encantaría irme y volver al trabajo.

—Hablas como una verdadera soldado. —Pucinelli se rio y metió la mano en el bolsillo de su bata para sacar un bolígrafo retráctil. Hizo clic y volvió a coger su historial para garabatear algo—. Yo voy a dejarlo en deshidratación severa. Pero si te veo en una de estas camas otra vez pronto, probablemente tengamos una conversación muy diferente. ¿Entendido?

—Sí, señor.

El médico de aspecto ridículamente joven resopló y devolvió su historial y su bolígrafo a donde pertenecían.

—Mejor llámame Pucinelli, ¿vale? Llamaré a un enfermero para que venga con los papeles de alta y algunos folletos sobre cómo asegurarte de… beber suficiente agua.

—Gracias. —Sonriendo, él se dio la vuelta y se dirigió hacia la puerta—. Espera, una cosa más.

—¿Sí?

—¿Conseguiste los nombres de los soldados que me trajeron?

—No hablé con ellos. Preguntaré por ahí.

Idina asintió.

—Te lo agradecería.

Pucinelli enarcó las cejas, abrió la puerta y desapareció en el pasillo del hospital.

«Genial. Dos soldados en el puesto me vieron desmayarme en la hierba. Debería enviarles una tarjeta de agradecimiento. Seguido de una rápida visita para averiguar qué más vieron».

La idea de que corriera la voz por Fort Bragg, sin importar la compañía bajo cualquier batallón, sobre la chica soldado que cayó como un saco frente a un enorme agujero en el suelo y luces verdes brillantes, casi hizo que le regresara el dolor de cabeza. Esperaba que los enfermeros que habían hablado con esos soldados se hubieran fijado en los nombres de sus uniformes, o Idina tendría mucho más que responder por estar ausente durante unas horas de trabajo.

Casi como si el universo lo hubiera planeado, su teléfono sonó al otro lado de la habitación. Solo ahora consideró la suerte que había tenido al despertar con un pánico de magia que solo había alcanzado el cajón de la cómoda en lugar de su uniforme apilado encima de la cómoda.

Se levantó de la cama del hospital y se dirigió hacia su ropa. A mitad de camino, el zumbido cesó y volvió a empezar. Cuando por fin sacó el teléfono y vio el nombre del comandante Hines en la pantalla, no se molestó en mirar la hora antes de contestar.

—Mayor Hines. Es…

—¿Qué demonios, Moorfield? Entiendo llegar diez minutos tarde en un hotel elegante después de lo que probablemente fue una de las noches más raras de tu carrera, pero esto, vamos.

—Señor, yo…

—Llevo quince minutos esperando aquí, soldado. No voy a ir a buscarte, así que más vale que salgas enseguida.

—¿Qué? —Idina apartó el teléfono para mirar la hora: las diecisiete quince.

«¿Mierda, he estado en esta cama todo el día?».

—¿Es que tienes mala señal? ¿O se supone que debo leer entre líneas en esa respuesta?

—Siento llegar tarde, señor. Me… he retrasado.

—¿Haciendo qué?

—Hum… Estando inconsciente en el hospital. —Hizo una mueca al terminar esa incómoda frase, esperando que Hines comenzara una de sus breves reprimendas, algo sobre cómo no esperaba que una visita al hospital la detuviera tan fácilmente. —En cambio, dejó escapar una larga exhalación y no dijo nada—. Desperté hace quince minutos, señor —añadió rápidamente—. Me están dando de alta, así que estaré allí tan pronto como pueda.

—Ni hablar. Quédate ahí mismo, Moorfield. Haz lo que tengas que hacer para aclarar esto. Lo que te digan los médicos, ¿entendido?

—Los médicos dijeron que me van a dar de alta, así que estoy bastante segura de que…

—Estoy bastante seguro de que, como tu comandante de compañía, tengo derecho a sentarme con esos médicos y averiguar qué diablos sucedió.

Idina puso los ojos en blanco.

—Mayor Hines, estoy bien.

—Sí, la mayoría de la gente en el hospital dice eso y lo dice en serio. Quédate ahí. —Luego colgó, dejando a Idina de pie con la bata de hospital, sintiendo la brisa y mirando su teléfono en silencio.

«¿Quedarme aquí para qué? ¿Para decirles a todos que fui atacado por un antiguo mal que persigue mi linaje desde la Escocia del siglo xviii? Sí, eso resolverá todos mis problemas».

Con un resoplido, comenzó a cambiarse de ropa, luego se dio cuenta de lo rápido que habían pasado esas tres tazas de agua por su sistema y se tambaleó hacia el baño primero.

«Tengo un trabajo que hacer, y no voy a dejar que un monstruo verde saliendo de un agujero me impida hacerlo. Además, debo encontrar esa calle y asegurarme de que no haya más problemas esperándome cuando salga de aquí».

Capítulo 13

Idina acababa de abrocharse el último botón de su camisa cuando alguien volvió a llamar a la puerta de su habitación de hospital, pero no entró al instante.

—¿Sí? —Se echó el pelo hacia atrás para recogérselo en un moño mucho más ordenado que con el que se había despertado, y la puerta se abrió despacio.

—Joder, Moorfield. —Hines dejó que la puerta se abriera, pero no entró en la habitación—. No sé ni qué decir.

Idina retrocedió rápidamente y bajó las manos.

—Creo que la mayoría de la gente diría «Espero que te mejores pronto». Quizás en este caso, «Bienvenida de nuevo» sería mejor.

El mayor negó con la cabeza, cruzó los brazos y se apoyó en el marco de la puerta para bloquearle la salida.

—Si hubiera llegado cinco minutos más tarde, me habría encontrado la habitación vacía, ¿no?

—No quería que tuvieses que esperar a tu conductora, señor. —Idina se ajustó el dobladillo inferior de la camisa de su uniforme y miró al mayor, más allá del umbral, hacia el pasillo—. No habrás conseguido un nuevo conductor de repente, ¿verdad?

—Muy graciosa. Hasta donde sé, estamos atrapados el uno con el otro. ¿Qué ha pasado?

Ella buscó por la habitación cualquier objeto que pudiera haber olvidado, pero no es como si la hubieran dejado en el hospital con todo su equipo de combate.

—Salí a caminar.

—¿A caminar?

—Sí, poco después de las ocho. —Le costó más de lo esperado mirarlo a los ojos—. Luego me desperté aquí.

—¿Cuándo?

—Hace media hora, más o menos. El médico dijo que probablemente fuera deshidratación.

Hines ladeó la cabeza y frunció el ceño.

—¿Lo fue?

—Yo… no lo sé. —Cuando levantó una ceja, Idina supo que no podría engañarlo esta vez. No después de lo que él sabía sobre ella y sus habilidades—. No, señor. Fue otra cosa.

—Esa no es una respuesta, Moorfield. Te lo sacaré a la fuerza si es necesario, pero no nos gustará a ninguno de los dos.

Idina le sonrió y negó con la cabeza.

—No sé exactamente qué pasó, señor. Pero si intercambiáramos los papeles ahora mismo, estoy segura de que me dirías que es clasificado.

—Mierda. ¿Cómo demonios has llegado hasta aquí?

—Dos soldados que actuaron como buenos samaritanos, al parecer.

—¿Y a nadie se le ocurrió levantar un puto teléfono para informar a tu comandante de compañía de que habías sido ingresada en el hospital? ¿Todo el maldito día?

—Yo habría llamado, señor. —Idina se encogió de hombros—. Pero…

—Estabas inconsciente. Sí, eres buena, pero no tanto. Esto no es culpa tuya. —El bigote de Hines se erizó cuando apretó los dientes y recorrió la habitación con la mirada, tratando claramente de contener su ira por no haberse seguido el procedimiento operativo estándar para una soldado inconsciente ingresada en el hospital. Luego volvió a suspirar y asintió hacia el pasillo—. Venga. Déjame llevarte de vuelta.

—No tiene que hacer eso, señor. Puedo manejarlo.

—Ya lo sé. —La miró de arriba abajo—. Vale. Podemos llevarme a casa juntos, y no te pondré un parte por llegar tarde a tu trabajo de conductora.

—Suena bien.

El comandante volvió a mirarla, resopló, se apartó de la puerta y echó a andar por el pasillo.

No le hizo mucha gracia esperar a Idina cuando se detuvo en la enfermería más cercana para preguntar por los soldados que la habían traído al hospital. La propia Idina tampoco se alegró al saber que nadie había conseguido los nombres de sus amigos anónimos.

«Al menos lo intenté. No es que eso arregle el problema de otros dos soldados ahí fuera que podrían o no haber visto algo que no sabían explicar. Estupendo».

* * *

Para su sorpresa, el mayor Hines insistió en ponerse al volante del todoterreno para llevarla al otro lado del poste hasta su casa. Idina intentó protestar, pero él la interrumpió y finalmente no le dio otra opción.

—No vas a conducir hasta que yo cruce la puerta de mi casa, Moorfield. Es una orden. Sube al coche. Y siéntate delante, ¿eh? No voy a hacer de chófer.

Conteniendo la risa, Idina obedeció la orden y se subió al asiento del copiloto mientras él cerraba su puerta. Por un momento, él se quedó allí mirándola. Luego finalmente encendió el motor antes de abrocharse el cinturón de seguridad.

«Probablemente será un viaje largo. Y *más raro que todos los demás*».

Solo pasaron cinco minutos de un silencio tenso y ligeramente incómodo antes de que Idina decidiera que bien podría aprovechar la oportunidad para ver hasta dónde llegaban los conocimientos de su jefe sobre todo lo «clasificado».

—Señor, ¿puedo preguntarle algo?

Él resopló.

—¿Algo más? ¿Por qué no?

—Si alguien hubiera visto algo cuando me desmayé…

—¿Algo clasificado, verdad?

—Sí. ¿Qué pasaría?

Hines arrugó la nariz, pasando suavemente las manos por el volante mientras tomaba un giro brusco en el semáforo.

—En el mejor de los casos, probablemente nada. En el peor, notificarían a su oficial al mando sobre lo que creyeran haber visto, y eso llegaría hasta el mando de la base. Estoy seguro de que ya te habrás dado cuenta de que cerca de la cima de esa cadena en particular está el coronel MacBlair.

—Eso tiene sentido.

Oír que cualquier cosa que sus dos rescatadores hubieran podido presenciar no se encontraría con un pánico absoluto ni con unos cuantos policías militares derribando su puerta en mitad de la noche calmó el nudo de desconfianza que le había crecido en el estómago. Con el comandante del batallón tomando un interés particular en ella y su tío sabiendo que estaba allí, a Idina no le preocupaban demasiado las consecuencias de otro pequeño episodio.

«Lo único que me preocupa es qué demonios pasó y por qué no puedo hacer que pare».

—Conoce al coronel desde hace mucho tiempo, señor. ¿Alguna vez lo vio tener… problemas como este?

Hines la miró y luego hizo un gesto doble antes de reírse.

—Buen intento.

—Entonces… ¿eso es un sí?

—Eso es decirte que no me interesa hablar de los problemas de otros después de recogerte del hospital. Tal vez en otro momento, pero no esta noche.

Idina asintió y miró por el parabrisas, aún prestando mucha atención a la carretera por costumbre, aunque no estuviera conduciendo.

«Me apuesto a que eso es un sí. Lo dijo él mismo. Richard y yo somos demasiado parecidos. Y estoy bastante segura de que él no tenía un tío en el ejército para intervenir y explicarle algunas cosas. Realmente espero que yo sí lo tenga».

Cuando se detuvieron frente a la casa del mayor Hines, él puso el coche en aparcamiento, se quitó el cinturón de seguridad y se volvió para observarla.

—¿Estás segura de que puedes conducir?

—Estoy segura.

—Porque puedo llamar a alguien para que te lleve de vuelta. Puede que tengas que soportar a alguien hablando mierda sobre el mayor todo el camino de vuelta, pero tú decides.

Idina le dedicó una rápida sonrisa.

—Puedo conducir, señor. Estaré aquí mañana a primera hora para demostrarlo.

—Sí, más vale que lo estés. —Un ceño de preocupación parpadeó en su frente antes de abrir la puerta—. Descansa un poco. Intenta no desmayarte de nuevo en el trabajo, ¿eh? Pone todo el día patas arriba.

Con un resoplido, asintió.

—Sí, señor.

Ambos se bajaron del coche, y Hines le dio una palmada tranquilizadora en el hombro cuando se cruzaron frente al coche.

—Nos vemos mañana, Moorfield.

—Buenas noches, mayor.

Por suerte, no tuvo que mentir al hombre para que se sintiera mejor y la dejara conducir hasta su casa. Se sentía bien de verdad.

Lo que no le hacía ninguna gracia era pasar la noche en su habitación y preguntarse si conseguiría dormir después de haber estado inconsciente durante ocho horas del día. Porque si no lograba dormir, significaba que estaría toda la noche pensando en el último episodio que la había dejado tirada en el suelo.

Y por qué estas no-visiones del Olc no hacían más que empeorar.

* * *

El mayor Calvin Hines usó toda su fuerza de voluntad para no dar un portazo al entrar en su casa. Después de eso, no habría sido capaz de contenerse ni un segundo más, incluso aunque hubiera sentido la necesidad de hacerlo.

—¡Maldita sea! —Cruzó el estrecho vestíbulo, entró en la sala de estar y se dirigió directamente a la mesa de la cocina, centrada en la ventana en arco junto a la puerta corredera trasera de cristal.

«Nada se tuerce tanto y tan rápido en contra del procedimiento estándar sin un buen motivo. Buen motivo para él, al menos. Mal motivo para el resto de nosotros, que tenemos que callarnos y conformarnos sin siquiera una llamada de teléfono».

Naturalmente, estaba preocupado por la soldado Moorfield y por lo que hubiera pasado aquella mañana que la había llevado al hospital sin ninguna explicación y aún menos respuestas. La joven parecía capaz de volver a casa sola, como había dicho, y lo último que él había querido era tratarla como a una niña. Tal vez podría haber actuado de otra forma si hubiera sabido que ella había pasado ocho horas inconsciente en el hospital de la base, pero Hines no era nuevo a la hora de aprovechar al máximo las cartas que le tocaban.

Lo que había pasado hoy le había repartido una mano de mierda, especialmente cuando se dio cuenta de que el silencio de radio por parte de cualquiera en el hospital al admitir a Moorfield no podía haber sido una coincidencia.

«Algo ha cambiado en los últimos dos días. Lo sé».

Agarró su portátil de la mesa de servicio entre la ventana y su mesa de la cocina, luego se obligó a no golpear nada al sentarse. Romper algo le habría sentado bien, pero luego no podría demostrar lo que ya había sospechado desde el segundo en que Moorfield le dijo dónde estaba.

Deberían haberle informado sobre el estado de una soldado bajo su mando. A menos que Richard hubiera metido sus resbaladizos deditos en otro pastel desconocido de entre cientos.

Hines encendió su ordenador y abrió la base de datos de personal del ejército para hacer una búsqueda rápida que le diría todo. Tecleó el nombre de pila y apellido de Moorfield y su rango, luego esperó los resultados.

No le sorprendió mucho cuando se mostraron rápidamente y al instante comprendió por qué había esperado a su conductora durante quince minutos antes de decidirse a llamarla.

El cuadro que normalmente podía seleccionar para abrir el expediente de Moorfield —o el de cualquier miembro del ejército para ver las actualizaciones más recientes en el sistema— ahora estaba atenuado e inactivo. En la parte superior de la pestaña, debajo de la inicial de su nombre y su apellido, había una nueva clasificación que marcaba el expediente de la soldado como de alto secreto. Normalmente, Hines aún habría podido abrirlo y curiosear, pero debajo de esa nueva clasificación había un sello virtual adicional en rojo brillante y letras mayúsculas.

K4 SHROUD.

Solo un puñado de miembros del personal del ejército tendría idea de lo que ese término significaba. El mayor Calvin Hines era uno de ellos. La última vez que había visto ese término aparecer ocasionalmente en pantalla, pero más a menudo estampado en negrita en una carpeta de archivo de papel real, había estado involucrado. La operación de alto riesgo fue solo la última de una serie de operaciones clasificadas en las que había estado junto con Richard MacBlair, hace mucho tiempo. Eso fue hace nueve años.

Ahora, al ver el sello K4 Shroud agregado en la parte superior de la pantalla de su portátil, se le confirmaba todo lo que ya había sospechado.

—Maldita sea, Richard. ¿De verdad quieres hacer las cosas así?

Hines intentó abrir el archivo de personal de Moorfield de todos modos, pero, por supuesto, fue bloqueado. Probablemente como un amistoso «vete a la mierda» directamente de MacBlair a su antiguo jefe de escuadrón, por diversión.

«Se aseguró de que me bloquearan el acceso a esto. Luego vendrá a llamar a mi puerta cuando menos me lo espere para pedirme un puto favor. No podré decir que no, incluso si me da a elegir».

El mayor no había sido notificado del pequeño percance de Moorfield y su posterior viaje al hospital porque K4 Shroud tenía un doble significado. Para aquellos pocos que aún estaban entre las filas del ejército y podrían reconocerlo de los viejos tiempos, esa palabra era un marcador para una división relativamente desconocida del ejército. Se encargaban de operaciones clasificadas que encajaban en el nicho increíblemente específico del coronel MacBlair, un nicho que ahora ocupaba la soldado Moorfield.

Para cualquier otro —un suboficial, otro comandante, soldados enlistados o trabajadores sanitarios civiles contratados en hospitales en cualquier base del ejército en todo el mundo— K4 Shroud significaba algo completamente distinto. Claro, un enfermero que intentara buscar la especialidad de Moorfield, su unidad actual y su oficial al mando probablemente no tendría idea de lo que significaba. Aun así, los registros de palabras clave habían recibido actualizaciones en los últimos tres años, al menos. Cualquiera con acceso a esos registros encontraría la definición de esta palabra clave junto a todas las demás.

Personal militar con un objetivo clasificado. Abstenerse de enviar cualquier información sobre el individuo especificado a cualquier oficial al mando. No intervenir a menos que hacerlo evite que el individuo especificado sufra daños graves o muera.

Al menos, eso era lo que Hines recordaba de la definición. Caray, en su momento él había tenido la misma palabra clave estampada en su archivo, junto con la de MacBlair y algunos otros miembros del personal seleccionados que habían demostrado una «fortaleza y potencial ejemplares» en la búsqueda de ciertos objetivos indecibles.

Eso había sido hacía más de una década. Ahora, K4 Shroud estaba siendo utilizado una vez más con el soldado Moorfield. Lo que significaba que aunque la operación de alto riesgo no se había reabierto del todo, algo más había aparecido en su lugar.

Hines se desplomó en la silla, se frotó la boca y exhaló con fuerza por la nariz.

«Ella me preguntó qué pasaría a continuación, y yo no tenía idea. Debería haberle dicho que estuviera preparada en lugar de darle esa estúpida sugerencia de hablar con Irons. Esa chica ya tiene bastantes problemas y ahora todo está a punto de cambiar».

Por si acaso, intentó abrir el archivo de personal una vez más, pero por supuesto, seguía siendo inútil.

«Bueno. Si maneja esta siguiente parte la mitad de bien de lo que lo hizo Richard hace tanto tiempo, estará bien. De eso no tengo ninguna duda».

Apretando los dientes, se puso de pie para servirse un whisky y coger la bolsa de chips sin abrir que estaba en la encimera de la cocina. Mientras terminaba de verter la mitad de un tarro de salsa picante en un cuenco, su portátil emitió un suave pitido, seguido de una notificación emergente de que había recibido un nuevo correo electrónico.

El comandante volvió a poner todo sobre la mesa y sacó el correo electrónico, que casualmente era del coronel MacBlair. Fiel a su estilo, el mensaje era breve, sencillo y directo, sin decir gran cosa.

Sigue siendo tu chófer. Por ahora.

—Joder. —Hines puso los ojos en blanco y se bebió de un trago la mitad de su vaso de whisky antes de recordar abrir la bolsa de patatas fritas.

Capítulo 14

A la mañana siguiente, Idina se despertó con el despertador a las cuatro y media. Cualquier otro día, se habría resistido a levantarse tan temprano por nada más que un poco más de tiempo para sí misma. Esa mañana, tenía un uso muy específico en mente para la media hora adicional.

Desde que empezó su nuevo trabajo como conductora del mayor Hines, pocas cosas le habían parecido lo suficientemente importantes como para usar el todoterreno para algo que no fuera esa tarea. Salir con el coche a las calles vacías de Fort Bragg antes de que saliera el sol para buscar la esquina donde había tenido su último episodio le parecía algo relevante. Idina estaba segura de que el mayor estaría de acuerdo con su decisión de al menos ir a investigar el lugar.

Era más fácil recordar sus pasos desde detrás del volante de lo que esperaba, pero en el momento en que llegó a la intersección de cuatro direcciones, lo reconoció al instante. Luego tuvo que aparcar en el estrecho arcén y salir del vehículo para estar segura.

Agachada en el borde de la acera, pasó ambas manos por la hierba, que estaba tan verde, recién cortada e intacta como siempre. No había un enorme pozo que rompiera la parcela de césped en la esquina. No había grietas brillando con luz verde en la acera. No había señales de que lo que había visto aquí mismo con sus propios ojos el día anterior no había ocurrido en realidad.

«Mierda. Bueno, al menos puedo tachar los rumores ridículos de la lista. Esto fue una visión. Simplemente… ¿qué? ¿Superpuesta a mi realidad?».

Había estado tan segura de que el Olc estaba aquí ayer, abriéndose paso a garras desde las entrañas de la tierra. Aun así, nada se cura tan rápido de una herida como esa.

«Bueno, excepto yo, tal vez».

Instintivamente, llevó la mano a la parte baja del muslo, por encima de la rodilla, donde menos de una semana antes la había cortado un trozo de metralla después de enganchar accidentalmente una trampa durante su ejercicio en Rucker. Nadie más tenía motivos para ver la parte baja de su muslo, por supuesto, e Idina no tenía motivos para enseñárselo a nadie.

La enorme herida en su pierna, que había parcheado temporalmente con musgo, ahora no era más que una fina línea de cicatriz en la piel curada.

«Un agujero en el suelo no puede hacer eso. Y, por lo visto, no sé distinguir entre lo que tengo delante y lo que tengo en la cabeza».

El descubrimiento no le dio mucho consuelo, pero al menos ahora tenía una prueba. Y una cosa más que añadir a la lista de preguntas que haría lo que fuera necesario para resolver en cuanto tuviera otra charla cara a cara con su tío.

Tras conducir de vuelta al cuartel y aparcar el todoterreno en el aparcamiento lateral, Idina esperó al resto de su unidad detrás del edificio. Las cinco y media era la hora habitual para el entrenamiento matutino, y los demás soldados habían dejado claro que no iban a cambiar la hora de la reunión en un futuro próximo. Stop se había asegurado de ello.

Idina esperó hasta las cinco y cuarenta y cinco antes de decidir que el resto de su unidad no iba a aparecer y darlo por perdido. Especialmente cuando ella envió un mensaje de texto masivo a todo el mundo preguntando si iban a venir y nadie respondió.

«Apuesto a que todavía están cabreados porque rompí la tele. Bien. Tendré que hacer ejercicio en solitario esta mañana, y luego encontraré la manera de compensárselo».

Así que completó su carrera usual de cinco kilómetros, hizo las repeticiones normales de calistenia y se dio una ducha. Luego llegó el momento de conducir una vez más a través de la base para recoger al mayor Hines en su casa, dos horas antes de que cualquier otra persona en Bragg, trabajando de nueve a cinco, siquiera pensara en ir al trabajo.

—Buenos días, Moorfield. —El mayor no la miró mientras ella sostenía abierta la puerta trasera y esperaba a que él subiera.

—Buenos días, señor. —Ella cerró la puerta de él y se sentó detrás del volante. Antes de abrocharse el cinturón de seguridad, él se aclaró la garganta.

—¿Cómo te sientes hoy?

—Sigo siendo capaz de conducir, si es lo que se pregunta.

—Ja. Graciosa. Sabes a qué me refiero.

Idina terminó de abrocharse el cinturón de seguridad y reajustó el retrovisor para encontrarse con su mirada en el reflejo.

—Mucho mejor. Gracias.

—Bien. Me alegra oírlo. Vas a necesitar todo lo que puedas conseguir antes de lo que viene a continuación.

El corazón de Idina saltó a su garganta al oír eso.

«Maldita sea. Por fin saca el tema. Él sabe algo».

Cambió a marcha y se alejó lentamente del bordillo para dar un giro en U cerrado en la calle residencial.

—¿A qué se refiere, señor?

—¿Hmm? Ah. —Hines resopló e hizo un gesto despectivo en su dirección general—. Me refería en general.

—¿Seguro? Porque eso sonó un poco más críptico.

La mirada del hombre se dirigió rápidamente hacia el retrovisor, y levantó las cejas.

—No hay nada entre líneas que leer, Moorfield. Siga conduciendo.

Ella apretó los labios y asintió, temerosa de que si abría la boca para darle su habitual «Sí, señor», le dijera que era un mentiroso terrible. Así que no dijo nada.

Eso pareció perfectamente bien para Hines, quien miró por la ventana durante todo el trayecto hacia el cuartel general sin decir nada. Ni siquiera miró su teléfono, lo cual era raro solo porque el hombre por lo general tenía algo con lo que ocuparse durante sus trayectos diarios.

Por otra parte, la vida de Idina se había convertido recientemente en un gigantesco montón de rarezas, y él le había dicho que dejara de preguntar.

No podría haber predicho lo que vendría a continuación.

Todo empezó cuando llegó al final del pasillo trasero y la puerta de la sala de suministros. Porque en el segundo en que abrió la puerta y entró en la improvisada sede de su unidad, supo que algo iba mal.

Encontrar la habitación vacía no fue un gran problema, sobre todo después de que su unidad no hubiera aparecido para el ejercicio de la mañana. Todo lo demás era diferente.

La mesa en el centro de la habitación estaba de lado, con las patas de metal plegadas de manera que solo fuera un gran círculo apoyado contra la pared. El sofá de Trunk estaba amontonado de cualquier manera sobre el de Pill. Una alarmante cantidad de pelusas y astillas de madera sobresalían por debajo del pliegue de tela que normalmente ocultaba lo que se acumulaba bajo un sofá. Las sillas estaban apiladas encima de la fila de escritorios contra la pared del fondo, y la nevera y la estufa habían desaparecido por completo.

Incluso la despensa abierta se había transformado. Las estanterías habían contenido cajas de galletas integrales, barritas de proteínas, frutos secos, frutas deshidratadas y cajas de agua embotellada. Ahora estaban llenas de paquetes de bombillas, dos cajas de herramientas, resmas de papel de impresora, productos de limpieza, cables de alimentación al azar, perfectamente enrollados y atados para evitar enredos, y cartuchos de tóner para las impresoras en alguna parte del edificio que Idina aún no había visto. El papel higiénico seguía allí, el único vestigio de lo que había sido la sala de descanso de su unidad hacía veinticuatro horas.

Ahora que la mesa estaba fuera de su camino, el resto de la habitación estaba abarrotado de cajas, contenedores de plástico, enormes bolsas negras de basura llenas hasta los topes con sabe Dios qué, y más cajas. Incluso los estantes y casilleros que su unidad había instalado a lo largo de la pared, etiquetados cuidadosamente con sus nombres y organizados para la llegada y tramitación de pedidos, habían desaparecido.

—¿Qué demonios es esto?

Idina no podía decir exactamente que el lugar pareciera abandonado porque estaba en uso como armario de suministros, como lo declaraba la pequeña placa ligeramente deslustrada en el exterior de la puerta. Alguien había estado allí, y ahora no había nada que indicara que los soldados de la Sección de Apoyo de Suministros alguna vez habían llamado a este lugar suyo.

«Como si hubiera estado en el hospital una maldita semana en vez de ocho horas. ¿Qué ha pasado?».

En otras circunstancias, se habría llamado paranoica, especialmente cuando dio un paso atrás, cerró la puerta y luego la volvió a abrir para estar segura. Encontró lo mismo al otro lado de esa puerta por segunda vez, lo que significaba que esto era muy real. No tenía ningún sentido.

Sacó el teléfono y envió otro mensaje de texto grupal a los otros seis soldados, que probablemente estarían tan confundidos como ella cuando aparecieran poco antes de las cero nueve cien para comenzar el día.

¿Alguien sabe qué pasa con la sala de suministros? Parece que alguien nos ha echado.

Por supuesto, no esperaba que nadie respondiera de inmediato dos horas antes de la hora a la que solían presentarse en la sala para la broma en la que se había convertido su trabajo diario. Tal vez se olvidarían del televisor roto cuando leyeran un texto como ese, pero mientras tanto, Idina se proponía averiguar qué demonios estaba pasando.

Primero, pasó por la oficina del capitán Irons, sabiendo que las posibilidades de encontrarlo allí eran mínimas. Su oficial al mando no estaba allí, lo cual no significaba nada. Sin embargo, su escritorio había desaparecido. También los pocos archivadores organizados en los estantes de alambre atornillados a las paredes. Los habían reemplazado por más cajas de trastos.

Idina dio un portazo y se apresuró a bajar por el pasillo. Le tomaría al menos veinte minutos cruzar todo el edificio hasta el vestíbulo, pero si podía contar con una cosa en el cartel, era que la sargento Williston estaría en su escritorio poco después de las siete de la mañana, con los ojos bien abiertos y tan animada como siempre.

«Nunca pensé que diría esto, pero de verdad espero que esté allí. Olvidad lo que le dije a Hines sobre reunirme con Richard en La dimensión oculta. Sin duda, esto se lleva la palma».

No se cruzó con nadie más de camino al vestíbulo, y no recibió ni una sola respuesta de texto de nadie de su unidad. Casi suspiró de alivio cuando encontró a Williston sentada detrás de la recepción, tal como esperaba.

La sargento le dedicó una sonrisa radiante, y por primera vez, Idina estaba increíblemente agradecida de ser el objetivo de esa sonrisa.

—Buenos días, sargento.

—Soldado Moorfield. —Williston cruzó las manos sobre la superficie de su escritorio y siguió sonriendo—. Buenos días. Me alegra que hayas aparecido. Me ahorra la molestia de tener que ir a buscarte.

—¿Qué? —Idina se detuvo frente al escritorio de recepción mientras la otra mujer se giraba en su silla para rebuscar en una pila de papeles.

—Un momento. Lo encontraré.

—Sargento, ¿tiene idea de dónde está la sección?

Williston hizo una pausa y la miró sin comprender.

—¿Qué sección?

—Quiero decir, todo el mundo se ha ido, y ahora me pregunto qué pasó con la sala de suministros.

—Eh… ¿está llena de suministros? Porque es una sala de suministros.

Idina abrió la boca para argumentar que la habitación trasera del edificio era la sala de descanso y el cuartel general improvisado de toda su unidad, pero se mordió la lengua.

«Ya no lo es. Es una sala de suministros de nuevo. ¿Qué demonios es esto?».

Con los ojos muy abiertos, Williston se giró hacia delante en su silla, mirándola de reojo todo el tiempo.

—¿Se encuentra bien, soldado? Está un poco pálida esta mañana.

—Estoy bien. Gracias. —Idina no pudo pensar en nada más que añadir porque no podía entender qué estaba pasando.

—Me alegro. De todas formas, tienes nuevas órdenes y estoy bastante segura de que no sentirse muy bien no es una buena excusa para saltárselas.

—¿Qué?

—Llegaron hace una hora, más o menos. —Williston deslizó los papeles que había estado buscando por el escritorio y siguió sonriendo.

Idina tomó los documentos de sus nuevas órdenes y no podía creer lo que veía.

Más órdenes de traslado, esta vez fuera de la sección y a una unidad completamente nueva. En lugar de decirle a qué unidad específica se uniría, la línea para su nuevo puesto tenía solo una palabra. Clasificado.

Idina dio un paso atrás y escaneó el vestíbulo vacío. Esperaba encontrar algunas cámaras adicionales, tal vez una cara o dos asomándose por la esquina o desde una puerta abierta y riéndose de ella. Porque al menos eso explicaría la disolución repentina y revisión de lo que había sido su vida en los últimos meses.

No había nadie.

Se volvió hacia Williston y frunció el ceño.

—¿Alguien más recibió nuevas órdenes esta mañana también?

—¿Alguien más como…? —La sargento parecía genuinamente confundida por la pregunta.

—El resto de mi unidad, sargento.

Williston parpadeó y luego soltó una risita aguda.

—Buena esa, Moorfield. Pensé que me había perdido algo por un segundo. ¡Pero soy yo!

Como literalmente no se le ocurría otra forma de responder, Idina se volvió para escudriñar el vestíbulo una vez más. Todavía estaba vacío.

No era una broma pesada.

—No es que sea asunto mío —añadió Williston mientras se secaba una lágrima de risa del ojo antes de señalar a Idina—. Tal vez quieras ponerte en marcha. Debes de presentarte ante alguien, ¿no?

—¿Quién?

—No soy un sistema informático, Moorfield. —Se echó a reír de nuevo—. Son tus órdenes.

Otra ojeada a los papeles no le dio a Idina un oficial al mando ante el cual presentarse, solo una dirección fuera de la base, seguida de una fecha y hora.

Hoy a las nueve.

En media hora.

—Mierda. —Se apartó del mostrador y casi echó a correr hacia la puerta principal.

—Buena suerte —dijo Williston tras ella.

—Sí, gracias. Igualmente. —Idina no tenía ni idea de por qué esa fue la respuesta automática que salió de su boca, pero cuando se dio cuenta de que le había deseado suerte a la sargento por nada, ya estaba afuera y corriendo hacia el vehículo aparcado en el lateral.

«Esto es muy raro. La sección se ha ido, Williston no sabe de qué estoy hablando, y se supone que debo presentarme en algún edificio fuera de la base para quién sabe qué. Lo juro, si esto es Richard jugando conmigo otra vez, estoy harta».

Mientras subía al todoterreno y arrancaba el motor, Idina ignoró que de verdad estaba muy harta, pero que no podía hacer nada al respecto.

Como una soldado alistada con solo nueve meses de servicio a sus espaldas, estaba atrapada aquí, pasara lo que pasara. El ejército era dueño de su culo, y el ejército no renunciaba a sus soldados tan fácilmente.

Capítulo 15

La dirección que Idina tecleó en el GPS de su teléfono parecía al principio una dirección residencial fuera de servicio. Veinte minutos más tarde, cuando llegó al barrio, se trataba de un barrio residencial justo al lado de Skibo Road.

Las parcelas eran muy espaciosas, pero eso era todo lo bueno que Idina podía decir de la zona. Todas estaban cubiertas de kudzu y alguna mala hierba estrangulada. La mayoría de las residencias eran casas móviles elevadas, inclinadas y medio derrumbadas en mal estado. Algunas de las propiedades tenían vallas de tela metálica que habrían sido ineficaces contra los intrusos, sobre todo porque estaban oxidadas casi hasta romperse.

Los patios estaban llenos de pilas de bloques de cemento, bolsas de basura desbordadas, juguetes infantiles desgastados por la intemperie y sillas de jardín desparejadas. Más de unas pocas propiedades contaban con al menos seis vehículos estacionados en el césped o entre las malezas, la mitad de los cuales no tenían llantas ni capós y parecían no haber sido tocados en al menos treinta años.

En cuanto el GPS de Idina le indicó que su destino estaba a la derecha, redujo la velocidad del vehículo hasta una parada provisional y tuvo que volver a comprobar la dirección en sus nuevas órdenes de traslado.

«Sí, definitivamente es la dirección correcta. Esto no puede ser una broma si está escrito en documentos oficiales, ¿no?».

El ejército se tomaba sus órdenes oficiales, sobre todo aquellas en formato físico, muy en serio. Lo que hacía que resultara aún más extraño que Idina estuviera ahora sentada en un todoterreno negro y reluciente de dos años de antigüedad en uno de los peores vecindarios a los que nunca habría esperado entrar.

La casa a la que debía presentarse tenía el mismo aspecto demacrado y abandonado que las demás. Era un pequeño bungalow, que en algún momento había sido pintado de un verde espuma de mar que ahora se había transformado en un gris enfermizo. El canalón del frente de la casa colgaba a dos pies por debajo del borde real del tejado, pero aún no se había caído, y el porche delantero estaba inclinado en un ángulo de quince grados debido a que las tablas se habían podrido y astillado bajo el peso del tiempo y el abandono.

«Esto es una locura».

Idina miró su reloj, apagó el motor y buscó en el vehículo algo que pudiera considerarse remotamente valioso. Sin llevar su equipo militar consigo día tras día, no tenía nada. El mayor Hines no dejaba precisamente sus pertenencias personales en un vehículo al que su conductora tenía acceso durante todo el día.

«No es mi culpa si alguien roba en este coche. Estoy siguiendo órdenes. Al menos nadie tiene una buena razón para robar en un vehículo del ejército».

Eran y cincuenta y dos, lo que significaba que había llegado ocho minutos antes y, por lo tanto, apenas a tiempo. Resultaba difícil imaginar que quienquiera que la estuviera esperando dentro del deteriorado bungalow se preocupara más por la puntualidad que por el mantenimiento de su hogar. A pesar de la apariencia descuidada, tenía que admitir que ya estaba emitiendo juicios severos sin información real.

«El ejército nunca daría un préstamo para una casa como esta. No pasaría de los tres primeros minutos de una inspección».

Aun así, allí era donde sus nuevas órdenes le habían dicho que estuviera. Así que salió del coche y lo cerró no con el llavero, sino con el botón de bloqueo automático en la puerta del conductor. Todo para evitar llenar la calle con el característico pitido de un vehículo nuevo y bastante caro. Si los residentes del vecindario aún no habían notado el vehículo fuera de lugar en su calle, probablemente sería mejor evitar atraer más atención hacia él.

O a sí misma.

Con sus órdenes en la mano, Idina se dirigió por el camino de entrada agrietado y desigual que cortaba el medio de la propiedad. Parte del concreto parecía haber sido roto con un martillo neumático para darle al kudzu más espacio para estrangular todo lo demás.

Solo cuando estaba a mitad de camino por el jardín delantero se dio cuenta de que el césped cubierto de maleza, el camino de entrada y la calle frente a esta casa en particular carecían de vehículos. Quienquiera que la esperara al otro lado de esa puerta había sido dejado por alguien o había retirado su coche. O no tenía coche y nunca salía, lo cual no habría sido sorprendente, a juzgar por el estado de la propiedad.

El lugar ni siquiera tenía buzón.

«Órdenes oficiales, Moorfield. Es la única razón por la que estás aquí. Aunque no tenga ningún puto sentido».

Por fin llegó al porche y navegó con cuidado por los escalones crujientes que amenazaban con ceder bajo su peso, y eso que apenas pesaba un poco más de ciento veinte libras. Toda la pared frontal del bungalow estaba salpicada de moho negro, lo que añadía al tono gris enfermizo en el que se había convertido la pintura que alguna vez fue brillante. Los últimos restos de pintura negra que no se habían desprendido de los números de dirección clavados en el revestimiento junto a la puerta, moteaban el metal deslucido salpicado de óxido.

La idea de tocar el pomo de la puerta igualmente deslucido, donde el moho negro casi se había extendido, la hizo fruncir la nariz. Aun así, esto no era una visita social. Eran órdenes oficiales. Idina estaba reportándose a algo completamente nuevo y, aunque preocupante, entrar sin más no era una opción.

Así que llamó.

La puerta principal vibró en su marco bajo la leve presión de sus nudillos golpeando la madera hundida y astillada. Luego esperó, tratando de captar el más mínimo sonido desde el interior: pasos, una tos, un arrastre, algo.

No había nada.

«Este es el lugar correcto. Llego temprano, así que estoy a tiempo».

Volvió a mirar el reloj: las ocho y cincuenta y siete.

Luego alisó sus órdenes de transferencia y las examinó más de cerca. La hora y la fecha eran correctas. La dirección era correcta. Aparte de eso, no había información sobre por qué estaba allí, qué se esperaba de ella, cuál era su nueva unidad (si es que había una nueva unidad), o exactamente a quién debía reportarse. Las primeras órdenes de transferencia de Idina a la sección enumeraban un oficial al mando, pero al menos la unidad tenía un nombre.

Ahora mismo, no tenía nada.

Salvo una sola firma al pie de cada página, que ella habría reconocido en cualquier parte aunque el nombre impreso del hombre no estuviera debajo de la línea de puntos donde había garabateado su John Hancock.

Teniente coronel Richard M. MacBlair.

«No me sorprende nada. Aun así, todo esto parece ir demasiado lejos».

Se dio la vuelta para escanear el lote cubierto de maleza y las otras casas en ruinas intercaladas a lo largo de la calle. Nada se movía. Nadie hacía ruido, si es que había alguien más aquí.

Volvió a mirar el reloj y vio que eran las ocho cincuenta y nueve. Entonces los números cambiaron a las nueve, y ella levantó el puño para intentar llamar de nuevo.

Antes de que pudiera hacerlo, un pesado cerrojo se deslizó a un lado, el pomo de la puerta chirrió y giró, y la puerta se abrió lentamente hacia adentro con un chirrido de bisagras muy oxidadas. Solo se abrió a la mitad porque el borde inferior quedó atrapado al final de una ranura profunda que había tallado en el suelo de madera polvoriento y desigual del vestíbulo.

Un hombre bien afeitado y de cabello corto, en sus cuarenta, a quien nunca había visto antes, parpadeó al verla, esbozó una pequeña sonrisa y asintió.

—Buenos días, soldado de primera clase.

—Buenos días, señor.

No iba uniformado, sino con una simple camiseta gris y vaqueros, por lo que era imposible saber su rango o si pertenecía al ejército. Podría haber sido un civil, por lo que ella sabía. Después de lo que había descubierto recientemente sobre su tío, no le habría sorprendido que Richard contratara a civiles como parte de esta nueva y extraña empresa en la que la había arrastrado. O al menos en las órdenes en las que había firmado.

—Por favor, entre. —El hombre se colocó detrás de la puerta, ya que no podía abrirla más y señaló hacia el interior de la pequeña casa—. Tenga cuidado con el suelo. Está un poco… inestable.

—Gracias. —Idina se giró de lado para deslizarse por la puerta y pasó con cuidado por encima del primer pie del vestíbulo, sin querer probar lo que significaba «inestable» en un lugar como aquel.

El hombre cerró la puerta tras ella, volvió a girar el cerrojo para cerrarla bien y señaló hacia el interior de la casa.

—Pase al salón, por favor. Si no le importa.

—Claro. —Lo siguió desde el vestíbulo hasta el salón principal del bungalow, que a primera vista parecía la única habitación. Ninguna de las luces estaba encendida. Cortinas de color azul marino cubrían las pocas ventanas diminutas a lo largo de la pared trasera. No eran cortinas opacas, pero cumplían con su doble propósito de impedir que cualquiera desde el exterior mirara hacia adentro y dejar pasar la suficiente luz para iluminar el interior oscuro, polvoriento y ligeramente torcido de la casa.

La cocina era diminuta, con una nevera de tamaño completo y un hornillo lo bastante grande para dos fogones en lugar de los habituales cuatro. En lugar de un lavavajillas, una secadora abollada ocupaba la esquina. La lavadora a juego estaba encima a pesar de no ser una unidad apilable. Alguien había desconectado ambos electrodomésticos.

Aparte de eso, el interior de esta casa tan extraña estaba completa y absolutamente vacío.

Los únicos muebles que había a la vista eran una única silla plegable de metal y una pequeña mesa de cartas plegable con la mitad de la cubierta de vinilo gris arrancada. La otra mitad estaba hecha jirones y a punto de caerse al menor roce.

Eso era todo.

—Eh… —Idina frunció el ceño, giró en un círculo lento para estudiar el resto de la casa, y luego le ofreció al desconocido que no se había presentado una sonrisa forzada—. Lo siento. No estoy muy segura de lo que está pasando aquí.

Miró los papeles que tenía en la mano y asintió.

—Obviamente ha recibido tus órdenes.

—Lo hice, pero…

—Será un momento, soldado. No se preocupe.

«Sí, claro. Todo en esto grita, "*¡Preocúpate* y mucho!"».

El hombre estaba con ella en el centro del salón vacío, con las manos entrelazadas a la espalda, y de vez en cuando la miraba con otra sonrisa tranquila y paciente.

Lo último que Idina esperaba era escuchar el sonido de un inodoro al final del corto pasillo a su derecha, que probablemente llevaba al único dormitorio del bungalow. Luego se oyó el sonido del agua corriendo en el lavabo, que pareció durar una eternidad en medio del silencio que llenaba el resto de la casa.

«Entonces… ¿qué? ¿Estoy tratando con una persona que no soporta la luz natural, los muebles o la electricidad pero que tiene que lavarse las manos siempre y vive en un lugar así?».

—¿Puedes decirme quién…?

—Un momento —murmuró el hombre, levantando un dedo en un gesto increíblemente despectivo para que guardara silencio. Fue más educado que decirle que se callara, que era lo que parecía implicar la siguiente sonrisa forzada del hombre.

Entonces se abrió otra puerta con un pomo oxidado y se oyeron pasos lentos hacia el salón desde el oscuro y estrecho pasillo.

—¿Hora?

El hombre de los vaqueros miró su reloj.

—Las nueve con cuatro minutos, señor. Abrí la puerta exactamente a las nueve.

—Gracias, Phillip. Eso es todo.

Phillip, a quien Idina habría identificado instantáneamente como otro mayordomo si no fuera por la camiseta y los vaqueros, asintió y se dio la vuelta para dirigirse a la única silla junto a la mesa de cartas.

Idina no necesitaba esperar a que el segundo hombre emergiera del pasillo sin ventanas para saber quién era. La voz de Richard era inconfundible. Su sonrisa, en cambio, parecía mucho más rígida y mucho menos divertida de lo que había sido en cualquier momento durante su primer y único otro encuentro. Esta vez, sin embargo, estaba uniformado, lo que casi demostraba que todo esto no era una gran broma.

Apretó los labios y exhaló lentamente por la nariz.

«¿Por qué no me sorprende?».

—Phillip es un verdadero fanático de la precisión —dijo Richard con calma—. Espero que no te haya hecho esperar demasiado tiempo afuera.

—Solo unos minutos. —Idina miró por encima del hombro hacia la mesa de cartas y al segundo mayordomo de su tío en los últimos días, que ahora estaba completamente absorto en un libro de bolsillo delgado y no levantó la vista en ningún momento—. ¿Qué le ha pasado a Peter?

—¿Quién? Oh. Claro, se quedó en Colorado. Nunca haría que ellos desarraigaran sus vidas cada vez que viajo. Eso es inconsiderado.

«Así que tiene una cosa con empleados personales cuyos nombres empiezan con "P". Claro».

—Me encantaría saber qué está pasando ahora mismo —dijo ella con severidad—. Coronel.

No había manera de saber si los hombres contratados por Richard sabían algo sobre quién era él, qué hacía o cuánto ocultaba al ejército y al resto del mundo. El hecho de que su tío tuviera dos empleados personales en dos estados diferentes le hacía pensar que probablemente les pagaba a los hombres que trabajaban para él un extra para que olvidaran todo lo que pudieran ver o escuchar y no hicieran preguntas.

—Seguro que sí. —La sonrisa de Richard parpadeó—. Déjame darte primero el tour.

—No puedes hablar en serio.

Se señaló la cara, incluida la sonrisa de satisfacción de la que aún no había conseguido deshacerse.

—Esta es mi cara seria, soldado. Venga conmigo.

Richard cruzó el salón, casi vacío, en dirección a Idina y pasó por delante de ella sin decir palabra ni mirarla. Quería empezar por el lado norte del bungalow para una visita que no duraría más de cinco minutos. Si acaso.

Ella se volvió lentamente para observarlo, pero se quedó donde estaba. La casa era lo suficientemente pequeña como para verla entera desde donde estaba parada, fuera del pasillo que conducía a la puerta principal.

—Ya viste el porche y la entrada. —Richard agitó la mano con desprecio en esa dirección—. Lavadora, secadora, un par de armarios… —Abrió las dos primeras puertas de los armarios sobre la estrecha encimera de la pequeña cocina, y luego las siguientes dos—. Vaya. Nada.

Idina parpadeó lentamente.

«Está loco. Esa es la única explicación para esto. Tiene un mayordomo en una casa vacía en la peor parte de Fayetteville que he visto. ¿Qué es esto?».

—Fregadero, cocina, frigorífico, bla, bla, bla. —Su tío se apartó de la cocina y se detuvo a tres pies de donde terminaba el suelo de linóleo agrietado y descascarado y comenzaba la alfombra apelmazada, manchada y vieja de décadas. Extendió los brazos y le sonrió—. Comedor. ¿Eh?

No pudo evitar volver a mirar a Phillip, pero el hombre seguía leyendo su novela como si nada ni nadie más en el mundo existiera.

—Señor, no creo…

—Lo sé, lo sé. —Richard señaló al mayordomo—. Te hace preguntarte en qué te has metido, ¿verdad? Te aseguro que el hombre no viene con la casa. —Luego se rio de su broma y siguió moviéndose por el espacio—. Sabes, pensé en quitar toda la pared trasera y poner una puerta corredera de cristal. Eso habría cambiado todo el diseño, y para cuando lo pensé, ya había terminado de remodelar. Confía en mí.

«¿De qué demonios está hablando? Nadie ha tocado este lugar en décadas».

Rodeó el salón, observando las paredes y el techo con una sonrisa de complicidad.

—Hay agua corriente, lo cual es útil en caso de apuro. ¿Te gustaría ver las habitaciones?

Idina se cruzó de brazos y frunció el ceño.

—No.

—Hay *dos*, lo creas o no. No es exactamente lo que yo llamaría una suite principal. Solo hay un baño, después de todo. La segunda tiene una sensación acogedora de oficina. Tal vez un rincón de lectura o una pequeña biblioteca. Te encantará. —Richard se detuvo en el borde de la pared sur, junto a la abertura que daba al pasillo, volvió a señalar el oscuro vestíbulo y sonrió—. A mí me parece pintoresco. Última oportunidad.

—No estoy interesada en las habitaciones. Estoy bastante segura de que ya lo sabes.

—Hmm. Claro. Bueno, no puedo esperar que te entusiasme ir de compras para una casa. Nunca has tenido una propia. Ahora el ejército te proporcionará alojamiento durante… ¿quién sabe cuánto tiempo?

—Me interesa saber por qué estoy aquí —añadió con calma, obligándose a no gritarle al hombre que jugaba con ella solo porque podía.

—Oh. Ya lo sé. —Richard chasqueó la lengua—. Déjame terminar, soldado Moorfield. Te prometo que valdrá la pena.

—Lo dudo.

Él se rio y se deslizó hacia la parte trasera de la casa. Luego alargó un brazo y señaló hacia la puerta que Idina no había notado porque estaba oculta en la esquina más oscura de la sala de estar.

—Esto, soldado, es algo que creo que le gustará.

Dada la distribución del minúsculo bungalow, con el único cuarto de baño al otro lado de aquella pared, esta nueva puerta solo podía ser un armario para abrigos o ropa blanca. Idina ladeó la cabeza.

—Sí, a mí tampoco me interesan los armarios.

—¿Esto? —Richard cerró lentamente la mano alrededor del pomo de la puerta como si hacerlo hubiese intrigado a alguien, incluida su sobrina—. No es solo un armario.

Finalmente, terminó de jugar este juego.

—Coronel, estoy aquí porque recibí órdenes de transferencia a una nueva unidad. Nunca dijeron cuál era esa nueva unidad.

Se rio entre dientes.

—Por supuesto que no. Eso está clasificado.

—Por eso me gustaría que me dijeras…

—Esto también. —Después de mirar de reojo el pomo de la puerta, Richard volvió a mirarla y sonrió—. Clasificado. Todo. Por eso me gustaría que me acompañaras para que pueda mostrarte lo que hay detrás de la puerta número cero.

Idina resopló, suspiró y apretó los labios para no escupir los enfurecidos comentarios que le rondaban por la cabeza.

«¿Sabe el Mayor Hines lo loco que está su comandante? Porque esto es seriamente preocupante».

—Vamos, Moorfield. —Richard le guiñó un ojo—. Hazme caso.

Por otro momento, se quedó allí mirándolo con furia, actuando como si hubiera estado viviendo en esta casa el tiempo suficiente para que el moho negro creciera y se multiplicara en torno a su cerebro. Luego miró una vez más por encima del hombro a Phillip, quien por supuesto no ofreció respuesta alguna antes de dirigirse lentamente hacia el coronel.

—Está bien. ¿Entonces me devolverás el favor?

—Si me apetece. Aunque, como tu comandante de batallón, no estoy obligado a hacer… literalmente nada solo porque tú lo digas. Sabes eso, ¿verdad?

Su sonrisa estaba tan forzada ahora que sentía que la mueca dolorosa en la que se había convertido quedaría permanentemente fijada en su rostro después de esto.

—Sí, lo sé.

—¿Perdón? —Curvó su otra mano alrededor de su oreja y se inclinó hacia ella.

Idina apretó los puños y se detuvo a cuatro pies de él y del armario.

—Señor.

—Tienes un expediente impresionante ya, soldado. Entrenamiento extenso para alguien tan joven y en una etapa tan temprana de su carrera. La actitud aún necesita un poco de trabajo.

«De verdad que se le ha ido la cabeza».

Con un giro rápido y elegante de la mano, Richard abrió la puerta del armario y dio un paso atrás.

—Después de ti.

—¿En serio?

—Alguien tiene que cerrar la puerta, y la expresión en tu cara ahora mismo me dice que es más probable que des media vuelta y te vayas directo al todoterreno que está ahí fuera. Incluso en contra de órdenes directas. Así que… —Hizo un gesto hacia la puerta completamente oscura—. Adelante.

«No me lo puedo creer».

Lo único que la mantenía en su lugar, en lugar de hacer exactamente lo que su tío había predicho, era que este era su tío. Se conocían. Eran familia, la última vez que lo comprobó. Él sabía mejor que nadie en el mundo por lo que había pasado a lo largo de su vida, sin mencionar cómo equilibrar su magia compartida de los Muirden con una incipiente carrera militar.

Si hubiese sido cualquier otra persona, incluida un oficial de alto rango, de pie con ella en este bungalow vacío y guiándola hacia un maldito armario de abrigos, Idina se habría largado.

«Esto da un miedo de cojones. Y, aun así, sigo aquí».

Capítulo 16

Idina puso los ojos en blanco y avanzó hacia la oscuridad total al otro lado de la puerta del armario. No podía ver nada dentro, pero se detuvo junto a su tío y lo miró.

—Lo juro, si esto es solo una broma…

—No lo es. Si no te gusta lo que ves hoy y nunca quieres volver a poner un pie en esta casa, te dejaré en paz. —Su sorpresa debió de reflejarse en su rostro, porque Richard asintió mientras su sonrisa se ensanchaba—. Así es. No más órdenes clasificadas. No más reuniones. Al menos no conmigo. Si me dices que estás harta y de verdad eso es lo que quieres, lo haré realidad. Te doy mi palabra.

Por un momento, no supo cómo responder a eso. Le estaba dando una salida. Una forma de volver a su antigua unidad con la Compañía Bravo y a su antiguo trabajo como ingeniera de combate especializada, ridículamente cerca de conseguir su distintivo de paracaidista. Él dejaría de entrometerse en su vida, dejaría de lado todos los misterios y sorpresas irritantes. Idina podría volver a la vida que realmente disfrutaba antes de que el coronel MacBlair interviniera y desordenara las piezas de su vida. Si ella lo quisiera.

«Tentador. Aun así, no hay forma de que pueda retroceder ahora. Supongo que primero tendré que ver lo que hay en el maldito armario».

Finalmente, le lanzó a su tío una sonrisa rápida.

—¿Alguna posibilidad de que pueda obtener todo eso por escrito?

—Ja. Eso arruinaría toda la diversión. Sin mencionar el increíble desperdicio de tiempo que sería llenar ese tipo de papeleo. Vamos. ¿La palabra de tu comandante de batallón no es suficiente? —La sonrisa de Richard se suavizó, y ya no parecía tan loco.

De hecho, el hombre parecía un poco preocupado de que Idina rechazara su oferta por completo: entrar en ese armario que no era solo un armario, ver lo que él quería que viera, darle la oportunidad de explicar lo que estaba pasando. Si es que pensaba explicarle algo.

«Al menos se toma esto en serio. Bien».

—No, es suficiente —Idina asintió—. Por ahora. Señor.

—No sabes cuánto me alegra oírte decir eso, soldado Moorfield. Estamos dando el siguiente primer paso. Por cierto, te sugiero que prestes mucha atención. Puede ser un poco complicado la primera vez.

Alzando las cejas, sorprendida, esperó a que su tío elaborara más sobre esa declaración extraña, pero él siguió sonriendo y le indicó con un gesto que atravesara el umbral.

Respirando hondo, se deslizó junto a él y dio el primer paso.

En el momento en que lo hizo, una franja de luz blanca suave se iluminó bajo su bota, atravesando de un lado al otro de la puerta. No era mucho, pero fue suficiente para iluminar las paredes a ambos lados de ella: una entrada estrecha para un armario estrecho.

Excepto que no era un armario. La franja de luz iluminó el escalón debajo de su primer paso y un segundo escalón debajo de ese.

«Oh, vaya».

—Así que hay un sótano —murmuró.

—Claro. Podemos llamarlo así —Richard se inclinó ligeramente hacia el umbral—. Sigue adelante. Están activados por el movimiento y el peso, así que no puedes ver a dónde vas hasta que llegas.

—Eso es… —Arrugó la nariz y trató de averiguarlo brevemente antes de darse por vencida—. Vale.

Con sus siguientes dos pasos hacia abajo por la estrecha escalera, otros dos escalones se iluminaron suavemente bajo sus botas. Idina estiró las manos a ambos lados para tantear la presencia de un pasamanos, ya que su tío parecía particularmente desinteresado en encender cualquier otra luz.

En cuanto bajó al quinto escalón, oyó que la puerta se cerraba de golpe y casi se dio la vuelta antes de recordar que no tenía ni idea de cuántos escalones había y que no había nada en lo que agarrarse si perdía el equilibrio. En lugar de eso, apoyó las manos contra ambas paredes y miró por encima del hombro.

La silueta de Richard se alzaba tras ella como una estatua imponente. La luz del primer escalón, donde él estaba, iluminaba sus botas y los pantalones de su uniforme hasta la mitad del muslo. El resto de él era una sombra oscura contra el interior aún más oscuro de la puerta cerrada.

—Ya nos ha tomado más tiempo del que quería llevarte hasta aquí, soldado. Me encantaría llegar a nuestro destino antes del almuerzo, si no te importa.

Idina resopló y bajó lentamente al siguiente escalón y al siguiente, cada uno iluminándose bajo sus botas y quedando encendido otros dos segundos después de que levantara el pie, antes de apagarse lentamente y volver a la oscuridad total. Por supuesto, volvían a encenderse cuando Richard bajaba tras ella.

«Esto es una locura. Estoy bajando a un sótano iluminado bajo un bungalow destartalado en la peor parte de la ciudad. Con mi tío. Bajo órdenes directas. ¿Qué me pasa?».

No había forma de saber cuánto tiempo caminaron así por la escalera, ni cuán lejos habían ido o cuán cerca estaban del fondo. Idina pensó que sentía una leve bajada de temperatura, pero no era suficiente para estar segura. Cuando sintió que llevaban bajando en silencio al menos media hora —lo cual probablemente no era el caso, porque eso habría hecho de esto una bajada interminable—, finalmente no pudo soportar más el silencio.

—Así que. Ya que estamos aquí… —Sus manos pasaron a lo largo de las paredes mientras bajaba con paso firme, manteniéndola en el presente y, con suerte, alertándola del final de la escalera si alguna vez llegaban a él—. ¿A qué nueva unidad me voy a unir ahora?

Richard se rio entre dientes.

—Eso sigue siendo clasificado.

—Venga ya.

—Si decides seguir con esto después de que te muestre lo que hay al final de estas escaleras, entonces es posible que esa información esté disponible para ti. Hasta entonces…

—Joder. Si esto es una prueba, ¿por qué transferirme?

—Bueno, no podemos tener a un soldado flotando en el éter sin conexión a ninguna unidad, ¿verdad? Así es como la gente se pierde.

Idina puso los ojos en blanco, pero incluso si hubieran estado frente a frente, él no habría sido capaz de verlo en la semioscuridad.

—Tenía una unidad. Podrías haberme dejado con la sección hasta que…

—¿La Sección de Apoyo al Suministro? —Richard se rio—. No, esa unidad ha sido disuelta.

—*¿Qué*? —Se detuvo en el siguiente escalón y quiso fulminarlo con la mirada, pero habría sido completamente ineficaz—. ¿Qué quieres decir con disuelta?

—Eh… destruida. Demolida. Borrada de la faz de la tierra. No los soldados, obviamente. La sección en sí. Una limpieza bastante rápida y fácil, si me preguntas.

«Joder. Por eso la sala de suministros estaba llena de suministros de verdad, y nadie se presentó para hacer ejercicio esta mañana».

—De nuevo, soldado, por favor siga moviéndose.

La boca de Idina se secó, y se arrepintió de no haber abastecido el coche con botellas de agua, como ella y Hines habían hecho con el coche de alquiler en Colorado.

—¿Por qué?

—Bueno, tenemos mucho terreno que cubrir, literal y figurativamente…

—No, ¿por qué disolverías la unidad?

—Oh. Obviamente, ya no era necesario.

Incapaz de moverse, miró sin ver hacia la oscuridad antes de encontrar las palabras que buscaba.

—Eso… puede ser lo más absurdo que me has dicho hasta ahora. ¿Ya no era necesario? Estábamos…

—Tu unidad completó su misión. Tú completaste las tuyas, una de las cuales corría en paralelo con las de ellos. La Triple-S nunca debió durar más de lo necesario para traerte hasta aquí. Ahora.

La boca de Idina se abrió y cerró en silencio antes de que pudiera formular la siguiente pregunta.

—¿Qué… quiero decir, qué hiciste con los demás? Había otros seis soldados en Triple-S conmigo. Tuvieron que ser reasignados a algún lugar.

—Por supuesto, fueron reasignados. —Resopló—. Sabes cómo funciona el ejército, ¿verdad?

—Entonces, ¿dónde están? ¿A qué unidad fueron transferidos?

—Hmm. —Después de eso, Richard guardó silencio tanto tiempo que casi se volvió para asegurarse de que seguía allí. Luego se dio cuenta de que el escalón dos escalones por encima de ella no se habría encendido si su tío hubiera desaparecido de repente—. ¿Sabes qué? No tengo ni idea. Hice que mi ayudante lo manejara como mejor le pareciera.

—Eso es una locura.

Richard se aclaró la garganta.

—Al igual que estar de pie en una escalera a oscuras discutiendo la lógica de disolver una unidad que nadie más sabía que existía en primer lugar. Ya está hecho. No va a volver. Es hora de seguir adelante. Para que quede claro, me refiero a seguir adelante literal y figurativamente. Principalmente como un recordatorio de que sigas bajando las escaleras.

—No puedo creer esto —murmuró Idina, y sus pies parecieron moverse por la escalera iluminada por sí solos.

—Aun así, está sucediendo. Ah, bien. Finalmente. Si no he perdido la cuenta, ya casi estamos. Eso creo.

—Dime algo, de todo esto, que haya sido real.

—¿Cómo qué?

Ella resolló y siguió moviéndose lentamente hacia abajo.

—Como… Tú querías que convirtiera a la sección en una unidad real, ¿verdad? Un equipo cohesivo que todavía pudiera operar bajo algunas circunstancias bastante… intensas.

—Es una forma excelente de decirlo. Sí, me gusta.

—Bueno, ¿cómo diablos se supone que voy a hacer eso si me sigues moviendo cada dos meses?

Richard guardó silencio por un momento, e incluso sus pasos se habían detenido en las escaleras detrás de ella. Luego, carraspeó.

—¿Respuesta corta? Acostúmbrate.

Idina gruñó de frustración, pero siguió bajando hacia la oscuridad interminable, su mente un caos de pensamientos aún más confusos. No pudo evitar expresarlos en voz alta de nuevo.

—Genial. Te encuentro en Colorado Springs, paso el último día de la existencia de mi unidad inconsciente en el hospital, y nadie se molestó en decirme que todos seríamos divididos y nos iríamos en menos de veinticuatro horas.

Todo el aliento se le escapó cuando pensó en la última interacción que había tenido con los otros miembros de la sección. Los soldados que habían experimentado un crecimiento personal juntos, más del que Idina había imaginado posible. Los únicos soldados que habían visto sus luces verdes y lo que podía hacer —en persona— y lo tomaron con naturalidad, en lugar de volverse locos.

Sus amigos.

«Stop estaba tan cabreado conmigo. Prometí ayudarlo a arreglar ese estúpido televisor, y ahora no hay televisor que arreglar. Se acabó».

—¿Estoy hablando solo, Moorfield, o me estás haciendo el vacío a propósito?

—¿Qué?

Richard suspiró con fuerza y dio dos palmadas.

Idina casi tropezó en el escalón en el que estaba cuando la escalera se llenó de luz y quedó momentáneamente cegada. Se apoyó en la pared y parpadeó para sacudirse el aturdimiento de haber sido llevada de repente a la plena luz, gracias a la iluminación instalada en el techo inclinado.

—¿En serio? ¿Tenías una luz aquí abajo todo el tiempo?

—Solo en las escaleras. Es un viejo truco, pero bueno, ya sabes.

—¿Qué?

—Sí, has preguntado eso varias veces, pero me interesa particularmente escuchar más sobre tu comentario anterior.

Idina se volvió para mirarlo. Detrás de él, la escalera parecía extenderse para siempre hacia arriba, hacia la superficie, y no podía ver la puerta del «armario». Un vistazo hacia abajo le mostró lo mismo en la dirección opuesta. Luego, una ola de vértigo fugaz la abrumó, y se inclinó contra la pared, parpadeando con fuerza. Nunca había experimentado esa sensación antes de ninguno de los saltos que había hecho desde un C-130. Claro, había sido cegada y sorprendida por más información de la que esperaba recibir en una escalera.

—Habría sido mucho mejor encender estas luces primero —murmuró.

—Mejor para la visibilidad, seguro. Tienes que admitir que hay cierto nivel de misterio cuando solo puedes ver lo que tienes justo delante.

—Acabas de describir mis últimos dos meses, y créeme. No es tan increíble como intentas que parezca.

Él resopló.

—Estás desviando la conversación. Cuéntame sobre el hospital.

—No hay nada que contar, *señor*.

Intentó añadir una inflexión sarcástica al final como otro golpe hacia su tío. El hombre parecía ser inmune a las partes de ella que aún actuaban como una adolescente en lugar de una adulta legal y una soldado del Ejército que había visto más cosas de las que la mayoría de sus compañeros. Si es que Idina Moorfield tenía compañeros.

En lugar de eso, Richard simplemente la miró con una sonrisa.

—De acuerdo, corrígeme si me equivoco, pero generalmente, la gente no va al hospital sin motivo. Generalmente. Así que hay algo que contar.

—¿Qué quieres que diga?

Sus ojos recorrieron las estrechas paredes de la escalera.

—Pensé que lo había dejado claro.

—Mira, me llevaron inconsciente, pasé las siguientes ocho horas así, y cuando desperté, el médico me dijo que era deshidratación severa y me mandaron a casa. Listo. Te he contado sobre el hospital.

—¿Cuándo fue esto, exactamente?

«Joder, ahora me están interrogando en una escalera hacia la nada».

Idina siguió apoyada contra la pared para poder cruzar los brazos sin sentir que estaba a punto de caerse hacia las entrañas de la tierra.

—Ayer.

—Ah. Bueno, eso explica por qué no me enteré…

—Por favor —resopló—. No me digas que el comandante del 307 recibe un memorándum cada vez que un soldado en su batallón tiene una cita médica.

—No. —Richard la miró y sonrió—. Solo tú. Al menos hasta justo después de nuestra cautivadora conversación en el Broadmoor el otro día. Eso fue divertido, ¿no?

—No. En absoluto.

—Huh. Pensé que era bastante divertido.

—Lo habría sido si hubieras contestado más que…

—¿Qué pasó?

Bajo sus brazos cruzados, Idina apretó los puños e inhaló profundamente por la nariz.

«Esta conversación no va a ninguna parte tan rápido como la última».

—¿Con qué? —respondió entre dientes.

—Para llevarte al hospital, soldado. Venga. No te desvíes del tema.

Abrió los ojos, pero el coronel MacBlair no estaba interesado en cortesías, formalidades, ni nada que se pareciera remotamente al progreso lógico de una conversación entre dos adultos.

—Me desmayé.

—¿Por qué?

—Porque mi cabeza se sentía como si le hubiera pasado un tanque por encima. Supongo.

Su sonrisa forzada desapareció cuando Richard giró su mano en un gesto de «sigue hablando».

—¿Por qué?

—Porque… creo que vi algo.

A estas alturas, ambos sabían que la soldado Moorfield era una pésima mentirosa. Usualmente, podía omitir detalles sin levantar sospechas. Después de todo, había llegado tan lejos en el Ejército con magia.

Sin embargo, este era su tío, a quien casi había dado por muerto, y la única persona en el mundo que entendía lo que era ser descendiente del clan Muirden. Si Idina se mostraba tan vacilante, probablemente tenía que ver con las habilidades que ambos habían heredado.

Los ojos de Richard se agrandaron con una chispa de comprensión.

—Has tenido otra *visión*.

—No… No sé si…

—Mentira. —La señaló con el dedo—. Tuviste otra visión, y después de cómo reaccioné la última vez que te arriesgaste a contarme sobre el Olc visitándote en tu cabeza, no crees que puedas contarme sobre esta.

Tuvo que apartar la mirada porque el hombre había acertado de lleno, sin pestañear.

«¿Ahora también puede leer la mente?».

—Vale. —Se encogió de hombros—. Creo que fue otra visión, sí.

—Pero no estás segura.

Idina tragó saliva.

—No lo sé…

—¿Por qué?

—Te dije que no lo sé.

—Otra mentira. Vas cero de dos, soldado Moorfield, y puedo seguir así todo el tiempo que haga falta. Así que dime por qué no sabes qué…

—¡Porque cuando volví a la esquina donde vi a esa cosa salir de un agujero enorme en el suelo para atraparme, no había nada allí!

En el silencio inmediato tras su arrebato, las últimas palabras de Idina resonaron en la escalera. El efecto de oír ese eco extenderse hacia arriba y hacia abajo fue tan desorientador que se presionó más contra la pared para sentir algo sólido.

Además, también sintió la mirada de su tío cruzando su rostro mientras miraba la pared opuesta, y esa sensación fue igual de desagradable.

Entonces Richard resopló y murmuró:

—Repite eso.

—¿En serio? Todo, o…

—Olvídalo. Te he oído. —Sin previo aviso, golpeó la pared con el puño justo al lado de la cabeza de Idina.

Ella se apartó del golpe violento con un bufido y casi tropezó con el siguiente escalón.

—¿Estás de broma? Eso podría haber sido mi cabeza.

Él se burló.

—Por favor. Tengo puntería perfecta. Pero quizá no quieras quedarte ahí.

Su tío señaló el escalón iluminado bajo sus botas y se encogió de hombros.

Un segundo después, ese mismo escalón empezó a moverse.

—¿Qué demonios…? —Idina saltó al escalón anterior en la escalera. Ahora toda la mitad inferior de la interminable bajada a lo desconocido se movía. Solo le tomó otro segundo darse cuenta de que lo que había pensado que era la segunda mitad de una escalera ridículamente larga era un panel horizontal pintado para que pareciera de esa forma. Ahora, todo el panel a lo ancho de la escalera se deslizaba hacia la pared justo delante de ella.

La pared contra la que se habría chocado poco después de descubrir que el siguiente escalón no era un escalón, sino una plataforma camuflada.

La plataforma terminó de retraerse en la pared, revelando cinco escalones más y un suelo muy real y visible extendiéndose bajo el saliente.

Miró a su tío y señaló hacia la habitación al final de la escalera.

—No me has dicho que me detuviera.

Richard sonrió y levantó las cejas.

—Lo sé, ¿verdad?

—Entonces… ¿Qué? ¿Traes a la gente aquí en la oscuridad y esperas que se detenga por su cuenta en el momento adecuado?

—Ja. Definitivamente no. Sobresaltarlos con una luz repentina y cegadora, por otro lado… Bueno, eso suele hacer el truco por sí solo.

Entrecerró los ojos, aliviada de no tener un descenso interminable frente a ellos y furiosa porque su tío la había manipulado con tanta facilidad. Otra vez.

Con una risa amarga, negó con la cabeza y lo miró de arriba abajo.

—Increíble.

—¿De verdad? Porque mencioné lo de contar. Discúlpame. —Con una risa despreocupada, pasó junto a ella en la escalera, agachándose bajo el saliente donde la plataforma de engaño se había retraído en la pared—. Y, si piensas que eso fue increíble, el resto de esto te va a dejar boquiabierta.

Capítulo 17

Mientras veía a su tío desaparecer bajo la pared lejana de la escalera que había sido una trampilla, Idina consideró brevemente darse la vuelta y salir corriendo escaleras arriba. Las luces activadas por movimiento y peso en cada escalón aún funcionaban, incluso con las luces superiores al máximo de intensidad. Claro, corría el riesgo de chocar de cara contra la puerta del armario antes de darse cuenta de que estaba en la cima, pero lo peor que podría pasar era que se rompiera la nariz. Quizás una leve conmoción cerebral.

«Todo esto. Son mentiras, trucos y manipulación. No sé por qué demonios me ordenó venir aquí, pero nunca va a ser completamente sincero conmigo. Y no tengo elección».

Entonces la promesa de Richard parpadeó en su mente.

—Si no te gusta lo que ves hoy y nunca quieres volver a poner un pie en esta casa, te dejaré en paz.

Había sido sincero en ese momento. Le había dado su palabra. Lo que significaba que Idina tenía una opción.

Podía seguir en esta madriguera de locos con el teniente coronel Sombrerero Loco, o podía decirle sin rodeos que había terminado y que no quería tener nada que ver con él después de esto.

En cualquier caso, no pudo decidirse hasta que entró en la siguiente habitación, más allá de la escalera. Fuera lo que fuese lo que le esperaba allí, su tío parecía convencido de que le encantaría.

«No me conoce».

De todos modos, seguían siendo familia. La misma sangre —y magia— fluía por sus venas. Además, tenía sus órdenes.

—Deprisa, soldado. —La voz de Richard resonó sorprendentemente lejos, e Idina ladeó la cabeza al imaginar el tamaño de la habitación contigua basándose en la acústica.

«Debe ser enorme. Mierda, tiene algún tipo de guarida subterránea secreta, ¿no?».

—¿Soldado…?

—Sí. Ya voy. —Por alguna razón, dar los últimos pasos fuera de la escalera se sintió muy parecido a dar ese primer paso-giro-salto desde una aeronave del Ejército a trescientos setenta metros de altura. Solo que esta vez, Idina contuvo la respiración y luchó contra el impulso de gritar su cuenta regresiva en los últimos seis escalones, como había aprendido a gritarla durante un salto.

Cuando llegó abajo, se detuvo y levantó lentamente la vista del reluciente suelo blanco bajo sus botas.

Era como si hubiera entrado en un mundo distinto.

La inmensa cámara bajo el bungalow de la calle Skibo, en una de las zonas más olvidadas de Fayetteville, de Carolina del Norte, tenía el tamaño de un campo de fútbol. Por lo menos. El techo de seis metros y las paredes relucientes, blancas como el mármol, coincidían con los suelos, que tenían que ser del mismo material: algo entre acero inoxidable y brillante mármol blanco. Idina no tenía idea de qué era. El efecto que tenía en la guarida secreta la hacía sentir como si estuviera de nuevo en esa escalera, mirando hacia un conjunto interminable de escalones hasta que no pudiera ver el fondo.

En este momento, sentía que no podía ver el otro lado de la sala.

Si no hubiera sido por las largas mesas de acero inoxidable que formaban dos filas a lo largo de la cámara y por su tío, que estaba a mitad de camino entre ellas, probablemente no habría adivinado el tamaño. Podría haber continuado para siempre.

—Adelante —la animó Richard—. Echa un vistazo.

Al final, exhaló tras aguantar la respiración durante lo que le pareció una eternidad, y luego se obligó a inhalar despacio mientras se acercaba a la fila de mesas de su izquierda para estudiar su contenido.

Maletines metálicos relucientes. Estuches de armas abiertos. Armas pulidas dispuestas como si la hubiera invitado a una exposición de armas privada. Municiones dispuestas con precisión, no en cajas o en ranuras individuales para cada cartucho, sino en la propia mesa, claramente colocadas una por una por una mano cuidadosa. No reconocía ni un arma ni su perfil de munición. Eran nuevas.

«Santo cielo».

Unos seis metros adelante había un vehículo rudimentario estacionado al otro lado de esta fila de mesas. Con una altura de poco más de un metro y medio, parecía una mezcla entre un todoterreno y un Lamborghini. Idina lo miró fijamente por un momento y luego continuó por la fila de mesas.

Después de las armas, había una serie de herramientas que vagamente reconoció: relojes de campo, equipos de visión nocturna, unidades de comunicación, radios satelitales, sistemas GPS y rastreadores de vuelo portátiles. Esos eran los que podía nombrar sin pensarlo mucho, pero todos parecían ligeramente modificados de las versiones que había entrenado para reconocer y usar.

Las dos granadas de mano que encontró a continuación, sin embargo, parecían granadas de mano ordinarias.

Ella resopló y sacudió la cabeza.

—¿Eh? —Richard extendió los brazos con otra amplia sonrisa—. ¿Qué opinas?

—Es… como la maldita Bat Cueva.

—Eh, bien. Excepto que no es tan «oscura y siniestra». Obviamente, tiene una atmósfera diferente.

Idina miró a su tío con el ceño fruncido y no pudo evitar reírse porque estaba completamente serio.

—¿Qué es esto?

—Exactamente lo que parece, soldado. Bueno, en su mayor parte. Vamos.

Volviendo a llevarse las manos a la espalda, Richard giró y continuó por la larga avenida de relucientes suelos blancos entre las dos largas filas de mesas. Sus pasos resonaban por todas partes, lo que le recordó a Idina que esto no era otra ilusión óptica. El lugar era así de grande. Realmente tenía todo este equipo militar de primera clase —y más— y ella estaba aquí abajo con su comandante de batallón, que conocía el lugar como la palma de su mano.

—Esto es… —Otra risa incrédula se le escapó mientras se dirigía lentamente hacia su tío, mirando la siguiente sección de mesas con más gadgets y dispositivos portátiles cuyas funciones no podía empezar a adivinar—. Esto es todo real.

—Al cien por cien.

—Espera, ¿cómo funciona esto?

Richard se detuvo en la fila opuesta de mesas para recoger una pequeña esfera de metal estilo disco. La giró en la mano, la dejó de nuevo y la miró.

—¿A qué te refieres?

—Me refiero a qué… Cómo es que todo esto… Maldita sea. ¿Cada batallón tiene una guarida secreta con todo esto?

Ladeó la cabeza y la miró de arriba abajo con una sonrisa burlona.

—Tienes mente de soldado. Lo reconozco.

—Bueno, soy una soldado. La última vez que revisé. —Idina se pasó las manos por las mejillas y suspiró—. Aunque estoy empezando a sentir unas serias vibraciones de agente secreto en este momento, y me está poniendo un poco nerviosa.

—Uf. —Su tío bufó y se dio la vuelta para seguir recorriendo la habitación—. Nunca dejaría entrar a 007 aquí. ¿Estás bromeando?

—¿Lo dices en serio?

Su única respuesta fue un guiño por encima del hombro antes de que sus ruidosos pasos continuaran por el suelo.

—Para responder a tu pregunta, no.

Idina volvió a reír porque era lo único que podía hacer cuando se dio cuenta de que había olvidado todo sobre su conversación hasta este punto.

—Recuérdame de nuevo qué he preguntado.

—Si cada batallón tiene una «guarida secreta», creo que las has llamado así. La respuesta es no, no todos los batallones. Solo el mío.

—¿Por qué?

Richard se dio la vuelta y caminó hacia atrás, extendiendo los brazos.

—Porque ningún otro batallón tiene a alguien como yo.

Idina se quedó boquiabierta mientras él giraba de nuevo y seguía pavoneándose hacia el otro extremo de la habitación. Entonces su cerebro se puso al día y se apresuró a seguirle.

—Espera, espera. Espera, espera. ¿Me estás diciendo que esto es propiedad privada?

—Por supuesto, es privado.

—No me refiero al sector privado, Richard.

Soltó una carcajada.

—Obviamente, estás confundida, así que dejaré pasar esa. Pero en serio, soldado, ¿esto te parece una organización sin ánimo de lucro?

—No hay forma de que esa pregunta no sea retórica.

—Sí. Esto es propiedad privada. Y sigue estando afiliado al Ejército. En su mayor parte.

Idina se detuvo y echó otro largo vistazo a todos los artilugios, las armas y una pila de tela que había sobre las mesas a su lado. Esta última parecía un paracaídas plegado, si el material no hubiera sido de un plateado brillante que le hizo pensar en una manta ignífuga.

Enarcó una ceja y se inclinó hacia la tela doblada.

—Pero no sancionado por el ejército.

—Eso aún está en debate en algunos círculos. Te puedo asegurar que no existe nada igual en todos los Estados Unidos.

—Bien. ¿Y el resto del mundo?

—Podría haber algunos otros en un puñado de países extranjeros. Esos no están bajo mi jurisdicción. Obviamente. Estoy demasiado ocupado para andar por el mundo solo para… —Richard se rio y se detuvo en el otro extremo de la sala enorme y brillantemente iluminada—. Bueno. Ya verás. Ah y cuidado con las cámaras.

—Sí, las he visto. —Miró al techo alto, donde las bombillas redondas oscuras de las cámaras de seguridad estaban montadas en ambas paredes e intercaladas cada treinta metros—. Son mucha.

—Gracias.

—Quiero decir, sí, esto no es exactamente la mejor parte de la ciudad, pero tienes un sistema de entrada a prueba de fallos. No me imagino que te preocupes por robos, ¿verdad?

Richard se echó a reír y escrutó la vasta cámara que habían atravesado.

—En primer lugar, todo Fayetteville es la peor parte de Fayetteville. Por eso me encanta tanto este lugar. Segundo… —Puso las manos en las caderas y miró las filas de cámaras que cubrían cada pared.

Si Idina no supiera que era imposible, lo habría llamado una mirada cariñosa.

«Tal vez no lo sé mejor. Es mi tío, seguro, pero es un extraño. Y probablemente loco».

—¿Segundo? —lo instó.

Respiró hondo y parpadeó como si recordara que estaba allí.

—Las cámaras son para fines de entrenamiento.

Frunciendo el ceño, lo miró de reojo y trató de observar al resto de la cámara por si había algún disturbio al mismo tiempo.

—¿Entrenamiento para qué?

Con otro movimiento de cejas, Richard sonrió y levantó la barbilla hacia ella.

—Exacto.

En lugar de golpear la pared para su siguiente truco, esta vez presionó suavemente la palma contra un pequeño rectángulo negro brillante empotrado en la pared blanca plateada. Una luz azul brillante destelló bajo su palma, y el hombre siguió sonriéndole mientras dejaba que la tecnología allí abajo hiciera lo suyo.

«Santo cielo. ¿Este lugar también tiene bioseguridad? No me extraña que esté todo clasificado».

Cuando la pared emitió un suave pitido, Richard retiró la mano y se sacudió el polvo como si el panel le hubiera dejado algo en la piel.

—Verde significa comenzar, ¿verdad?

—¿Qué?

Del interior de la pared surgió un fuerte chasquido, antes de que otra puerta se deslizara hacia un lado en la pared previamente continua. Entonces quedaron en el umbral de otra habitación.

—Ni hablar.

—Sí, sí. —Richard se rio entre dientes—. Vamos. Sé que afuera todo es diversión y juegos, pero esto es lo que realmente quiero que veas.

Atravesó la puerta que había sido totalmente indetectable antes de que la abriera con la huella de su mano o su firma biológica. Tal vez ambas.

—Déjame adivinar. —Idina se acercó a la puerta abierta y examinó el marco blanco plateado que tenía al menos quince centímetros de grosor. No había señales de que allí hubiera una puerta, y mucho menos de que se hubiera deslizado hacia la pared para revelar otra habitación dentro de la habitación oculta de su tío—. Con fines de entrenamiento.

—Lo has captado rápido. Date prisa.

Tras echar otro vistazo a todo el marco de la puerta, abandonó toda precaución y entró en la habitación contigua.

En el momento en que lo hizo, el grueso panel de la puerta volvió a su lugar con otro siseo hidráulico. Al otro lado, el sonido sordo del panel asentándose en su lugar resonó dentro de la enorme cámara.

En esta sala, sin embargo, el sonido era entrecortado y amortiguado. Parte de eso se debía a que era una habitación mucho más pequeña, de unos seis metros cuadrados. La mayor parte de la reducción del sonido, sin embargo, se debía al acolchado en las cuatro paredes, el suelo y el techo.

Idina no pudo evitar darse la vuelta para estudiar la puerta cerrada, que también estaba acolchada con el mismo material grueso y blanquecino que se hinchaba en secciones cuadradas como una colcha de peluche.

«¿Cómo es posible?».

—Bastante impresionante, ¿no? —Richard estaba en el centro de la habitación, junto a una única mesa atornillada al suelo y dos sillas. De alguna manera, incluso con un piso gruesamente acolchado debajo, las sillas parecían lo suficientemente estables como para no caerse cuando se usaban.

—Em… —Aclaró su garganta y escaneó la habitación—. No sé si impresionante es la palabra que usaría.

La sonrisa de su tío vaciló.

—¿Por qué no?

—Quiero decir, desmantelaste mi antigua unidad sin ninguna advertencia. Mi nueva unidad sigue clasificada, y puede que ni siquiera exista, y he atravesado un arsenal de nivel militar en una propiedad privada a al menos un kilómetro bajo tierra. —Se encogió de hombros—. Además, ahora estoy encerrada en una habitación acolchada con una puerta invisible, sin otra salida visible y… contigo.

Él la miró por un momento más. Luego sus hombros temblaron como si estuviera tratando de contener la risa.

—Bueno, cuando lo pones de esa manera…

Capítulo 18

Idina miró a su tío a través de la habitación acolchada. «Cree que todo esto es una broma. Claro que tenía razón cuando decía que todo esto me estaba volviendo loca, pero si hubiera traído aquí a cualquier otra persona, no lo llevarían ni la mitad de bien».

Más que nada, quería que Richard dejara de reírse de ella.

—Sabes, una pequeña explicación de antemano me ayudaría mucho a que mantuviera la mente abierta.

—Oh, no, no. —Richard levantó un dedo y caminó hacia ella—. Verás, eso es todo lo contrario de lo que queremos ahora mismo.

—¿Tener una explicación? —Idina lo miró fijamente mientras él pasaba junto a ella hacia la pared detrás de ella.

—Una mente abierta. —Richard trasteó con parte del acolchado de la pared, que se despegó en una sección cuadrada para revelar un panel eléctrico. Y una gran palanca de latón que se parecía mucho a un interruptor de circuito—. Material patentado que recubre estas paredes. Mi patente está en la etapa final. Muy emocionante.

—¿Qué, ahora eres inventor?

—De vez en cuando. Solo cuando es necesario. —Él señaló el techo, donde dos de las esquinas acolchadas sostenían dos cámaras de seguridad más protegidas en esferas de plástico oscuro—. El acolchado facilita mucho que podamos hacer esto sin interrupciones no deseadas.

—Claro. —Idina cruzó los brazos y no podía decidir si reírse o tomarlo en serio—. Porque estoy segura de que constantemente tienes que luchar contra hordas de intrusos que intentan derribar las paredes de tu destartalado bungalow de arriba…

Sin previo aviso, su tío bajó bruscamente la palanca. Se escuchó un fuerte estruendo, y una intensa ráfaga de energía se coló en la cabeza de Idina. Se sintió como si estuviera a punto de tener una visión, como la presión en su cráneo cuando había visto al Olc salir de un pozo inexistente en la base antes de desplomarse allí mismo en la acera. Esta vez, la luz energética que ahogaba todo lo demás era plateada en lugar de verde, atravesándola como un rayo mental.

No duró más de dos segundos.

Cuando volvió a abrir los ojos, se había doblado y se había llevado las manos a ambos lados de la cabeza. Parpadeó rápidamente hasta que su vista se adaptó a la repentina claridad, movió la mandíbula y se enderezó lentamente.

La misma luz blanca plateada que había llenado su cerebro ahora emanaba de las paredes acolchadas, del suelo y del techo. El material brillaba con esa luz antes de desvanecerse rápidamente en lo que parecía nada más que un edredón relleno de cuadros blanquecinos pegados a cada superficie disponible.

Luego volvió a ser una habitación normal.

—No desde allá arriba. —Richard señaló el techo con una mano mientras con la otra volvía a colocar la sección de acolchado sobre el interruptor—. De aquí dentro. —Y se tocó la sien con el dedo.

Ella retrocedió un paso y se frotó la mandíbula suavemente, porque sentía como si hubiera estado rechinando los dientes mientras dormía durante esos dos segundos de energía plateada recorriendo su cuerpo.

«Sí. Está totalmente loco».

—Sabes, estoy empezando a pensar que habría sido mejor no haberte encontrado.

Le dedicó una sonrisa cómplice y se dirigió hacia la mesa del centro de la sala con un gesto desdeñoso.

—Tú eres la que estaba preocupada por las interrupciones.

—No me preocupaba…

—Bueno, parecías pensar que las únicas que representan una amenaza real son las físicas «de arriba». Eso no es del todo cierto. —Con una risa, sacó la primera silla de la mesa, lo que requirió levantarla del suelo, ya que la mayoría de las sillas no se deslizan fácilmente sobre cojines acolchados, y luego hizo un gesto hacia ella—. Siéntate.

Apretando los labios, Idina miró la silla y negó con la cabeza.

—No hasta que me digas qué me has reventado en el cráneo con ese interruptor gigante.

—Prefiero mostrártelo.

—Prefiero que no me arrastren a otro de sus experimentos, muchas gracias. ¿Has oído hablar del consentimiento informado?

Se miraron, y Richard mantuvo su mano abierta donde estaba, señalando la silla en la que quería que se sentara.

—Esto es el ejército, soldado.

—Eso no significa…

—Sí, significa. Nos diste todo el consentimiento informado que necesitábamos cuando firmaste tu nombre en la línea punteada y te fuiste en la instrucción. Alistarse conlleva cumplir siempre las órdenes.

Una lenta sonrisa se extendió por sus labios, pero no era la que Idina reconocía de sus recuerdos más nostálgicos de su tío. Esta era depredadora, un poco salvaje, y la desafiaba a seguir desafiando a su comandante de batallón a un duelo semántico que ambos sabían que él ganaría cada vez.

«Podría darme órdenes y mandarme callar, y mi única otra opción es más insubordinación. Contra mi comandante de batallón. Dios mío».

—Podría empezar a ladrar órdenes si ese es el empujón extra que necesitas para subir a bordo con esto. Pero ni siquiera hemos empezado, y preferiría entrar en esta nueva fase codo con codo en lugar de que uno de los dos arrastre al otro por el barro sin querer. Ese sería yo arrastrándote a ti, en caso de que tú…

—Ya sé a qué te refieres, gracias. La metáfora estaba perfectamente clara. —Idina flexionó las manos a los costados y fulminó con la mirada a su tío—. Preferiría salir de aquí hoy con más respuestas de las que obtuve en nuestra primera reunión. O tendré que cancelar todo esto, como me dijiste que podría, porque no puedo seguir haciendo esto.

—Me parece justo. —Sin apartar la mirada, Richard bajó la mano hacia el respaldo de su silla y pasó un dedo por el marco metálico. Luego bajó la mirada para observar el polvo inexistente que había limpiado de una pieza de mobiliario ya impecable en su inmaculada guarida secreta y se encogió de hombros.

—Me ha dado su palabra, coronel.

—Lo hice. No he llegado hasta aquí incumpliéndola o rompiendo mis promesas. —Caminó alrededor de la mesa hasta llegar a la segunda silla. Haberla retirado para sentarse lo habría hecho parecer mucho más majestuoso y mucho menos incómodo si no hubiera tenido que levantar la silla por completo y encajarla en nuevos huecos en el suelo acolchado. —Luego se detuvo detrás de su silla y agarró el respaldo con ambas manos—. Contrariamente a lo que crees de mí, Idina, no soy un mentiroso—.

Uno de los párpados de Idina se crispó al oír la voz de su tío diciendo su nombre —solo por segunda vez desde que se habían encontrado— y tragó saliva.

—Ojalá pudiera creerlo.

Richard bajó la cabeza en un lento gesto de asentimiento, ahora con una expresión sorprendentemente arrepentida y tal vez un poco tímida.

—Lo comprendo. Llevará tiempo recuperar tu confianza. Ya lo sé. Sinceramente, llegar hasta aquí es más de lo que podía esperar. —Levantó la vista para encontrarse con su mirada, y ahora no había nada más que pura sinceridad en sus ojos verdes—. Mantengo la esperanza de que tú y yo podamos avanzar con algo más que la cadena de mando y años de tu resentimiento y mi pesar entre nosotros.

Idina frunció el ceño, sorprendida por el cambio repentino en su comportamiento. No es que se hubiera disculpado exactamente, pero Richard estaba asumiendo más responsabilidad por su parte de haberla dejado atrás de lo que nadie más en su familia hubiera considerado. Su familia.

No le había pedido perdón abiertamente, lo que significaba que no esperaba que se lo diera. No durante esta conversación. Todavía no.

En lugar de eso, mantuvo la conversación.

—Sí, sí. Pero ¿qué quieres de mí?

—Bueno, para empezar, eso incluye ciertamente un nivel de respeto mutuo. Me doy cuenta de que no he fomentado completamente eso al estar detrás de la cortina durante los últimos meses y tirar de los hilos de tu carrera.

Se le escapó una risa amarga.

—¿Tú crees?

Respiró hondo, contuvo la respiración y soltó una risita sarcástica.

—Estoy intentando ayudarte, Idina. Soy el único que puede.

—Lo sé. Eso hubiera sido bueno tenerlo alrededor durante los últimos nueve años.

Richard apretó los labios y volvió a bajar la cabeza.

—Me lo merezco. Se nos presenta una nueva oportunidad aquí y ahora. Contigo y conmigo en esta habitación, comenzando un nuevo capítulo. Puedo ayudarte con tu magia, lo cual pretendo hacer, tanto si confías lo suficiente en mí como para derribar esos muros que has estado construyendo desde hace mucho tiempo.

»Si decides seguir adelante después de hoy, me aseguraré de que tengas todo lo que necesitas: respuestas, entrenamiento, recursos, lo que sea que esté a mi disposición, para ayudar al Ejército de los Estados Unidos con algunos problemas propios.

—Espera. —Idina arrugó la nariz y no pudo evitar mirar las dos esferas oscuras alrededor de las cámaras de seguridad en las esquinas—. ¿Mi ayuda?

—Eso es lo que dije.

—¿Por qué alguien necesitaría mi ayuda? Quiero decir, sí, soy ingeniera de combate, pero eso no es suficiente para que alguien pida por mi nombre. —Cuando su tío siguió mirándola con esa sonrisa que lo sabía todo, algunas piezas nuevas encajaron en su lugar—. Un momento. ¿Te refieres a lo de… la magia? ¿Es de eso de lo que se trata todo esto?

Él volvió a reírse.

—Sinceramente, es una mezcla de factores. Tu impresionante trayectoria profesional hasta ahora, menos ese breve período de insubordinación y deserción. La magia es parte de ello también, claro. He notado que pareces mucho menos nerviosa al llamarlo así que la última vez…

—Bueno, alguien te ha mentido —soltó ella—. Porque la mitad del tiempo no puedo controlarla, y la otra mitad me tumban de culo con visiones. Aparte de ti y el mayor Hines, nadie sabe de la magia. Al menos, nadie que te hubiera enviado a decirme que el ejército quiere mi ayuda.

Richard sonrió satisfecho.

—Yo no diría *nadie*.

—Oh, claro. Porque fuiste corriendo a todos tus superiores para decirles que tienes magia y un M16. Apuesto a que eso les cayó de maravilla.

—Sabes, hay que admitir que fue un poco accidentado al principio.

Idina se quedó helada.

—¿Qué?

—Al final conseguimos suavizar la mayoría de las torceduras. Obviamente, no todos. Estoy bastante seguro de que ninguno de nosotros esperaba que el próximo *Luchd-díon* cayera prácticamente en nuestras manos. Luego, por supuesto, está la complejidad añadida de que seas mi… —Richard se mordió el labio inferior y soltó una risa más—. De la historia que tú y yo compartimos.

«Todavía no puede decir que soy su sobrina. Pero está diciendo mucho más ahora, así que puedo dejarlo pasar».

—Está bien, déjame ver si entiendo. —Idina levantó una mano para detenerlo antes de que dijera algo más, aunque él no había intentado interrumpirla—. Tú no estás en la cima de la cadena de mando cuando se trata de quién sabe sobre… lo que podemos hacer.

—Correcto.

—Alguien más alto que el nivel de batallón sabe de *mí.*

—Varios, pero vas por buen camino.

—Y tú… ¿qué? ¿Les dijiste a tus jefes que me encontraste y decidiste usar recursos militares para ver cuánto puedo manejar antes de explicar nada de esto?

—Casi. —Inclinando la cabeza, Richard finalmente soltó su fuerte agarre del respaldo de su silla y señaló la habitación—. Sé que puede parecerlo, pero no construí todo esto solo para ti. O para mí, aunque honestamente, mi vida hubiera sido mucho más fácil hace trece años si alguien me hubiera llevado a un búnker como este. No existía uno entonces. Qué cosas.

—Yo no… —Idina hizo unas cuantas respiraciones largas y lentas para calmar su mente acelerada—. Creo que no lo entiendo.

—Oh, creo que sí. —Richard sonrió y señaló la mesa—. No es que desmayarse en esta habitación no sea mucho más cómodo que hacerlo en, digamos, el cemento, pero tal vez quieras sentarte ahora.

Ella se acercó a la silla, mirando en blanco a la nada, porque ahora todo comenzaba a tener mucho más sentido. Al menos las partes más generales. Su bota chocó con una de las patas de la silla antes de bajar lentamente a su asiento de metal y mirar la mesa.

—Puedo ver todos esos engranajes girando, soldado. Adelante, escúpelo.

—Yo… —El pensamiento le pareció demasiado ridículo para decirlo en voz alta. Más ridículo que llamar a sus habilidades y su luz verde magia, o recibir mensajes secretos en un diario de su tataratataratatarabuela. O que una criatura maligna antigua que aparentemente no podían matar la estuviera cazando porque era la última de su linaje que alimentaba la inmortalidad de la criatura. Probablemente.

—Puedes decirlo —la animó él—. Política de puertas cerradas y todo eso. —Movió la mano por la habitación hacia la puerta que Idina probablemente no habría encontrado ni con una lupa, y se rio.

—Esto es ridículo —murmuró.

—Solo si sigues etiquetándolo así. Vamos.

—¿Es todo verdad? Quiero decir, como, cien por cien, absolutamente cierto.

Se inclinó hacia delante en la silla y se llevó una mano a la oreja.

—¿El qué?

—¿Que el ejército de los Estados Unidos tiene una...? ¿Una división *mágica* de alto secreto?

Chasqueando la lengua, Richard le guiñó un ojo y la señaló.

—Eso es casi lo que esperaba que dijeras.

—Ay, por favor... —Idina soltó un gran suspiro porque finalmente había escupido la cosa más ridícula que se le ocurrió, y él se estaba burlando de ella. Aun así, era lo único que tenía sentido ahora que veía hacia dónde apuntaban todas las pruebas. Incluso cuando eran pruebas intangibles basadas solo en las afirmaciones de su tío distanciado, quien había cambiado su nombre y tenía un búnker de suministro de alta seguridad en Fayetteville que venía con una habitación acolchada.

«Yo también me estoy volviendo loca. Eso es lo que está pasando ahora».

—Estuviste muy cerca —añadió su tío—. No es una división completa, lo que haría todo esto bastante imposible de ocultar. Hay un buen número de nosotros que sabemos lo que tú y yo podemos hacer. Y, por supuesto, sobre la criatura que parece haberse enganchado a ti en los últimos meses.

—El Olc.

—Sí. —Él levantó las cejas con una sonrisa amarga—. Esa.

—Aprendí sobre eso en el diario de Gavina. —Idina se inclinó hacia delante en su silla—. Que tú me diste. No estaba flotando por ahí para que cualquiera lo encontrara. No es que alguien más hubiera podido leerlo.

—Muy cierto.

—Entonces, ¿cómo es que alguien más sabe algo de esto? Aparte de ti y de mí, obviamente.

Su tío tamborileó con los dedos sobre la mesa y respiró hondo.

—En pocas palabras, soldado Moorfield, los que saben están al tanto porque esto ya ha ocurrido antes.

Parpadeó y aspiró con fuerza cuando se dio cuenta de que probablemente había pasado demasiado tiempo sin respirar.

—Perdona, ¿cómo dices?

—Vamos. —La sonrisa de Richard volvió—. No pensarías que eras la única *Luchd-díon* Muirden que despertó el interés del Olc. O quizás sí…

—Sinceramente, ni siquiera lo había considerado.

—¡Ja! Sí, has tenido muchas otras cosas que hacer en los últimos nueve meses. —Se reclinó en su silla con un profundo suspiro, y luego miró rápidamente alrededor de su habitación acolchada privada—. Debería haber traído esa botella de brandy aquí.

—Pero lo venciste —murmuró Idina, impasible ante el comentario de su tío—. Obviamente. Si vino por ti… ¿qué? Hace trece años…

—Eso también es otra historia.

—… entonces descubriste cómo detenerlo. O al menos mantenerlo alejado durante tanto tiempo. Eso es estupendo. Eso significa que puedes mostrarme cómo hacer lo mismo. O podemos deshacernos de él juntos.

Richard frunció los labios e inclinó la cabeza de un lado a otro.

—Bueno… Hay bastantes diferencias marcadas entre entonces y ahora.

—¿Cómo qué?

—Como el hecho de que tú y yo no somos las dos únicas personas involucradas. O que ninguno de nosotros está disparando a ciegas en la oscuridad esta vez para ver qué se pega.

Con una sonrisa de satisfacción, Idina señaló su pecho.

—Excepto yo, ¿verdad?

—Bueno… —Él resopló—. Eso es justo. Aquellos de nosotros que entendemos lo que está en juego cuando recibimos informes del regreso del Olc hemos estado en el ruedo un par de veces en los últimos doce años. Créeme, soldado, esto no es solo una disputa familiar con una criatura antigua. Honestamente, ya no se trata de la magia en este momento. O de aquellos de nosotros que la tenemos. Se trata de la seguridad nacional.

—Ja. —Se dejó caer de nuevo en su silla y soltó un bufido completamente involuntario al reírse de nuevo—. Buena esa. Nosotros. Los Moorfield. Seguridad nacional. Sabes, después de eso, todo lo demás parece mucho más fácil de entender.

—Hmm. Bueno, tendrás que entender esto también. Porque no es una broma.

Idina se congeló con su sonrisa sarcástica aún separando sus labios.

—¿No lo es?

Su tío se limitó a enarcar las cejas y no dijo ni una palabra más.

Otra risa se le escapó, pero esta fue sin aliento e incierta, como ella.

—Espera, ¿así que no soy la única a la que esa cosa le ha jodido la cabeza?

—Oh no, lo eres. Aún no se ha documentado oficialmente, pero creo que eres el primero.

—¿Qué?

—Mira, cuando tienes toda una línea de sangre de guerreros escoceses con diferentes estilos de magia, alguien inevitablemente será el primero en algo. —Se encogió de hombros—. Yo nunca tuve visiones. Nunca hablé con la criatura que ha causado más estragos en este mundo que… honestamente, quizás todas las guerras juntas. Tengo la corazonada de que el Olc es en parte responsable de cada una de ellas de todos modos…

—Vale, para. Solo… más despacio. —Idina exhaló un suspiro y se quedó mirando la mesa—. Necesito un minuto.

Su tío se rio.

—Pensé que esto era lo que querías. Información. Respuestas…

—Lo era. Quiero decir, lo es. Pero no estoy… No estaba… —Cerró los ojos con fuerza y respiró hondo otra vez.

«Contrólate, Moorfield. Esto es lo que has estado esperando toda tu vida. Tal vez sin las partes del ejército y la seguridad nacional, pero esas son extras. Puedes manejar esto».

—Sí, es mucho que asimilar. —Richard cruzó los brazos, la observó mientras superaba su conmoción y asintió—. Vaya, pero tú lo tienes fácil.

—No tengo idea de lo que eso se supone que significa —susurró ella. Eso era todo lo que podía hacer.

—Significa que no esperaba envidiarte en este proceso. —Respiró hondo y luego soltó una carcajada—. Dios, esta conversación por sí sola habría hecho toda la diferencia cuando yo empecé. Aprendimos las reglas mientras avanzábamos. Luego construimos un nuevo curso. Hasta ahora, diría que se mantiene bastante bien. ¿Y tú?

—Estoy bien. —Una risa incontrolable brotó de ella, y se tapó la boca con ambas manos para detenerla. Cuando estuvo segura de que no volvería a suceder, Idina dejó caer las manos sobre su regazo y aclaró su garganta—. Estoy bien. Yo también lo llevo bastante bien, supongo.

—Bien. Porque este es solo el primer paso de muchos más. No podemos pasar de esta parte hasta atravesarla. Así que… —Su tío sonrió de nuevo, sus ojos verdes brillando con la luz brillante que se reflejaba en el material ligeramente brillante del acolchado de la habitación—. ¿Alguna otra pregunta antes de pasar a la parte divertida?

Idina se ahogó en una carcajada y miró alrededor de la habitación.

—Sí. Todavía puedo salir de esto si no estoy de acuerdo con lo que vamos a hacer a continuación, ¿verdad?

—Por supuesto. A estas alturas, creo que ambos sabemos que eso no sucederá.

—Cierto. —Enderezándose en su silla, Idina apretó los puños en su regazo y logró la primera sonrisa genuina que le había dado a su tío desde su encuentro en la suite del hotel—. En ese caso, sigamos adelante. coronel.

Capítulo 19

Te mencioné que quería mostrarte lo que esta habitación puede hacer, ¿no? —dijo Richard. Su sonrisa ansiosa y depredadora había vuelto mientras la miraba de arriba abajo a través de la mesa.

Idina intentó parecer tan tranquila y confiada como lo estaba en cualquier escenario normal y natural durante su carrera en el Ejército. Después de las últimas setenta y dos horas, pensó que lo estaba haciendo bastante bien.

—Sí, eso dijiste.

—Bien. —Él sostuvo su mirada y asintió—. Golpéame.

—Ehh… —Ella se quedó congelada, su mirada volvió a recorrer la sala—. No estoy muy segura…

—No mires las cámaras, Moorfield. Mírame a mí. Apunta y golpéame.

—Oye, sí, me encantaría un golpe gratis. Pero creo que la mesa es un poco ancha.

Su tío se levantó tan bruscamente que su silla se tambaleó y cayó de lado sobre el suelo acolchado.

—Los dos sabemos que no necesitas estar al alcance de la mano para dar un puñetazo. Vamos a ver qué tienes.

—Ya has visto lo que tengo. Lo que puedo hacer. —Otra risa se le escapó—. Peleamos entre nosotros con pura magia en Luisiana.

—Puede que tengamos el placer de hacerlo de nuevo aquí mismo.

—Mira, pensé que te había derrotado. Cuando también pensé que eras el Olc. Claramente, no te hice ningún daño, pero me viste. Así que…

—Te estoy diciendo que lo hagas de nuevo. Ahora mismo.

—No puedo.

Él se detuvo, toda expresión se borró de su rostro, parpadeó y la miró fijamente.

—¿Has olvidado con quién estás hablando?

—No es como si pudiera disparar a voluntad. No estoy ajustando la mira en mi magia antes de revisar el cargador y desactivar el seguro. No hay seguro.

—Hmm. —Richard empezó a andar alrededor de su silla volcada. Con las manos entrelazadas a la espalda, continuó a un paso lento y constante alrededor de la mesa, acercándose a Idina, que seguía sentada en su silla. Se detuvo a medio camino y entornó los ojos para mirarla—. No has intentado practicar con esto, ¿verdad?

—Vaya. —A pesar de lo frustrante que era que la mirara por encima del hombro, literal y figuradamente, ella le sonrió a su tío—. Lo siento, no. Algo sobre dosis diarias de belladona lo hizo bastante imposible. Ah, sí. Y el hecho de que no sabía lo que podía hacer hasta que estuve en el entrenamiento básico. Tienes razón. Probablemente debería haber pedido algo de privacidad en el campo de tiro para ver cuántos objetivos podía alcanzar con luces verdes explosivas. Trabajaré en eso.

Su tío la miró de arriba abajo, luego continuó su paso lento alrededor de la mesa. El suelo acolchado absorbía cualquier sonido que pudieran hacer sus botas, e Idina miró al otro lado de la habitación.

«Juro que si está tratando de hacerme sentir como si estuviera en la instrucción, voy a perder los estribos. Ya pasé por eso».

—Cuando la presión es alta y el riesgo es mayor —murmuró Richard, mirándola de lado hasta que rodeó su silla y desapareció de su vista—. Es entonces cuando tienes control. ¿No es así?

—A veces, ni siquiera entonces. —Ella se encogió de hombros—. En su mayor parte, sí, supongo.

«¿Qué está haciendo?».

Se detuvo detrás de ella y suspiró.

—Esa noche en el Broadmoor. Estabas particularmente alterada, y era comprensible. Probablemente hice que eso fuera más difícil para ambos de lo que tenía que ser, pero yo estaba…

—¿Nervioso?

Se rio.

—¿Cómo podrías saberlo?

—Te vi beberte media botella de whisky solo antes de echarme. Esa fue la primera señal. —Idina se giró ligeramente para mirarlo por encima del hombro y encontró a Richard estudiándola con una ceja levantada—. No quise decir nada…

—Te lo agradezco.

Volvió a sentarse y sonrió con satisfacción.

«Ya era hora de que niveláramos un poco el campo de juego. No es el único que puede leer a las personas, y no soy la única con espacio para mejorar. Buen comienzo».

—Si no hubieras sido interrumpida por otra visión esa noche —continuó Richard detrás de ella—, y yo no hubiera intervenido para calmar lo que pensé que era un estallido emocional, ¿qué me habrías hecho?

—¿Qué quieres decir?

—Exactamente lo que dije, soldado. Usted estaba enfadado. Había niebla verde. ¿Qué habrías hecho tú?

—No funciona así.

—¿No? —Él salió por su otro lado y continuó su paso lento alrededor de la mesa y las sillas—. ¿No usas la magia de manera premeditada?

—Bueno, no paso mi tiempo libre soñando con lo mucho que puedo joder a alguien desde el otro lado de la habitación. ¿Es eso lo que quieres decir?

—Entonces solo es reactivo.

Idina puso los ojos en blanco.

—Sí. La parte física, al menos. Quiero decir, desactivé una *claymore* con un disparo bien dirigido de luz verde… lo que sea. Incluso eso tomó mucho más tiempo de lo que debería.

—¿Cuántas veces has usado tu magia a propósito y con ira para dañar a alguien? —Richard rodeó el otro lado de la mesa y se dirigió de nuevo hacia ella.

—Vale, en serio. ¿A dónde va esto?

—Una estimación aproximada bastará.

«Genial. No responderá mis preguntas hasta que yo responda las suyas. Bien».

Idina miró al techo acolchado y se encogió de hombros.

—Solo me viene a la mente una vez.

—Cuando el cabo Bunt y tú tuvieron un altercado en el baño de hombres del cuartel.

Durante una fracción de segundo, Idina casi se asustó de que su tío supiera de ese pequeño incidente. Luego recordó que todos sus informes al mayor Hines sobre los soldados de su unidad habían ido directamente al teniente coronel MacBlair.

«Quiero decir, o es eso o puede leer mentes. No, me dijo que leyó todos esos informes».

—¿Correcto? —insistió Richard mientras pasaba lentamente por su silla y volvía a caminar detrás de ella.

—Sí. —Se mordió el labio y asintió, luchando contra la necesidad de saltar de la silla para no darle la espalda. Eso hizo que su espalda y hombros hormiguearan con conciencia—. Los dos estábamos bastante molestos ese día.

—¿Qué fue específicamente lo que te hizo estallar?

—¿Que me enfureció? Solo lo golpeé una vez.

—Lo que te hizo reaccionar lo suficiente como para golpearlo con el puño y con tu magia al mismo tiempo —aclaró Richard, su voz muy inexpresiva y con apenas entonación.

—Ah. Bueno, quiero decir, me le puse en la cara, él me empujó, luego medio que… no sé. Forcejeamos un segundo antes de que yo…

La cortó de inmediato un antebrazo grueso y musculoso que se enrolló alrededor de su garganta en el inicio de una llave de estrangulamiento y otra mano sujetándole el brazo por su costado.

—¿Antes de qué, soldado? —gruñó Richard.

—¡Qué coño!

—¿Se volvió demasiado físico para que lo manejaras? ¿Es eso?

Los instintos de Idina se activaron, y empujó su silla hacia atrás para al menos intentar ponerse de pie. La silla no voló hacia atrás como lo haría en un piso normal o incluso en una alfombra, pero las patas golpeando las espinillas de Richard fueron suficiente distracción para que al menos pudiera ponerse de pie.

En un instante, su magia respondió a su enojo y sorpresa. Sus brazos y manos ardían con una sensación helada, y un destello de luz verde inundó su visión. Podría haber sido la neblina verde que brillaba desde sus manos, pero no estaba pensando en eso.

Enganchó un pie alrededor de la pantorrilla de su tío y lo enterró en la hendidura hecha por el acolchado en el suelo. Luego, lanzó todo su peso hacia atrás, lo tomó desprevenido y agarró su antebrazo alrededor de su garganta antes de impulsarse hacia delante como si fuera a lanzarse al suelo.

El hombre le sacaba al menos cien libras, tal vez más, pero eso no evitó que saliera volando por encima de sus hombros. Su mano aleteó y la parte posterior de su hombro chocó con el borde de la mesa atornillada antes de caer sobre el suelo acolchado frente a ella.

—¡Manos fuera! —Las palabras salieron de su boca justo cuando una oleada brillante de luz verde brotó de sus manos. Si hubieran estado en cualquier otro lugar que no fuera esa habitación específica, el chasquido de su magia contra el suelo y alrededor de Richard probablemente lo habría hecho deslizarse hacia atrás como Cake en el baño de hombres semanas atrás.

En cambio, en el segundo en que su magia se extendió por el acolchado que cubría el suelo, el material brilló con un resplandor plateado y consumió toda la luz verde que rodeaba a su tío. Un zumbido bajo llenó la habitación, la onda de luz plateada se extendió lejos de Richard y del área donde Idina había intentado involuntariamente lanzarlo lo más lejos posible, y se acabó.

La brillante luz plateada se disipó de nuevo, desvaneciéndose en nada más que tela de color blanquecino. Idina miró sus manos y luego examinó la habitación.

«Mierda. Me leyó como un libro abierto».

Richard se apoyó en los codos con una sonrisa torcida.

—Bueno. Ha funcionado perfectamente, ¿no crees?

Le miró con el ceño fruncido, tratando de sacudirse el resto del hormigueo que sentía en los brazos y las manos.

—¿Qué es esto?

Sonriendo, se agarró al borde de la mesa para ponerse en pie. La madera gimió bajo su peso, pero estaba atornillada al suelo y no se movió.

—El único lugar del planeta que puede prepararte eficazmente para lo que viene.

—¿Mezclando una habitación de un hospital psiquiátrico con una colchoneta de combate?

—Ja. —Richard levantó ambas manos para alisar su cabello lejos de su rostro, luego tiró de los puños de su camisa de uniforme uno tras otro—. Tienes suerte de que este lugar ya esté aquí. Mi camino fue mucho más… accidentado.

—Eso me pareció bastante accidentado —murmuró ella.

—Sí, bueno, el acolchado tiene un doble propósito, ¿no? —La miró de arriba abajo—. Eso fue impresionante.

—Me estabas provocando.

—Por supuesto que te estaba provocando. Mi trabajo es presionar botones. Tu trabajo es aprender qué botones encender y apagar en el momento adecuado. Noté que tu puntería estaba un poco desviada.

—¿En serio? —Idina se quedó boquiabierta mientras su tío enderezaba su silla otra vez al rodear la mesa—. Podría haberte destrozado si te hubiera golpeado tan de cerca.

—¿Ah, sí? —Apoyó las yemas de los dedos en la superficie de la mesa y levantó una ceja.

La forma en que su mano se veía en esa mesa era tan parecida a la de su padre que Idina dio un paso vacilante hacia atrás antes de recordar que Richard y Harold Moorfield eran dos personas completamente diferentes, aunque con algunas de las mismas maneras.

—¿Has hecho eso antes?

Parpadeó rápidamente y le miró.

—¿Qué, lanzar a un idiota por encima de mi espalda después de que trató de ponerme en una llave de estrangulamiento?

—No hace falta usar insultos, soldado. Me refiero a destrozar a un objetivo humano golpeándolo a esa distancia. Con magia, por supuesto. No con tus puños.

Se tomó un momento para repasar mentalmente todas las veces que había peleado con alguien en las que sus luces verdes estuvieron más involucradas que simplemente aparecer en su visión. Podía contar con una mano el número de veces que había sucedido eso.

—No. No sin tocar a alguien al mismo tiempo.

—¿Como con un puñetazo en el estómago de cierto cabo?

Con un resoplido, asintió.

—Sí. Así.

Richard asintió.

—Así que no tienes ni idea de si eso me habría destrozado. Pero evitaste golpearme con ese poder como querías. Bien. Trabajaremos en eso.

—Espera, ¿querías que te pegara?

Con otra sonrisa tímida, se encogió de hombros y señaló la silla que ella había derribado en su breve refriega.

—Siéntate.

«Quería que le pegara. ¿Por qué? ¿Porque es inmune al mismo tipo de magia?».

Idina levantó su silla, la puso en posición vertical y luego volvió a hundirse lentamente en ella, como se le había ordenado.

—¿Qué habría pasado si te hubiera golpeado?

—Ah. —Giró un dedo para indicar toda la habitación—. El acolchado habría atenuado los efectos más intensos. Probablemente sentiría un cosquilleo.

—Así que te hiciste una sala de entrenamiento secreta aquí abajo. Para ti.

—Te dije que esto era más grande que tú y yo. Sí, tuve que construirlo yo mismo. Como dije, tienes suerte de tener gran parte del camino por delante ya despejado. Más o menos. Ahora, háblame de esa última visión que te mandó al hospital.

—No fue la visión… —Idina suspiró—. Está bien.

Ella le contó todo sobre la visión: caminar sin rumbo por el fuerte, escuchar el mundo desmoronarse bajo la risa aterradora del Olc. Luego ver el césped al lado de la acera iluminarse con un resplandor verde antes de que el suelo estallara y el Olc se abriera paso a garras desde un agujero justo enfrente de ella.

—¿No tenías ni idea de que era una visión?

Idina se encogió de hombros.

—Parecía muy real.

—¿Y el momento justo antes de perder el conocimiento?

—¿Qué pasa con eso?

Richard presionó las yemas de ambos dedos sobre la mesa esta vez y se inclinó ligeramente hacia adelante. Ella se obligó a no mirar sus manos y sostuvo su mirada.

—Todo.

—Quiero decir, me estaba hablando de nuevo. Honestamente, para ser tan poderoso e imparable como se supone que es, esa cosa no se calla.

—¿Sobre…?

—No lo sé. Algo sobre que ahora éramos lo mismo. Que yo 'abrí el puente', sea lo que sea que eso signifique.

Su tío inhaló lentamente por la nariz y se enderezó.

—El puente.

—Sí. Escucha, lo que sea que hiciste en el hotel el otro día cuando me sacaste de otra visión… —Idina cruzó los brazos—. Necesito saber cómo hacerlo. Porque estas cosas se están intensificando.

—¿Cómo es eso?

—He tenido tres en la última semana. Bueno, técnicamente dos, supongo, pero habrían sido tres si tu pequeño truco de aplastar visiones no hubiera funcionado tan bien. Así que tal vez deberíamos comenzar el entrenamiento con…

—¿Hubo una tercera? —Richard entrecerró los ojos—. ¿Cuándo?

«Allá vamos. De vuelta al interrogatorio antes de obtener algo útil».

Suspiró.

—En Colorado. El mayor Hines quería hacer un poco de turismo. Pensé que el Olc venía por los dos esa vez también, y casi disparé a dos civiles fuera de su equipo de escalada.

Su tío intentó contener la risa.

—Bueno, eso hubiera sido bueno saberlo. ¡Muy bien! —Aplaudió, el sonido seco casi completamente absorbido por el material acolchado en cada superficie a su alrededor, y sonrió—. ¡Cambiando de marcha!

—¿Qué?

—Es hora de llegar a lo bueno, soldado. Abróchese el cinturón.

Capítulo 20

Richard reanudó su lento caminar alrededor de la mesa y las sillas en el centro de su habitación acolchada, e Idina se puso en alerta máxima después de que ya la había atacado una vez. Desde atrás.

—Esto es lo que sabemos sobre estas visiones —dijo, juntando las manos detrás de la espalda—. Están interfiriendo con tu vida diaria, tu trabajo y tus relaciones. Por lo que valen.

Ella frunció el ceño, disgustada.

«¿De verdad va a sacar el tema de lo que valen las relaciones? ¿Ahora?».

—Veo lo mismo de cerca y en persona que lo que veo en mi cabeza —dijo con calma—. Hace que la línea en la arena desaparezca.

—Así que ya no puedes distinguir entre lo que es real y lo que solo está en tu cabeza.

Idina no apartó los ojos de él ni un segundo, más que preparada ahora para cualquier cosa que pudiera hacer para intentar tomarla por sorpresa.

—Solo cuando se trata de toda esta mierda mágica de la familia Muirden. Y del Olc.

Él se detuvo ligeramente detrás de su silla y se inclinó hacia ella con una sonrisa maliciosa.

—Tomaré eso como un sí.

—Oye, yo sé lo que es real y lo que no, ¿de acuerdo? ¡No estoy loca! —Ninguno de los dos había esperado ese estallido, e Idina inmediatamente se enderezó en su silla y fijó la vista en la mesa.

«Dicen que solo los locos piensan que no están locos, ¿verdad? Ahora sueno como una idiota».

—Nunca he dicho que lo fueras —replicó suavemente Richard mientras rodeaba el otro lado de su silla—. Intento llegar al fondo de esto porque creo que podría saber lo que está pasando.

—Estupendo. ¿Quieres compartirlo con la clase?

—Todavía no. El Olc dice que eres igual que él, que abriste el puente. ¿Algo más?

Idina puso los ojos en blanco y contó con los dedos.

—Sí. Me ha estado buscando desde siempre. Puede sentirme en todas partes. No puedo correr ni esconderme. Viene a buscar lo que quiere. El tema del puente se mencionó varias veces. Veamos. «Es hora de que termine lo que comencé, que no puedo detener lo que no puede morir y que fui suficiente para sostenerlo durante… algo». No lo sé. En ese punto, solo estaba prestando Su tío se detuvo mientras se dirigía al otro lado de la mesa y lentamente se volvió hacia ella.

—Lo habrías hecho.

Ella tragó saliva y bajó la mirada, asintiendo levemente.

—Entonces, gracias. Por…

—No necesita darme las gracias, soldado. Estaba haciendo mi trabajo y me alegro de que siga aquí. —A pesar de que Richard actuaba de repente como si no fueran más que un soldado relativamente nuevo y un oficial al mando, había solo sinceridad en su voz. Por ahora, era suficiente. Idina aceptaría cualquier ayuda y apoyo que pudiera obtener—. Cuando me di cuenta de que el Olc había hecho una aparición en Rucker y te encontré allí, dentro de sus garras…

Idina soltó una risita.

—Eso es un poco dramático, ¿no crees?

Él alzó una ceja.

—Todo lo que somos es dramático. Acéptalo.

Una risa aguda se le escapó a Idina, pero cerró la boca para permitir que su tío continuara con su monólogo teatral.

«Al menos no está repasando todos los hechos en silencio. Esta vez puedo escuchar lo que está pasando».

—Como iba diciendo —Richard se aclaró la garganta—. ¿Dónde estábamos?

—Entre sus garras.

—Cierto. Ojalá hubiera visto algo así antes, pero el último guerrero Muirden antes de mí murió cuando yo tenía siete años, y antes de él… Bueno, digamos que no ha habido mucha documentación histórica en los últimos doscientos años, más o menos.

«Está hablando de nuestra familia. No en detalle, pero lo está reconociendo. Bien, eso es un paso en la dirección correcta».

Su tío pareció momentáneamente perdido en sus recuerdos, y después de treinta segundos de esperar a que continuara, Idina no pudo evitar intentar empujar esto hacia delante.

—Dijiste que podrías saber lo que está pasando.

—Ah. —Richard parpadeó y luego sonrió—. Lo dije. De todos modos, aparecí justo a tiempo para evitar que el Olc lograra su objetivo inmediato. Que muy probablemente era drenarte por completo y dejarte allí como un caparazón de tu ser normal. Lo digo de manera figurada, por supuesto. Esa cosa no es un vampiro.

Idina soltó otra risita.

—No me digas que los vampiros también son reales.

—¿Por qué haría eso? —Cuando frunció el ceño, parecía genuinamente confundido.

Ella negó con la cabeza.

—Olvídalo. Sigue.

«Está bien, así que el coronel no capta el sarcasmo ni las bromas cuando está en modo de lluvia de ideas. Entendido».

Acariciándose la barbilla, él asintió pensativo.

—Creo que el Olc pasó demasiado tiempo contigo. No lo suficiente para terminar el trabajo, obviamente, pero lo suficiente para dejar una marca...

Idina lo miró, esperando más información.

—Supongo que eso se supone que significa algo.

—Quizás. —Richard la miró de reojo y sonrió—. Si tengo razón, deberíamos poder identificar exactamente cómo evitar que esto vuelva a suceder.

—Vale. ¿Evitar qué exactamente? Porque repasamos un montón de...

No le dio tiempo a responder a la pregunta, y mucho menos a prepararse para lo que venía a continuación.

Se lanzó hacia delante y giró ambas manos hacia ella. Una cegadora ráfaga de luz verde brotó de sus palmas y golpeó a Idina de lleno en el pecho. Si no hubiera estado ya sentada, la explosión la habría derribado. Tampoco lo habría sentido.

En cuanto la magia cegadora de su tío la golpeó, sintió que la sacaba de su cuerpo. Lo siguiente que sintió fue que flotaba bajo el techo acolchado y se miraba a sí misma, con el cuerpo flojo en la silla, la cabeza echada hacia atrás y los brazos colgando a su lado. Richard seguía bombeando un chorro de luz verde en su pecho.

«Oh, vamos. No es justo. No sé cómo volver...».

Mientras pensaba esto, su tío giró lentamente la cabeza y miró su forma consciente que flotaba bajo el techo.

«¿Qué? ¿Puede ver todo esto?».

Una lenta sonrisa se dibujó en sus labios y luego guiñó un ojo.

Después de eso, Idina no habría podido explicar lo que estaba pasando, incluso si lo hubiera intentado.

Su conciencia fue succionada desde el techo de regreso a su cuerpo, pero no estaba sola. Vio a Richard de pie allí con los brazos extendidos y también a Richard lanzándose desde el suelo para seguirla. Dentro de sí misma.

No hubo un golpe brusco al volver a su cuerpo físico, ni un destello brillante de luz, ni un sobresalto en su silla seguido de una bocanada de aire al abrir los ojos. En cambio, su magia la lanzó a través de los recovecos de su mente, precipitándose cada vez más en lo más profundo de su subconsciente porque, al parecer, eso era lo que Richard sin cuerpo quería hacer.

Destellos de imágenes, ráfagas de olores y sonidos desordenados pasaban a velocidades abrumadoras. No podía hablar, y no es que en esta forma tuviera manos para detener su vertiginoso descenso o una boca para gritarle que se detuviera. Todavía podía sentir a su tío sumergiéndose con ella en su mente.

Ahora, él estaba al mando.

De repente, se detuvieron en su recuerdo de estar sentada en un sillón en la suite del Broadmoor hace unos días antes de que otra visión comenzara a surgir.

—*Ni siquiera un poco.*

La voz resonó en su mente, y no formaba parte de la memoria de Idina.

«Mierda, ¿ese es Richard?».

Antes de que Idina pudiera considerar preguntarle cómo demonios funcionaba todo esto, fue arrastrada de nuevo a través de más recuerdos de los que podía comprender.

Haciendo el examen antes de alistarse. Despertando en medio de la noche en Luisiana y viendo a Stop quemar los códigos de su misión. Dibujando en un trozo de césped a la sombra bajo los manzanos de la Mansión Moorfield. Un instante de completa ingravidez y absoluta serenidad al caer del cielo desde mil doscientos pies.

Compartiendo el pastel de la señora Yardly con Reggie en su habitación. Practicando con el Maestro Rocha. Ajustando su primera M16. Siendo regañada por su padre por entrar en su oficina e interrumpir su trabajo en medio del día. Mirando su mano cortada cubierta de barro y sangre y viéndola curarse por completo con un pulso de luz verde.

Entonces los recuerdos se ralentizaron y se detuvieron.

Idina se encontró dentro de la Mansión Moorfield de nuevo. Las luces en el vestíbulo estaban tenues, pero eso no importaba cuando todos los hilos de luces plateadas que se enrollaban alrededor de la barandilla de la gran y majestuosa escalera en el centro de la casa proporcionaban tanta luz por sí solos.

Tenía nueve años de nuevo, parada al pie de las escaleras porque había escuchado gritos y el estruendo de cristales rompiéndose en su dormitorio. Todo lo que podía hacer era mirar el enorme árbol en el centro del espacio abierto junto a la escalera; todas esas luces titilantes y adornos rojos y verdes recubiertos de polvo dorado.

«Es Navidad. ¿Por qué todo el mundo se pelea en Navidad?».

—Te lo advierto, Richard —bramó su abuelo—, si haces esto, si cruzas esa puerta…

—Ya está hecho, Harold. Llevo casi cuatro años dentro. Esta era una visita de cortesía.

—¡¿Cortesía?! No hay nada de cortesía en mentirle a tu familia. En mancillar tu legado. ¿Cómo te atreves?

—Sabes, volví por obligación. Como nos enseñaste, ¿no? Pensé que podía mantener un pie dentro y seguir siendo parte de esta familia.

—¡Nunca serás parte de esta familia! ¡Nunca lo fuiste!

El silencio que siguió a la última declaración de Harold sénior fue tan intenso que Idina se aferró a los adornos de hierro forjado debajo de la barandilla y subió al primer escalón, agachándose para mantenerse fuera de la vista.

Entonces, el pesado suspiro de su tío resonó en la habitación principal.

—Ahora me doy cuenta de eso. Quizá por eso he vuelto este año. No te preocupes, es la última vez.

Más pasos se acercaron rápidamente al frente de la casa y al escondite de Idina en las escaleras. Se acurrucó en sí misma y casi tropezó con su camisón, tratando de pasar desapercibida.

—¡Richard! —gritó su abuelo—. No te atrevas a darme la espalda. ¿Me oyes? ¡Te destruiré!

Richard Moorfield dio la vuelta al final de la escalera tan rápido que Idina jadeó y se aferró al hierro forjado con ambas manos. Ese pequeño sonido hizo que su tío se detuviera y se volviera lentamente hacia ella, agazapada en las escaleras.

—Idina…

Desde la otra habitación, el sonido de sus padres intentando razonar con Harold sénior se filtró hacia ella. Su abuelo no quería saber nada de eso, lanzando amenazas e insultos a nadie en particular y rugiendo que haría lo que fuera necesario para borrar a su hijo menor de la memoria familiar.

A medida que los estallidos de Harold Senior empeoraban, Richard respiró hondo y se acercó a Idina. Se agachó frente a ella y extendió ambas manos.

Con una sonrisa creciente, Idina puso sus pequeñas manos en las de él, y su tío dio un ligero apretón.

—No dejes que te digan quién eres o cómo usar el poder que tienes. Te prometo que nadie lo sabrá mejor que tú.

Asintió una vez, sosteniendo su mirada con esos ojos verdes brillantes que reflejaban todas las luces parpadeantes en los adornos alrededor de la barandilla. Luego se inclinó hacia delante, le dio un beso suave en la frente y le acarició la mejilla.

Antes de que alguien más en la familia pudiera llegar al frente de la casa e intentar detenerlo arrastrándolo de regreso al caos, Richard se puso de pie abruptamente y se dirigió hacia la enorme puerta principal de la mansión. Se abrió sin hacer ruido, y él miró a Idina una vez más con una triste sonrisa. Luego se fue.

«Debería haber ido tras él. Debería haberle rogado que se quedara, que no me dejara aquí sola con ellos. Pero no sabía…».

Un chasquido agudo resonó en la mente de Idina, y su versión de nueve años desapareció. Fue arrastrada de nuevo a través de sus recuerdos, pasando de uno a otro hasta que todo se detuvo en una oscuridad total.

No completamente a oscuras, no. Sentía el calor de una enorme hoguera a sus espaldas, y las finas sombras de docenas de personas bailaban por el suelo frente a ella.

Se trataba del último ejercicio nocturno de su unidad antes de graduarse de la instrucción.

El suelo tembló, el mundo entero se estremeció a su alrededor, y la voz retumbante y quebradiza de Olc dominó todo lo demás.

—*Ha pasado tanto tiempo, guerrero. Puedo sentirte...*

Este recuerdo era ligeramente diferente de lo que había sucedido esa noche. Idina no pudo ver cómo el mundo volvía a la normalidad. No tuvo la oportunidad de girar y gritar al teniente coronel Elmscomb antes de saber que era él.

Un estallido desgarrador atravesó su cabeza, seguido de destellos de luz verde y plateada.

El mundo giró a su alrededor, e Idina se cayó de espaldas en su silla al suelo acolchado. Si ella y su tío hubieran estado en otra habitación, el golpe de su cráneo contra el suelo le habría provocado un dolor aún mayor. Estar acolchada con «material sin nombre, pendiente de patente» era mucho menos doloroso.

Sin embargo, no tuvo tiempo de regresar de la forma que quería. Todo a su alrededor parpadeaba con luces verdes y plateadas mientras dos golpes pesados resonaban desde el lado opuesto de la habitación. El plateado dominó al verde. Luego, el acolchado se desvaneció a su tono habitual y apagado, blanquecino.

Todo quedó en silencio.

—¿Coronel?

Nada.

Idina se levantó de la silla e intentó quitarse el mareo de la cabeza. De rodillas, recorrió la habitación y se quedó helada cuando encontró a su tío.

—Joder.

Capítulo 21

Richard yacía en un montón al pie de la pared del fondo. No se movía. «Mierda. Lo he matado».

Idina se incorporó de un salto, se agarró al borde de la mesa para resistir una violenta oleada de mareo, y luego cojeó a través del suelo acolchado e irregular hacia su tío.

—Coronel. Oye, ¿puede oírme? —Al no obtener respuesta, se arrodilló a su lado y escrutó su cuerpo—. ¡Richard!

«Dios, ¿de verdad tengo que darle una paliza para que recupere el sentido?».

Levantó el brazo, lista para hacerlo.

Entonces su tío soltó un grito ahogado, se sentó como un poseso y gritó:

—¡Maldita sea!

Idina se apartó de él con un grito de sorpresa. Richard parecía más sobresaltado de verla tan cerca de él que por cualquier otra cosa que hubiera sucedido.

Se puso en pie de un salto, arañando las paredes acolchadas para apoyarse. Luego se apoyó en la pared, se tocó la cabeza, el pecho y los bolsillos laterales, y carraspeó.

—Sí. Está hecho un desastre ahí dentro.

—¿Qué? —Idina lo miró, pero él no la miró a ella.

—Su cabeza, soldado. Es un maldito desastre.

—Espera un minuto…

—¡Pero oye! —Richard dio una palmada y luego mostró una sonrisa amplia—. ¡Tenía razón!

Se dirigió de nuevo hacia la mesa, tambaleándose mientras sus pasos pisaban todas las partes irregulares del suelo.

Idina lanzó un gran suspiro y se levantó de nuevo.

—Estupendo. Tenías razón.

—Eso puedes decirlo otra vez. —Richard se tambaleó de lado y apoyó una mano en la mesa para mantenerse en pie. Luego se volvió para apoyarse en el borde, sujetándose con ambas manos, y se rio—. No he hecho un viaje como ese en años. Tu cabeza. Es… Joder, está por todas partes.

—Eso no es…

—Como un maldito safari por la psique. —Echó la cabeza hacia atrás y soltó otra carcajada.

Ella se acercó lentamente a la mesa, parpadeando con fuerza mientras luchaba contra los mareos y la necesidad de golpear a su tío en la cara, con o sin magia.

—¿Sabes qué es aún más grosero que insultar el estado de la psique de alguien?

Con la risa apagándose, él la miró con esa sonrisa enloquecida aún en el rostro.

—No. ¿Qué?

—Meterse en la psique de alguien.

—Oh, vamos. Eso fue divertido.

Idina se agarró al borde de la mesa para mantenerse en pie y lo fulminó con la mirada.

—En ningún universo alguien llamaría a eso divertido. Ni siquiera me diste una advertencia…

—Si lo hubiera hecho, habrías reforzado todas las paredes que llevas tanto tiempo tratando de mantener en pie. Podría haber estado allí durante horas. En cambio, fueron solo… —Miró su reloj y se echó a reír—. Doce minutos.

—Estás de broma.

—De verdad que no —Cuando Richard volvió a mirarla, sus ojos estaban llenos de la misma intensa sabiduría que cuando lo había visto en el escenario en la ceremonia de premios. Había un mensaje detrás de esos ojos verdes solo para ella, e Idina se suponía que debía saber qué era y qué significaba—. No creo que nada de esto sea motivo de broma, ¿verdad?

—Vamos. Soy yo quien ha sido puesta patas arriba por cualquier truco mental Muirden que hayas hecho.

Una extraña expresión de vacío cruzó el rostro de su tío y, aunque seguía mirándola, no pudo evitar sentir que no la veía.

—Estuviste allí conmigo todo el tiempo, Idina. Viste todo lo que yo vi. No es algo de lo que bromear.

«Se refiere a mi recuerdo de él el día que se fue. Tiene que estar hablando de eso. Deberíamos estar hablando de eso».

No podía obligarse a sacar el tema en voz alta. Por un momento, pensó que él podría atacarla de nuevo. Luego inhaló y sacudió la cabeza. La extraña expresión de su rostro desapareció y sus ojos se despejaron de una manera que lo hizo parecer dos personas diferentes: el Richard que jugaba con las mentes de las personas para obtener la información que quería y el Richard que no tenía que hacerlo porque ya tenía las respuestas.

Ese segundo Richard se había ido ahora, y la sensación de encierro de la habitación acolchada se desvaneció con él.

Ahora que la conmoción había terminado, la aparente imposibilidad de lo que Idina había experimentado comenzó a calar. Luego tuvo que romper el silencio.

—Entonces puedes leer mentes.

—No exactamente. En su mayor parte, solo destaco al leer una habitación.

—Bueno, leíste esta habitación completamente mal si pensaste que estaba deseando eso.

—Hice lo que pensé que era mejor. Ya te dije por qué tenía que ser tan repentino. Supéralo.

Idina cerró los ojos e inhaló lentamente.

«Sigue respirando, Moorfield. Es un imbécil arrogante, pero eso no es lo que lo llevó a comandante de batallón. Ahora estamos tomando lo bueno con lo malo».

—Entonces, guardas este divertido truco de fiesta para ocasiones especiales, ¿eh? —Trató de sonreírle a su tío cuando abrió los ojos de nuevo—. Arrastrar las almas de las personas o lo que sea fuera de sus cuerpos antes de lanzarse a dar un tour.

Su tío abrió los ojos de par en par.

—Recuerdas eso.

—Sí, recuerdo mirarte desde allá arriba y ver a un loco guiñándome un ojo antes de… todo eso. —Señaló al techo y puso su mejor cara de «no me mientas o te las verás conmigo».

—Bueno, eso es nuevo. ¿Cómo se veía desde allá arriba?

—Parecía una locura.

Con una risa, él se encogió de hombros.

—No hago esto todo el tiempo, si eso es lo que te preguntas. Solo cuando necesito encontrar algo en el interior más rápido de lo que la otra persona probablemente lo sacará de su subconsciente. Hace cosas terribles a la constitución de un hombre. —Richard se rio, se apartó de la mesa y luego tambaleó antes de regresar a su percha anterior—. Obviamente.

—Ajá. —Idina cruzó los brazos, pero aún tuvo que inclinarse hacia delante y apoyar los muslos contra el borde de la mesa para no caerse en ese momento—. Dime, coronel. ¿Cuándo pusieron eso en la lista de técnicas de interrogación autorizadas? Porque no recuerdo haber visto nada sobre esto en uso.

—No lo verías. Pensé que eso también estaba claro. Y eso es confidencial.

—En algunos lugares, podría considerarse tortura…

El fuerte golpe de Richard al golpear la mesa con la mano hizo que se detuviera. Por un momento, miró fijamente a la pared acolchada, luego se inclinó ligeramente hacia ella y se tomó su tiempo para girar la cabeza de modo que pudieran volver a encontrarse cara a cara.

—Ha pasado por mucho, soldado. Diría incluso más que la mayoría con su rango y nivel de experiencia, excluyendo a los novatos que se encuentran en despliegues inmediatos, por supuesto. No quiero volver a oír esas palabras salir de su boca. No tiene ni idea de lo que realmente es la tortura.

dina apretó los labios, su mente regresando instantáneamente a esos últimos segundos en los bosques de Luisiana cuando pensó que el Olc seguiría quitándole todo y que no saldría de allí. Abrió la boca para demostrar que él estaba equivocado, pero su tío se le adelantó.

—¿Cómo lo sé? —La voz de Richard apenas fue un susurro—. No olvides que he estado en tu mente. —Golpeó lentamente su sien con el dedo, sosteniendo su mirada como si ella fuera su archienemiga y finalmente se hubieran encontrado en un enfrentamiento.

«Eso no significa que lo sepa todo».

Entonces, el teniente coronel MacBlair había llegado tan lejos en su carrera militar por una razón. Idina no tenía idea de dónde había estado, qué había hecho o cómo eso lo había afectado a lo largo de los años.

«Está bien. La tortura queda fuera de la mesa, entonces».

Se inclinó ligeramente hacia atrás, alejándose de él y de su mirada desquiciada.

—Entonces, supongo que encontraste lo que estabas buscando ahí dentro.

«Dios, hablo como el resto de mi familia».

Luchando contra una mueca, Idina tragó saliva y esperó a que su tío hiciera su gran revelación.

Él la miró fijamente durante otros diez segundos, luego se enderezó contra el borde de la mesa y le mostró una sonrisa rápida.

—Asumes correctamente, soldado. Me siento un poco apretado. Sentémonos.

Idina puso los ojos en blanco, agarró su silla tirada en el suelo acolchado, otra vez, y la enderezó antes de hundirse en ella. Otra ola de mareo la tomó por sorpresa, y prácticamente cayó en su asiento para evitar caerse.

—Cuando descubra cómo… —Richard se inclinó hacia delante y apretó las manos en el borde de la mesa de nuevo, claramente experimentando lo mismo—… amortiguar los efectos, el proceso será mucho más fácil para ambos. Por ahora, deja que siga su curso.

—¿Qué proceso?

La ignoró mientras finalmente se sentaba en su silla y entrelazaba las manos sobre la mesa.

—¿Te gustaría escuchar lo que descubrí durante nuestro paseo por tu subconsciente, o ya hemos pasado página?

—Estoy interesada en ambas.

—Bueno, primero lo primero. Esta era mi sospecha. —Richard se lamió los labios, miró alrededor de la habitación como si estuviera buscando algo que había perdido, luego miró su reloj de nuevo con una mueca—. Mierda.

«Está tan disperso que no puede ni siquiera terminar un pensamiento».

Antes de que Idina pudiera incitar de nuevo a su tío a continuar, este asintió y se aclaró la garganta.

—Ya hemos establecido que no has perdido la cordura. Creo que vale la pena repetirlo ahora. No has perdido la cordura.

Ella parpadeó.

—¿Gracias?

—Solo estoy diciendo lo obvio. El hecho de que tus visiones y tus interacciones en la vida real con el Olc se hayan estado mezclando desde Luisiana me hizo preguntarme cuánto te quitó el Olc. Obviamente, no lo suficiente para incapacitarte de ninguna manera real. Sigues siendo tú. Eres un poco de algo más ahora también.

A Idina no le gustó cómo sonó eso. Tal vez fuera la sensación de encierro de la habitación acolchada o el hecho de que su tío había hurgado en toda su mente, pero sintió que la sangre abandonaba su rostro.

—Dime que eso no significa lo que creo que significa.

Él resopló.

—Bueno, no tengo idea de lo que crees que significa, pero el Olc ya ha sumado dos y dos. A juzgar por lo que te ha estado diciendo cuando piensas que lo ves salir de la tierra…

—No. —Idina cerró los ojos y sacudió la cabeza—. Eso no es…

—Eso es exactamente lo que es, soldado, porque yo lo vi. Esa cosa se estaba alimentando de ti, lo cual ambos sabíamos. Por suerte para ti, lo detuve antes de que pudiera terminar su comida de magia y fuerza vital de Muirden, que, hasta donde yo sé, es lo único que el Olc realmente ha estado buscando. De nosotros. Desafortunadamente para ti, para cuando llegué allí, ya había hecho la conexión…

—Para.

—… y el antiguo enemigo de toda nuestra familia durante los últimos cientos de años…

—No lo digas.

—… dejó un pedazo de sí mismo justo aquí, en tu caja de ideas.

—¡He dicho que no lo digas, joder! —Idina golpeó la mesa con los puños y se levantó de la silla.

Una lanza de luz verde oscura se lanzó desde debajo de cada uno de sus puños y explotó hacia los lados. El golpe de su magia contra las paredes acolchadas no fue tan satisfactorio como lo habría sido contra yeso y paneles de yeso, y, por supuesto, el acolchado hizo lo suyo de absorber sus luces verdes con pulsos de un plateado brillante antes de que todo se atenuara de nuevo.

Todo sucedió tan rápido que aún estaba luchando por calmar su agitada respiración cuando el acolchado volvió a su estado sordo e inerte.

Richard cruzó un tobillo sobre la rodilla opuesta y se recostó en su silla mientras la miraba de arriba abajo.

—Puede que quieras… —Otra ola de mareo intenso la invadió y se dejó caer en su silla—. Sentarte. —Ladeó la cabeza.

—Lo siento. —Idina miró sus manos en su regazo.

«¿Estoy perdiendo el control, o es esta la parte donde me doy cuenta de que no tengo que esconder más estas cosas y dejarlo salir todo?».

—No te disculpes. —Richard se rio—. La próxima vez, apunta al hombre que te está cabreando.

Rápidamente levantó la vista hacia él.

—¿Qué?

—Ya me has oído. Parece que tienes sentimientos muy fuertes sobre un poco de esencia de Olc flotando en algún lugar dentro de tu… Bueno. Ya me has oído.

Con una mueca, sacudió la cabeza y trató de ignorar la acidez que le llenaba la garganta al pensar en cualquier trozo de esa cosa dentro de ella.

—Sí, tengo sentimientos fuertes. Se supone que eso no debe pasar.

—Pero así fue Creo que el Olc te encontró tan rápido porque no habías tenido la oportunidad de manifestar tu magia por completo en un entorno relativamente seguro. O en cualquier entorno. Si no supiera mejor, diría que tu familia eligió reprimir tu magia con belladona para protegerte…

—Lo hicieron para mantenerme bajo su control —replicó.

La observó un momento más, luego asintió.

—Sea como sea, eras un objetivo fácil sin saberlo. No he visto al Olc mostrar su fea cara verde en más de una década, y ahora te ha estado siguiendo de estado en estado. Fort Leonard Wood. Fort Benning. Fort Rucker. Parece tener una lectura muy clara de dónde estás cuando tiene ganas de jugar con tu cabeza. Justo al lado en Bragg y… No estuviste en Fort Carson en Colorado, ¿verdad?

—En el Jardín de los Dioses. Al captar la expresión incrédula de su tío, Idina se encogió de hombros—. El mayor Hines quería ir de excursión.

—¿Ah, sí? Bueno, tendré que decirle que se mantenga alejado de las maravillas geológicas en el futuro previsible, especialmente si está metiendo a su conductora en esas excursiones en particular. Debería haber compartido ese pequeño detalle conmigo en cuanto ustedes dos regresaran a la base.

Su tío se rascó un lado de la cara y se llevó la mano al muslo.

—La cuestión es que el Olc puede encontrarte. Fácilmente. Rápidamente. Imagino que sabe exactamente lo que pasó en Luisiana, y ahora está tratando de usar su misión fallida a su favor. Se está divirtiendo contigo.

—No me digas. —Todavía se sentía mareada, pero ahora no creía que fueran los efectos secundarios de recorrer su mente con la conciencia proyectada de su tío.

«¿Cómo se llama eso?».

—Creo que eso es lo que la criatura quería decir cuando mencionó abrir el puente.

El corazón de Idina dio un vuelco.

—Eso es lo que quería.

—Como posible resultado, tal vez, claro. Pienso que sabía que o te consumiría por completo y tomaría el último de la larga e ilustre línea de sangre Muirden… o sería inevitablemente frustrado, como siempre ha sido, y se alejaría de ese encuentro con una conexión especial con la soldado Idina Moorfield.

—Conexión especial. —Trató de humedecerse los labios, pero toda su boca se había secado por dentro y por fuera—. Eso es lo que quiere de mí, ¿verdad? Para… comer mi alma. —Una risa amarga escapó de ella—. En serio, tiene que haber una palabra mejor para eso.

—De nuevo, no creo que la palabra importe. Todo es lo mismo. Sí. El Olc ha estado aquí en Estados Unidos durante al menos trece años, tal vez más. Sin ningún descendiente Muirden manifestando verdaderamente su legado, estoy seguro de que está hambriento. Logró rastrear a la familia desde Escocia con el único propósito de cazar a los guerreros restantes y reclamar sus poderes para sustentarse por… —Richard soltó un suspiro—. Es imposible decir por cuánto tiempo. Supongo que eso depende de cuántos guerreros pueda atrapar con sus garras. Una vez que derribe al último de la línea de sangre Muirden… Bueno, imagino que la cosa será imparable en ese momento.

—El último de la línea de sangre. —Idina arqueó una ceja—. Básicamente tú y yo.

—Hasta donde sabemos. No nos limitemos todavía, ¿eh?

—Pero no hay otros…

—Eso no tiene nada que ver con nuestro objetivo actual, soldado. —La sonrisa de Richard era tensa y contenida, como si una parte de él disfrutara completamente de esta conversación mientras que la otra parte quisiera estar muy, muy lejos de su búnker subterráneo construido para los descendientes de Muirden con magia—. Que es, por supuesto, que domines el arte de empujar los restos sobrantes de Olc muy, muy, *muy* dentro de tu psique. Una vez que lo hayas conseguido, no deberías tener más visiones que alteren la realidad que interfieran en tu capacidad para mantenerte centrada y en el objetivo. ¿Te parece bien?

Ella hizo una mueca y se inclinó lo más atrás posible en su silla, deseando poder alejarse aún más de su tío cuando él le sonreía de esa manera.

—No, aunque seguro que te va a dar igual.

—Ja. Es simple control mental. En el sentido literal. —Richard parpadeó sorprendido y se colocó una mano en el corazón—. Oh, pobre de mí. No creo que pueda entrar en la cabeza de otra persona y hacer que haga o diga lo que quiera. Por otro lado, aún no he intentado eso…

—No. —Idina le señaló—. Simplemente no. No va a pasar.

—¿No lo he dicho ya? —Su tío se rio y la miró de cabeza a los pies desde el otro lado de la mesa—. No, eres *tú* quien tiene que controlar su subconsciente. Obviamente no tienes ni idea de cómo empezar a conseguirlo, pero estoy más que dispuesto a ayudarte. Por el tiempo que sea necesario.

—¿Cómo, exactamente, se supone que vamos a hacer eso?

Richard extendió los brazos y le dedicó una tímida sonrisa.

—Repetición y constancia, soldado. Ya hemos pasado el primer asalto. Yo lo llamaría un trabajo bien hecho.

—¿La primera ronda de que tú te metas en mi cabeza? ¿Estás loco?

—Claro que sí, supongo que viene de familia.

Idina miró a su alrededor, preguntándose cómo diablos iba a aguantar repetir el proceso de hoy durante el tiempo que fuera necesario.

—Bueno, ¿cuánto tiempo tenemos que hacer esto?

—Hasta que diga que estás lista. Considera esto tu propio entrenamiento privado.

Sus hombros se hundieron y dejó caer la cabeza sobre el respaldo de la silla.

—Oh, joder.

—No te voy a reprochar esa respuesta. Espero que afrontes esto de frente como cualquier otra misión que hayas aceptado y completado hasta ahora. A menos que, por supuesto, ya hayas terminado conmigo. Ya te dije que podrías irte…

Dejando de mirar las manos de su tío, Idina tragó saliva y sopesó sus opciones.

«Me acabo de enterar de que hay un pedazo de un monstruo antiguo, malvado y comealmas dentro de mí, ¿y todavía me ofrece la oportunidad de irme? Sí, claro».

—¿Qué me dice, soldado?

Ella le sostuvo la mirada durante un largo rato antes de ofrecer la única respuesta que tenía sentido.

—Si voy a aprender a… mantener este bicho encerrado en mi cabeza, será mejor que aprendas a entrar y salir sin convertirnos a ambos en gelatina.

Sonriendo, Richard se levantó y extendió una mano abierta sobre la mesa.

—Trato hecho.

A pesar de no sentirse completamente ella misma todavía, Idina se levantó y tomó su mano. Su apretón de manos fue firme y breve, en su mayoría porque otra oleada de mareo y debilidad en las rodillas los golpeó a ambos y cayeron de nuevo en sus asientos.

Richard cerró los ojos contra la incomodidad y murmuró:

—Sí, es muy molesto.

—*Muy* molesto.

Cuando volvieron a mirarse, Richard dejó escapar una risita entrecortada. Idina tampoco pudo contener la risa. Entonces su tío se frotó las manos.

—Aparta la silla. Yo también puedo apuntar sentado, y prefiero inclinarme hacia atrás a que me lancen por la habitación como un calcetín sudado. Con relleno o sin él.

—Espera, ¿estamos haciendo esto otra vez *ahora mismo*?

—No hay tiempo como el presente, soldado. El tiempo corre. Vamos.

Capítulo 22

Esto es una verdadera mierda…

Si Idina no hubiera estado ocupada deslizándose fuera de su silla volcada y levantándose del suelo acolchado, habría comentado sobre el extraño y ecléctico repertorio de exclamaciones de su tío. En cambio, solo pudo empujarse hasta quedar en una posición semisentada mientras luchaba por recuperar el aliento.

—¿Cuánto he tardado esa vez?

Después de levantarse del suelo, Richard miró su reloj y soltó una risita.

—Veintidós minutos.

—¿Qué? Eso es más del doble que la vez anterior.

—Bueno, nadie dijo que el control mental fuera fácil. Incluso cuando se trata de tu propia mente. —Se levantó, tambaleándose hacia un lado antes de apoyarse con una mano en la pared acolchada. Luego miró su reloj nuevamente—. Vamos a dar por terminado el día, soldado. Mismo lugar, misma hora mañana.

Idina miró su reloj y frunció el ceño.

—Solo son las tres.

—Y nos saltamos el almuerzo. Pero hoy hemos hecho un gran trabajo, así que…

—No necesito almorzar. —Se agarró al borde de la mesa para ponerse de pie, luego intentó enderezar su silla volcada sin caerse de nuevo bajo una nueva ola de mareo—. Puedo seguir.

Richard esbozó una sonrisa irónica y se pasó una mano por el cabello oscuro.

—Lo sé. Confía en mí, soldado. No se trata de ti. Se trata de mí.

—Ah. —Al mirarlo de arriba a abajo, recién notó lo cansado y desaliñado que se veía su tío—. Entonces, ¿estás en peor forma de lo que pensabas, eh?

—En peor forma… —Bufó—. Ni siquiera voy a dignificar eso con una respuesta. Pero sí diré que estaba muy poco preparado para pasar todo el día aquí abajo luchando contigo dentro de tu cabeza. Mañana pienso rectificarlo. Mientras tanto, preferiría dejar las cosas como están ahora para evitar que cualquiera de los dos sea sacado de aquí por personal médico. Entonces me vería obligado a considerar reubicar este escondite secreto tan bien camuflado.

Por un momento, se miraron el uno al otro desafiantes, hasta que Idina finalmente cedió.

—De acuerdo. ¿Necesito traer algo mañana?

—Solo tu disposición para ser invadida psicológicamente. Y tu alegre personalidad, por supuesto.

Cuando intentó sonreír, le salió más bien un gruñido. Después de horas de ser lanzada de nuevo a sus recuerdos y ser derribada de su silla incontables veces, estaba segura de que tendría algunos moretones en la cara por la mañana. Richard se veía igual.

—Positividad. —Ella resopló—. Tal vez deberíamos traer a la sargento Williston porque me estoy quedando sin pensamiento positivo.

—¿Perdón?

Idina sacudió la cabeza y se preparó para otra oleada de mareos.

—No importa.

—Como quieras. —Richard cruzó la habitación tambaleándose hacia la puerta oculta en la pared, y otro trozo de acolchado se despegó bajo sus manos para que pudiera abrir la puerta desde adentro. Se escuchó un silbido hidráulico, y luego hizo un gesto hacia el almacén del búnker brillantemente iluminado que parecía extenderse eternamente frente a ellos—. Confío en que puedes encontrar el camino de regreso arriba por tu cuenta.

—Mientras las escaleras no empiecen a moverse de nuevo, sí.

Ambos salieron de la habitación acolchada y Richard se centró en el panel negro brillante que había fuera de la puerta. Pulsó la pantalla táctil antes de asentir a Idina.

—Todos los trucos y sorpresas se han dejado de lado por el momento. No es que tenga nada más que ocultar a estas alturas, ¿verdad?

Idina enarcó una ceja mirando a su tío.

«Sí, claro. Esto es solo la punta del iceberg. Tiene mucho más bajo la manga».

Su tío captó al instante su escepticismo y soltó una risita.

—Bueno. Al menos para los propósitos de nuestro objetivo actual. Hazle saber a Phillip si necesitas algo más, y él se asegurará de que lo tengas.

Con un asentimiento, se dirigió por el largo y brillante pasillo de la cámara, y luego se detuvo.

—¿Y tú?

—Oh, Phillip es increíblemente perspicaz. Y excepcionalmente hábil para anticipar mis necesidades. Por eso lo mantengo cerca.

Idina sostuvo la mirada de su tío, preocupada ahora porque el hombre se veía mucho más demacrado y agotado que cuando llegó a la destartalada casa a las siete horas. Por otro lado, solo lo había visto dos veces en los últimos nueve años, y ambos encuentros habían sido con tres días de diferencia.

«Espero no haberlo roto».

Richard captó su preocupación y asintió.

—Estaré bien. Tú también. Creo que tienes otro deber que cumplir en las próximas horas. No haría esperar al mayor. Imagino que ya está bastante tenso de por sí.

—¿Quieres decir que sigo siendo su chófer?

Su tío se rio entre dientes.

—La última vez que lo comprobé, tus órdenes de transferencia te liberaban de tu antigua unidad, no de tus deberes como conductora de Hines. Así que probablemente sea bueno que hayamos terminado cuando lo hicimos.

—Sí, de acuerdo. —Parpadeando contra otro mareo que nadaba en su cabeza, Idina se tambaleó sobre los brillantes pisos plateados, pero logró recuperar el equilibrio sin tener que mantenerse erguida.

—Como he dicho… —Richard golpeó la pared con una mano para no caerse—. Ya se me pasará. Confío en que puedas juzgar con precisión tu capacidad para ponerte al volante.

—Estoy bien.

—Entonces nos veremos mañana a las nueve horas, soldado. Que tengas una buena tarde. —Con un pesado suspiro, Richard regresó tambaleándose a la habitación acolchada. No dijo otra palabra ni se volvió para asegurarse de que su sobrina fuera capaz de salir de su búnker sola.

Idina lo observó el tiempo suficiente para ver al hombre sentarse con cuidado en lo que había sido su silla, dándole la espalda.

En ese momento, se parecía tanto a su abuelo que todo el enojo y resentimiento empezaron a volver a ella.

«No es Harold sénior. No es mi padre. Es Richard. No quiere que vea lo difícil que fue esto para él».

Respirando hondo, consiguió apartar todas las viejas emociones y se volvió de nuevo para atravesar el enorme búnker de suministros y dirigirse a la estrecha escalera del fondo.

Richard le había dado la opción de alejarse de todo esto al final del día, pero en la mente de Idina, esa elección ya no existía. Ella regresaría mañana por la mañana, al siguiente y al siguiente, durante el tiempo que fuera necesario hasta que el teniente coronel MacBlair le dijera que estaba lista para pasar a otra cosa.

«Entonces tal vez finalmente me diga cuál es mi nueva unidad. Esperemos que sea más grande que nosotros dos».

Las mesas llenas de dispositivos, explosivos, armas y municiones la llamaban mientras pasaba tambaleándose junto a ellas. Se detuvo al lado de algunos de los rifles de largo alcance, sus dedos deseando alcanzar el acero frío y duro para ver cómo un arma así podría encajar en sus manos.

Luego, otro mareo la hizo tambalearse hacia delante hasta que su muslo golpeó ligeramente el borde de la mesa, y cerró los ojos hasta que pasó.

«Cuando Richard descubra cómo deshacerse de la enfermedad por control mental, le preguntaré por estas armas. Apuesto a que también tiene un campo de tiro escondido en algún lugar de aquí abajo».

La escalera de regreso a la casa destartalada y vacía de arriba parecía infinitamente más larga de subir que de bajar. Para cuando Idina llegó a la cima, estaba sin aliento y todavía un poco mareada, apretando los dientes contra el dolor en las piernas. Todo su entrenamiento como zapadora de doce Bravo no la había preparado para el puro agotamiento que acompañaba a su nuevo oficial al mando lanzando magia en su cabeza durante al menos cinco horas seguidas sin descanso.

Tanteó en la penumbra al final de la escalera para encontrar el pomo de la puerta del armario. Cuando por fin consiguió girar el pomo oxidado que se atascaba al girar, la puerta se abrió de golpe y salió dando tumbos al pequeño salón de la casita.

Parecía que Phillip, el mayordomo, no se había movido de su puesto en la mesa de cartas con la única silla. La misma novela que había tenido esa mañana seguía abierta en sus manos, y no levantó la vista de las páginas cuando una cansada y desequilibrada soldado de primera clase cruzó la habitación.

Solo cuando Idina pasó junto a la mesa, Phillip la miró.

—¿Necesitará algo más esta noche, soldado?

Ella se detuvo, sorprendida de que el hombre la dirigiera la palabra, alguien que tenía suficiente experiencia con las peculiaridades de su tío como para que a estas alturas pocas cosas lo sorprendieran.

—No por ahora, Phillip. Gracias.

Dejó su libro boca abajo en la mesa para marcar la página, luego se levantó y se dirigió hacia la puerta del armario que ella había olvidado cerrar.

—¿La esperamos de nuevo por la mañana?

Idina habría reído si no estuviera tan cansada.

—Sí. Estaré aquí.

—Muy bien. —Las bisagras oxidadas de la puerta chirriaron antes de cerrarse suavemente, luego Phillip se giró y la miró de arriba abajo—. Hay algunas botellas de bebidas con electrolitos en el refrigerador, soldado. ¿Está segura de que no quiere llevarse algo para el camino?

Ella lo miró de reojo y trató de echar los hombros hacia atrás.

—¿Por qué? ¿Parezco necesitarlo?

—Se ve perfectamente bien.

—Claro. Gracias, pero pasaré. Debería irme.

—Como desee. Que disfrute el resto de su tarde. —Le hizo una especie de reverencia extrañamente formal, luego regresó a su silla en la mesa de cartas y tomó su novela para continuar leyendo.

«Me veo perfectamente bien, ¿eh? Solo otro día al servicio del coronel».

Incluso con un mayordomo en la casa vacía utilizada como fachada para el búnker secreto de su tío, Idina todavía tuvo que abrir la puerta principal por su cuenta para salir. Después de pasar todo el día en la frescura regulada del sótano, el calor semihúmedo de principios de junio la golpeó como una manta gruesa y húmeda. No le ayudó a recuperar energía después de cómo había pasado el día, pero se dirigió hacia la acera que atravesaba el césped descuidado y cubierto de maleza y no veía la hora de subirse al vehículo.

Afortunadamente, nadie en el camino de tierra sin nombre se había molestado en manipular el vehículo mientras ella había pasado todo el día bajo tierra. Idina abrió el coche, se puso al volante y encendió inmediatamente el aire acondicionado. Después tuvo que sentarse allí otros veinte minutos antes de estar segura de que no empezaría a ver doble mientras volvía al edificio del cuartel general.

«Nueva unidad. Nuevo entrenamiento con Richard. Aún puedo conducir de un lado a otro por la base para llevar al Mayor Hines a donde necesita ir. Al menos tengo un objetivo cada día, incluso si podría ser la cosa más loca que he hecho».

* * *

A las dieciséis cincuenta y ocho horas, el comandante Hines bajó por la acera frente al edificio del cuartel general en dirección al aparcamiento lateral. Después de media hora sentada en el todoterreno, tratando de absorber todo el aire frío que podía, Idina se quedó fuera del vehículo y abrió la puerta trasera a su jefe, o a uno de los dos, cuando se acercó.

Solo cuando llegó hasta ella, Hines la miró y se congeló.

—Joder, Moorfield. ¿Qué te ha pasado?

—¿Señor?

—Te ves fatal.

Ella le dio una sonrisa tensa y asintió una vez.

—Día largo, señor.

—¿Estás segura de que puedes conducir así?

—¿Acaso no llegué de una pieza?

—Ajá. —La miró de arriba abajo una vez más, luego se agachó y se acomodó en el asiento trasero.

Idina volvió al asiento del conductor, cerró la puerta y se abrochó el cinturón de seguridad. Solo miró una vez al espejo retrovisor para ver al mayor, pero Hines ya estaba acomodado y parecía muy concentrado en lo que sea que estaba viendo en su móvil para levantar la vista hacia ella.

«Vale, es la última vez que acepto la opinión de Phillip sobre mi aspecto».

El viaje a través de la base hasta la casa de Hines transcurrió en silencio, lo cual le pareció bien. No creía tener energía para mantener una conversación casual o responder a cualquiera de las preguntas del mayor. No es que Hines generalmente le preguntara mucho a menos que formara parte de las misiones que había completado para él. Esas parecían estar terminadas por el momento.

La siguiente vez que dijo algo, fue cuando estaban estacionándose en la acera frente a su casa.

—¿Cómo te fue, Moorfield?

—¿Señor?

—No hace falta andarse con rodeos aquí. Te reuniste con MacBlair hoy, ¿verdad?

Ella lo miró en el espejo retrovisor y lo encontró observando atentamente su reflejo.

—Así es.

—¿Y?

—Ha sido… esclarecedor. Creo.

—¿Suficiente para mantener tu interés?

Idina trató de ocultar su sonrisa burlona porque el hombre intentaba ocultar su interés por sus nuevas actividades.

«Vaya, ahora yo soy quien hace todas las preguntas sin obtener muchas respuestas». Ella aclaró su garganta y asintió.

—Sí, señor. Por ahora, al menos.

—Bien. Eso es bueno. —Agarró la palanca de la puerta trasera, luego se detuvo—. Unas palabras de consejo. Sea lo que sea en lo que te estés metiendo con él, por muy insanos que parezcan tus nuevos objetivos, el coronel sabe lo que está haciendo. En mayor parte.

—Eso es… tranquilizador.

Hines resopló.

—En caso de que tuvieras dudas. A juzgar por tu apariencia en este momento, no me sorprendería que tuvieras bastantes.

—Gracias.

—Ajá. —La observó un momento más, abrió su puerta y luego se inclinó hacia el interior del vehículo una vez más—. Abastécete de electrolitos, ¿eh? Ese diagnóstico de deshidratación podría estar más cerca de la verdad de lo que crees.

—Entendido, señor. —Asintió, y Hines soltó una risa amarga antes de salir finalmente del coche—. Nos vemos mañana, Moorfield.

—Buenas noches, mayor.

Lo observó caminar hasta su porche delantero y desaparecer dentro de su puerta principal antes de poner la primera.

«Genial. Me veo como una mierda, el mayordomo me mintió y Hines no tiene problema en poner todo sobre la mesa. Sí, mi tío puede estar un poco loco. No me voy a echar atrás de esto en el corto plazo».

Después de salir del vecindario residencial, Idina no quería nada más que dirigirse directamente al cuartel general, tomar una ducha fría y meterse en su cama durante las próximas doce horas. En cambio, hizo un desvío rápido al economato para comprar comida que requiriera el mínimo esfuerzo posible para preparar y comer. Además de tantas bebidas con electrolitos como pudiera llevar en sus doloridos y agotados brazos.

Capítulo 23

Durante la semana siguiente, Idina tuvo una nueva rutina diaria. Después del entrenamiento físico matutino —que redujo a propósito a tres kilómetros de trote y menos series de ejercicios de calistenia, sobre todo para conservar fuerzas—, recogía al mayor Hines y lo dejaba en el cuartel general. Se obligaba a desayunar lo más nutritivamente posible a primera hora de la mañana, lo que pudiera soportar. Luego, todavía tenía más de una hora para hacer lo que quisiera antes de tener que estar frente a la puerta del bungalow a las nueve en punto para que Phillip pudiera abrir la puerta puntualmente y dejarla entrar.

Después del segundo día de repetir el agotador entrenamiento con su tío en la habitación acolchada, decidió usar esa hora libre cada mañana para meditar intensamente. La mayor parte del tiempo, se dedicaba a imaginar cómo sería su día y repetir afirmaciones sobre no dejar que Richard se colara en su subconsciente de la forma en que él estaba tan empeñado en hacerlo.

Las meditaciones no ayudaron mucho esa semana, pero al menos la preparaban mentalmente.

Ser derribada una y otra vez cada día por un hombre con magia Muirden como la suya —además de un tipo de magia que Idina no poseía y que no sabía exactamente cómo combatir desde dentro de su psique— se convirtió en su nueva normalidad.

A pesar de lo mucho que los había agotado a ambos ese primer día, Richard fue implacable en sus intentos de ayudarla a fortalecer su mente contra invasiones de visitantes no deseados. A mitad de esa primera semana, Idina empezó a pensar que su tío estaba llevando todo esto demasiado lejos. Sus asaltos psicológicos la agotaban más que cualquiera de las visiones no deseadas que había tenido del Olc, sin mencionar las veces que se había enfrentado a la criatura en persona. Él no se detuvo, y ella nunca le pidió que lo hiciera.

No hablaron mucho de otros temas mientras trabajaban, aunque al final de esa semana, ya habían encontrado un ritmo en su entrenamiento y en cómo lidiaban con las secuelas de un trabajo tan extrañamente agotador. Richard aún no había descubierto cómo amortiguar los efectos de sus intrusiones mentales, pero Idina finalmente encontró la combinación perfecta de barras de proteína y bebidas con electrolitos para mantener a raya tanto el vértigo como el agotamiento, en la medida de lo posible.

Su tío, por otro lado, había instalado una barra de bebidas en la habitación acolchada y recompensaba los esfuerzos de ambos con un trago después de cada asalto cronometrado a la mente de Idina. Después de esa primera semana, dejó de ofrecerle compartir con ella.

Todo el trabajo en la habitación acolchada del búnker subterráneo hizo exactamente lo que Richard había dicho que haría. Mantuvo al Olc alejado de ella. No tuvo más visiones, no se preocupó por perder la concentración en su trabajo debido a esas interrupciones no deseadas, y finalmente empezó a sentirse segura en lo que comenzaba a parecer un hogar lejos del hogar. Menos el casi tortuoso hecho de dejar que su tío los arrastrara repetidamente a través de sus pensamientos, emociones, dudas y recuerdos.

Solo cuando llegó el fin de semana siguiente, Idina finalmente tuvo la oportunidad de tomarse un descanso y reflexionar sobre todo lo que había vivido con su tío.

Una nueva unidad, todavía sin nombre porque seguía clasificada hasta que Richard le dijera que había pasado esta primera prueba y podía mantener el control de sus pensamientos cuando él intentara arrastrarlos a ambos a través de su cabeza. Ese era su nuevo objetivo, su nuevo trabajo, y no tenía idea de adónde la llevaría una vez que terminara este entrenamiento privado.

No estaba dispuesta a rendirse, y su tío tampoco.

Con dos días de descanso antes de otra agotadora semana de Control Mental 101, Idina salió de su habitación y decidió ir a dar un paseo. Esta vez, en lugar de deambular por la base, fue en la dirección opuesta hacia la puerta de seguridad más cercana. Lo último que quería era terminar en la esquina de la calle donde su visión anterior del Olc se había apoderado de ella y la había dejado en el hospital.

Ya era bastante malo que también tuviera dos días sin la protección asegurada de la habitación acolchada de Richard para mantener al monstruo que los acechaba fuera de su cabeza. Ir a cualquier lugar cerca de ese pequeño parche de césped en la esquina, donde había estado tan segura de que la criatura se había arrastrado desde las entrañas de la tierra para alcanzarla, era tentar al destino.

Una vez que pasó la puerta de seguridad a pie y salió de la base, Idina se dio cuenta de que este era el mismo camino que había tomado cuando se había ausentado sin permiso.

«Nada como caminar por el carril de los recuerdos un poco, ¿verdad?».

El pensamiento la hizo sonreír. No había hecho más que eso durante la última semana, y ahora se dirigía al mismo lugar donde había buscado alivio momentáneo casi cuatro meses atrás. En aquel entonces, una visión involuntaria de Gavina, herir accidentalmente al especialista Gowon mientras intentaba despejar una alimentación de ametralladora atascada, más un par de oleadas incontrolables de niebla verde justo después, habían parecido lo peor que podía suceder en su carrera en el ejército.

Ahora, estaba claro que eso solo había sido el comienzo del camino de Idina hacia donde estaba ahora: en una nueva unidad secreta, entrenando no con armas, mochilas ni ejercicios en el campo, sino con magia y su mente, pasando todos los días con su tío. El hombre que pensaba que había desaparecido de su vida para siempre.

Antes de lo que esperaba, llegó a la entrada de la reserva natural al otro lado de la autopista. La cálida brisa de verano soplaba entre los árboles, haciendo susurrar las hojas y llenando el aire con el aroma de la vegetación exuberante. Idina sonrió ante la serena calma que emanaba del bosque que rodeaba el sendero.

«Este es un lugar tan bueno como cualquier otro para un poco de descanso y relajación, ¿verdad?».

Esta vez, mientras caminaba por el sendero, tuvo la presencia de ánimo suficiente para observar los alrededores. Pájaros revoloteaban de un árbol a otro, llamándose entre ellos en la mañana temprana, que aún no se había calentado lo suficiente como para volverse húmeda. También había insectos, pero incluso espantarlos ocasionalmente de sus brazos y cara le brindaba una sensación de normalidad.

Idina pensó en todos sus veranos en New Hampshire, paseando por los jardines y huertos de la finca de su familia. Había espantado mosquitos y moscas de la misma manera, pero en aquellos tiempos sabía mucho menos sobre quién era y lo que significaba ser parte de su linaje.

Antes de lo que esperaba, llegó al mismo arroyo pequeño donde había pasado quién sabe cuánto tiempo durante las cinco horas que estuvo ausente sin permiso a principios de ese año. El agua burbujeante estaba sorprendentemente fresca cuando se quitó los zapatos y los calcetines y metió los pies en ella. Los insectos eran peores aquí, pero apenas los notó.

Casi tan pronto como se sentó, su visión se iluminó con más destellos de luz verde, todos provenientes de los tablones de madera del puente debajo de ella y de un mensaje muy específico tallado en el puente.

Levántate, guerrera. No estás sola. R.M.

«Lo sabía».

Pasó los dedos por las profundas hendiduras talladas en la madera mucho antes de su tiempo en el ejército. La primera vez que lo vio, sintió que el mensaje había sido dejado específicamente para ella. Ahora estaba segura.

«R.M. tiene que significar Richard Moorfield. Nadie más escribiría algo así y lo dirigiría a una guerrera».

Al darse cuenta, se echó a reír y el sonido resonó en el agua frente a ella.

—Me estuvo dejando mensajes todo el tiempo. Todo este tiempo…

Pensar en lo lejos que había llegado su tío en su carrera, y todos los pasos no anticipados que sus superiores la habían guiado a tomar en el ejército, no la enojaba tanto como antes. Tres meses atrás, había estado sentada en este mismo puente, aterrorizada de que después de todo su arduo trabajo y entrenamiento, un pequeño error con su magia en el campo de demolición arruinaría todo lo que había trabajado tan duro por lograr.

Por supuesto, ese pequeño error podría haber sido mucho peor. El especialista Gowon podría haber muerto, pero no lo hizo. Sus comandantes podrían haber entrado en pánico y hecho un gran escándalo por la niebla verde que salía incontrolablemente de sus manos ese día, pero no lo hicieron.

Cada paso que había dado desde entonces la había llevado inevitablemente de regreso a encontrar a Richard.

«Ahora necesito averiguar cómo me llamo a mí misma en estos días. No estoy segura de que zapadora de combate sea la mejor descripción».

Mientras estaba sentada allí, balanceando los pies de un lado a otro en el agua fresca del arroyo, su mente se dirigió a los otros soldados que también habían visto desmantelada la Sección de Apoyo de Suministros y habían recibido nuevas asignaciones. Idina aún no había tenido noticias de ninguno de ellos desde que envió el último mensaje grupal justo antes de descubrir que la Sección ya no existía.

«Richard no sabe dónde están. No intentaría impedir que hablara con ellos, ¿verdad? Son las únicas otras personas que saben lo que puedo hacer…».

Sorprendida por lo rápido que había caído en la nostalgia de su antigua unidad, sacó su teléfono y volvió a comprobar que no había recibido respuesta de nadie. No la había recibido. No podía dejarlo estar sin intentarlo al menos una vez más, así que escribió otro mensaje para enviar al grupo.

Hola, chicos. ¿Seguís vivos? No puedo prometer nada, pero podría haber galletitas para quien responda. De lo contrario, tendré que ir a buscaros de uno en uno.

Resultaba extraño enviar un mensaje así, algo que sonaba más como si viniera de Cake que de otra persona.

«Pero podría llamar su atención».

A pesar de que ya no eran una unidad —con suerte, los demás se habían unido a unidades que utilizaran sus nuevas habilidades en lugar de arrojarlos al fondo del montón otra vez— Idina no podía evitar sentir que aún no había terminado con los antiguos soldados de la sección. Habían estado demasiado involucrados en los planes de su tío para llevarla donde estaba ahora. Habían visto su magia y no se habían asustado. Habían visto a Richard atacándolos en el sitio de navegación terrestre en Luisiana, aunque, obviamente, ninguno de ellos había sabido que era su comandante de batallón en ese momento, y ¿cómo podrían haberlo sabido?

Además, Cake había visto al Olc drenando a Idina de su magia y su fuerza vital literal antes de que Richard apareciera para salvar el día. Había visto al teniente coronel MacBlair salir del bosque después de una demostración inexplicable como esa y había recibido órdenes directas de no decir nada.

«Si nadie más tiene algo que ver con esto, Cake aún lo tiene, ¿verdad? Sabe lo que Richard puede hacer, aunque no tenga ni idea de quién es el hombre…».

Después de rumiar sobre todas las líneas cruzadas y los misterios superpuestos en cada faceta de su vida en los últimos meses, abrió otro nuevo mensaje, esta vez directamente al cabo Bunt.

«No espero que digas que me extrañas ni nada de eso. Solo estoy comprobando. Sé lo que vimos esa noche en Rucker. Sé que no podías hablar de eso. Estoy bastante segura de que eso ha cambiado ahora. Si quieres hablar».

No esperaba exactamente una respuesta del cabo, que era el menos probable de todos los soldados de su grupo de inadaptados para sentarse a hablar de cualquier cosa, y mucho menos de las rarezas que habían encontrado al final del ejercicio de su unidad en Luisiana. Aun así, Idina se sintió mejor después de enviar el mensaje.

«Si quiere responderme, lo hará. Incluso si es para decirme que preferiría morir antes que sentarse a tener una charla de corazón a corazón. Cualquier cosa sería mejor que el silencio».

Entonces su teléfono zumbó en su mano con una llamada entrante.

El corazón de Idina dio un salto hasta su garganta por un segundo. Después de pasar tanto tiempo pensando en su antigua unidad, esperaba que alguno de sus compañeros la estuviera llamando de vuelta.

No era ninguno de los antiguos miembros de la sección. No era Hines ni Richard; no le había dado a su tío su número, pero no dudaba de que él podría haberlo encontrado si quisiera.

El nombre en la pantalla de su teléfono era Reggie. De su número privado.

«¿A las nueve y media de la mañana de un sábado?».

Sin saber qué esperar del jefe de personal de su familia, del que no tenía noticias desde hacía meses, Idina se tragó el nudo en la garganta y contestó a la llamada.

Capítulo 24

¿Reggie?

—Bueno, si fuera otra persona, señorita Idina, estaría completamente decepcionado por mi falta de privacidad. Espero que no esperara que otra persona llamara desde este número.

Idina se rio y se recostó en el puente, apoyándose con una mano detrás de ella.

—Desde luego que no. Sinceramente, no esperaba que llamaras desde este número. Me alegro de saber de ti.

Al otro lado de la línea se hizo un silencio inquietante antes de que el hombre se aclarara ligeramente la garganta.

—Espero no haber interrumpido nada importante.

—Sabes, normalmente tengo los fines de semana libres.

—Ah, sí. Un lujo que no he tenido el placer de experimentar en bastante tiempo.

Cuando Reggie suspiró por el teléfono, Idina percibió al instante la tensión en su voz. Le dio unos segundos para que continuara por su cuenta y le contara por qué había llamado después de tantos meses sin saber nada de él. No parecía estar particularmente preparado para abrirse, ni siquiera en esta llamada.

Frunciendo el ceño, Idina se sentó completamente derecha y sacó los pies del arroyo.

—¿Todo bien, Reg?

—Mmm. —Él hizo un chasquido con los labios, volvió a hacer una pausa y tuvo varios intentos entrecortados de comenzar con sílabas sueltas e incomprensibles antes de finalmente escupir lo que tenía que decir—. Me doy cuenta de que esto debe parecer bastante extraño, señorita Idina.

Sobre todo después de todo el tiempo que ha pasado desde la última vez que nos comunicamos.

—Bueno, sé que las cosas pueden ponerse especialmente ocupadas en la mansión. Aun así, no creo que pudiera decir que no a ponerme al día contigo. A menos que estés llamando para decirme que me has estado evitando durante los últimos cuatro meses… —Lo había dicho en broma, pero el silencio al otro lado de la línea la hizo replantearse de inmediato el humor de la situación—. ¿Reggie?

—Me temo que su ingenio sarcástico ha dado en el clavo esta vez, señorita Idina.

—Me has estado evitando.

—En cierto modo y para mi gran pesar. —El hombre sonaba tan triste y cansado que ella ni siquiera podía fingir estar molesta con él—. Si me da la oportunidad de explicarle por qué, no querría nada más que dejar las cosas en claro con usted. Sin embargo, no es mi intención original hacer esta llamada telefónica.

—Está bien. —Frunciendo el ceño, observó las últimas gotas de agua deslizarse por sus pies descalzos y gotear sobre los listones de madera del puente—. ¿Qué está pasando?

—Es sobre su abuelo, señorita Idina. Usted sabe tan bien como yo que el señor Moorfield se pondría fuera de sí si supiera de nuestra correspondencia continua desde que eligió su camino. Contactarla ahora con noticias de una naturaleza tan delicada es… Bueno, estoy perfectamente dispuesto a arriesgar lo poco que tengo por hacer esta llamada. Los deseos de su abuelo de mantener sus asuntos personales para sí mismo son una cosa. Independientemente de si usted desea o no tener noticias de su familia o de la mansión, señorita Idina, creo firmemente que merece saber lo que ha sucedido aquí.

Cuando no continuó de inmediato, Idina no pudo evitar una risita.

—Me estás matando con el suspenso, Reggie.

—Mis disculpas. Estoy algo… desconcertado estos días. Todos lo estamos.

—Justo. No te preocupes por endulzar las cosas para mí, ¿de acuerdo? Sea lo que sea, puedo manejarlo.

—No tengo ninguna duda. —Él respiró hondo, y se escuchó el sonido de hielo tintineando en un vaso al otro lado de la línea. Un suave sorbo y una pesada deglución lo siguieron.

«Dios, si Reggie ha empezado con sus cócteles antes del mediodía en fin de semana, sea lo que sea, debe ser grave».

No tenía forma de probar que el jefe de personal se hubiera inclinado por el alcohol en lugar de un vaso de agua con hielo, pero el sonido del hielo en el licor se le había vuelto muy familiar en la última semana.

—Entonces, supongo que iré directo al grano. —La voz de Reggie temblaba—. Hace tres semanas, el señor Moorfield fue víctima de un derrame cerebral. Según los médicos, fue leve, al menos según su escala para cuantificarlos. De todos modos, realizaron una serie de pruebas para descartar cualquier otra causa subyacente potencial, y de hecho encontraron algo.

Idina suspiró y miró la luz del sol reluciendo en el agua mientras corría bajo el puente y se alejaba de ella.

—Vas a decirme qué es, ¿verdad?

—Un tumor, señorita Idina. En su cerebro.

Por un momento, el mundo a su alrededor pareció girar fuera de control. Una sensación punzante de frío glacial recorrió su columna vertebral, reemplazando la humedad del aire de principios de verano, y su pulso resonó en sus oídos a volúmenes sorprendentemente altos.

—¿Sigue ahí? —preguntó Reggie.

—Sí, Reg. Sigo aquí. Hum… ¿Dijeron algo más?

—No hasta donde yo sé. Mi participación en el diagnóstico y tratamiento de su abuelo ha disminuido considerablemente desde que encontraron el tumor. Como seguro imaginará, nadie aquí en la mansión está particularmente interesado en discutir un tema así.

—No. Preferirían enterrarlo en el huerto y fingir que nunca sucedió. —Se mordió el labio y sacudió la cabeza—. Lo siento. Eso fue…

—Una respuesta perfectamente natural al recibir este tipo de noticias. Créame cuando le digo que la suya es una reacción mucho más moderada que la de otros en la mansión. No hay necesidad de disculparse.

—De acuerdo.

Un millón de pensamientos se precipitaron a través de la mente de Idina a la vez.

«¿Qué tipo de tumor? ¿Se está muriendo? ¿Significa que es cáncer o solo una masa? ¿Cuánto tiempo le queda? Si muere, ¿me invitarán al funeral? ¿Debo llamar a casa? ¿Querría hablar conmigo sabiendo lo que sabe ahora?».

Los segundos parecieron alargarse eternamente hasta que finalmente logró reunir la cabeza para terminar la conversación. Después de todo, había dejado a Reggie esperando en silencio al otro lado de la línea.

—Gracias por hacérmelo saber, Reggie. Yo… gracias.

—Incluso si no sintiera que es mi deber informarle, señorita Idina, lo habría hecho de todos modos. No quiero entrometerme en sus asuntos, pero… ¿Sería posible que pudiera programar una visita de regreso a la mansión? ¿Ver a su abuelo? Tal vez incluso para arreglar las cosas con él antes de que sea demasiado tarde.

—Vaya. Es muy grave, ¿eh?

—De nuevo, ya no estoy al tanto de los detalles específicos de la situación, pero no creo que haga daño tenerte aquí de vuelta durante un tiempo. Incluso un día o dos.

Respiró hondo otra vez y volvió a soltar el aire lentamente.

—¿Ha dicho algo sobre querer verme?

Chasqueó la lengua.

—Ya sabe lo testarudo que es.

—Reggie, no voy a volver a la mansión si nadie puede decidir si quieren o no que esté allí. Especialmente Harold. Si quiere verme, por supuesto, pero después de cómo dejamos las cosas…

—Lo entiendo, señorita Idina. Las circunstancias de su partida fueron particularmente desfavorables.

—No quiso bajar de su despacho para despedirse. —A pesar de sus intentos por mantener la calma y la sensatez, la voz de Idina subió de volumen y tono ante el mero recuerdo del día en que había subido al coche para el entrenamiento básico y había dejado atrás su vida en Moorfield Manor. Posiblemente para siempre.

—El señor Moorfield es un hombre ocupado…

—No estaba demasiado ocupado para quedarse de espaldas a la ventana mientras me iba —lo interrumpió—. Eso fue exactamente lo que quiso que viera.

Hubo otra larga pausa antes de que Reggie susurrara:

—Idina…

—Escucha, aprecio la llamada, Reggie. De verdad. Lamento que todavía tengas que hacer una llamada así en privado sin que nadie más lo sepa. No creo que mi abuelo sea más receptivo a que yo regrese a casa sin avisar que a descubrir que me llamaste en primer lugar. Si dice algo sobre querer verme, eso es otra historia. Pero hasta entonces, simplemente… No puedo, Reg.

—Lo entiendo. —El hombre hizo una pausa para tomar otro sorbo de lo que estuviera bebiendo con hielo—. ¿Preferiría que la mantuviera informada? Suponiendo, por supuesto, que me entere de algún cambio en su condición.

Idina no podía creer que tuviera que pensárselo antes de darle una respuesta.

«¿Quiero que me mantengas informado? Harold sénior no ha sido precisamente el abuelo honrado que toda niña desea. ¿Por qué me molesta esto?».

—¿Señorita Idina?

—Sí, Reggie. Mantenme informada. Gracias.

—Muy bien. La dejaré volver a su día, señorita Idina. A pesar de las noticias algo morbosas, debo decir que es maravilloso escuchar su voz. Suena bien.

Una risa amarga escapó de ella.

—En su mayor parte, sí. No creerías lo que…

Apretó los labios y se maldijo por casi revelar todo: su entrenamiento, sus misiones más recientes, sin mencionar a Richard Moorfield, que estaba aquí mismo en Fort Bragg cuando el resto del mundo no había visto ni oído nada de él durante los últimos nueve años.

«Si Richard no estuviera en el ejército, se lo contaría todo a Reggie ahora mismo. Pero me dijo que mantuviera la boca cerrada, y esa fue una de las únicas órdenes directas que me ha dado».

—¿Va todo bien? —preguntó el mayordomo.

—Sí, lo siento. Todo va bien por aquí. —Asintió, tratando de convencerse de que lo que decía estaba más cerca de la verdad de lo que se sentía—. Sin embargo, antes de que te vayas, dijiste que querías explicar por qué no me has llamado antes.

—Lo hice.

—A menos que tengas que colgar el teléfono y volver al trabajo, Reggie, me encantaría escuchar lo que pasó. Si tienes tiempo.

El hombre se aclaró la garganta y se tomó otro largo momento para componer su respuesta.

—Hace unos meses, recibí una llamada de cierto individuo que creo que está destinado allí en Fort Bragg. Fue bastante breve y directo al grano, pero el mensaje esencial fue que no debía tener más comunicación con usted hasta nuevo aviso. Fue una solicitud extraña, por supuesto, pero el hombre con el que hablé dejó claro que habría consecuencias por negarse a cumplir esta solicitud en particular.

—Quieres decir que te amenazó.

—Sin lugar a dudas, señorita Idina. No tengo ningún deseo de entrometerme en su vida ni en las funciones de ninguna organización militar. Simplemente, estuve de acuerdo. Lamento haberla dejado sin explicación en el asunto.

Idina apretó su puño alrededor de su teléfono, y el estuche de plástico emitió un pequeño chasquido de protesta. En cambio, presionó los nudillos de su otro puño sobre las tablas del puente para darse algo concreto en lo que concentrarse.

—No tenía ni idea, Reggie.

—No, creo que esa era la cuestión.

—¿Dio el individuo su nombre?

—Sí. Un sargento mayor Harvey. No había mucha más información de identificación después de eso, pero ese es el nombre que proporcionó. También debería decirle que antes de llamarla hoy, señorita Idina, aún no me habían… notificado de lo contrario.

—¿Qué? —Miró el agua brillante que salía de debajo del puente debajo de ella—. Reggie, si alguien se entera de esto…

—Lo sé. Consecuencias directamente del ejército, cualesquiera que sean. No tengo intención de causarle ninguna dificultad, por supuesto. Entre la condición de su abuelo y una serie de otros factores que se están deteriorando, consideré que era mejor seguir mi juicio lo mejor que pude.

Confiar en mi instinto, como se podría decir. No me arrepiento de la decisión.

—No, no deberías. Es… —Idina cerró los ojos con fuerza, luchando contra la ira mezclada con una tristeza sorprendentemente aguda que le carcomía las entrañas—. No me importa quién fuera. No deberían haberte amenazado con nada. No deberían haberte llamado. Es ridículo.

—Bueno, ya está hecho, señorita Idina. Por favor, no sienta la necesidad de limpiar mi nombre después de algo así. Preferiría que mantuviéramos esta llamada en particular entre nosotros dos, si es posible.

—Sí. No se lo diré a nadie.

—Gracias. Tal vez sea mejor que mantengamos nuestra correspondencia en sus niveles escasos anteriores por el momento. A menos que surja alguna otra información crucial que considere más prudente no compartir con usted.

—Perfecto, Reggie. Y… ya sabes, si alguien más te llama y empieza a amenazarte en nombre del ejército, siéntete libre de decirle que se vaya a la mierda.

El hombre finalmente se rio, aunque sonó cansado y nada como su habitual diversión, por más moderada que fuera cuando se sentía bien.

—Tal vez debería dejárselo a usted, señorita Idina. Cuídese.

—Igualmente. —No pudo terminar la conversación, pero Reggie se le adelantó.

La línea se cortó e Idina se quedó mirando la pantalla de inicio de su teléfono durante un tiempo que pareció muy largo.

«Harold sénior tiene un tumor. Quizás cáncer. Probablemente cáncer. No me sorprende que no haya dicho nada sobre querer ver a su nieta menor. Tampoco diría nada sobre querer ver a Richard, incluso si supiera dónde está su hijo menor ahora mismo».

Un dolor sordo le palpitaba en la mano izquierda, y la levantó de la madera deformada y astillada del puente. Estaba manchada de sangre, al igual que sus nudillos.

«Genial. No es la forma en que quería pasar mi sábado, pero ahora tendré que ocuparme de ello».

Se inclinó hacia delante para lavarse los nudillos en el arroyo, luego pensó en quién podría haber hecho esa llamada a Reggie Archibald en Moorfield Manor entre tres y cuatro meses atrás.

Podría haber sido Richard. Sin embargo, Reggie tenía una memoria de elefante. Habría reconocido la voz del hijo menor de Harold sénior, y Richard nunca dejaría que eso ocurriera a menos que de algún modo le beneficiara. Como le había beneficiado invitar al mayor Hines y a su chófer, la soldado de primera Moorfield, a la ceremonia de entrega de premios en Colorado. Sabía que ella le reconocería entonces, y aquella noche habían iniciado juntos un camino nuevo.

«Podría haber pedido a alguien que hiciera la llamada por él. ¿Quizás su asistente? Dios, ¿cómo podría hacerle eso a Reggie? ¿Por qué no querría que Reggie hablara conmigo?».

Eso era algo que tendría que abordar con su tío el lunes, cuando se reunieran de nuevo en lo que había comenzado a llamar la Sala de Control Mental en su búnker. Idina no tenía problema en abordar ese tema con él. No a estas alturas, ahora que él había estado en su mente incontables veces. De todos modos, no podría ocultarle la llamada telefónica con Reggie una vez que comenzaran su entrenamiento de nuevo el lunes por la mañana.

Tampoco podría ocultar la noticia de que Harold Moorfield I, el padre de Richard, no lo estaba pasando muy bien en la mansión.

«Es una forma terrible de decirle que su padre podría tener cáncer. No quiere hablar de la familia, así que es prácticamente la única opción que tengo. Va a apestar».

Capítulo 25

Cuando regresó a su habitación, Idina decidió prepararse un almuerzo en el microondas —lo cual era todavía mucho mejor que cualquier tipo de ración de combate que había probado hasta la fecha— y se distrajo buscando toda la información que pudiera sobre el sargento mayor Harvey. Por suerte, su nivel de autorización de seguridad era suficiente para encontrar el nombre en la base de datos de personal del Ejército. No le tomó mucho tiempo darse cuenta de que tenía razón sobre de dónde venía la orden de amenazar a Reggie para que no se pusiera en contacto con ella.

El sargento mayor Harvey era actualmente el ayudante del comandante de batallón del 307, el teniente coronel MacBlair.

—Vaya sorpresa.

Después de eso, no podía, por nada del mundo, entender por qué su tío no querría que Reggie hablara con ella, especialmente meses antes de que Idina se acercara a descubrir que Richard había cambiado su nombre y había estado en Bragg todo el tiempo.

«No tiene sentido. A menos que Reggie haya sabido todo este tiempo adónde fue Richard cuando desapareció, lo cual es prácticamente imposible».

Pero cuanto más lo pensaba, menos imposible le parecía.

Reggie había intentado contarle sobre el lado mágico de la historia de su familia y el legado que llevaba la línea de sangre de Muirden. Había sido demasiado críptico para que a Idina realmente le importara lo que intentaba decir, pero también había tratado de disuadirla de unirse al Ejército en primer lugar. Había dicho que no quería ver a la familia más desgarrada de lo que ya estaba. Implícito en eso estaba la idea de que Idina nunca podría regresar de una decisión tan aparentemente drástica.

«¿Porque sabía que tropezaría con Richard aquí? ¿O que Richard me encontraría de todos modos?».

Una y otra vez, trató de resolver el misterio por sí misma, lo cual era mucho más difícil de lo que debería haber sido cuando no tenía idea de lo que su tío había logrado en el ejército, de cuándo había cambiado su nombre, o de por qué había sentido la necesidad de cambiarlo en primer lugar. No era como si conservar el apellido Moorfield lo hiciera destacar tanto en el servicio. Al igual que Idina, Richard había puesto al ejército entre él y el resto de su familia como una barrera que no podía ser apartada por el dinero, el poder o el prestigio. Si alguno de los dos hubiera elegido cualquier otro camino profesional con cualquier otra organización no militar, Idina no tenía ninguna duda de que Harold sénior habría intentado interferir en sus vidas; tal vez incluso para atraerlos de vuelta «al redil». Luego, nunca habría dejado de recordarles cuánto habían fallado y cuánto necesitaban el apellido Moorfield para mantenerse a flote.

«Sin embargo, Richard no es tan mezquino. No habría cambiado su nombre para fastidiar a Harold sénior y cortar lazos con toda la familia. Honestamente, eso suena más como algo que yo haría, y nunca se me cruzó por la mente».

Sabiendo lo que ahora sabía, estaba de vuelta en su búsqueda de respuestas y se daba cuenta de que tendría que luchar duro para obtenerlas. Richard sería el más difícil de romper si quería una explicación sobre su cambio de nombre y la llamada de advertencia a Reggie. El mayor Hines, por otro lado, tenía un terrible juego de póker. Si sabía algo, Idina estaba mucho más preparada para presionar por información de él. Al fin y al cabo, el comandante del batallón era su tío, incluso si Hines no tenía ni idea.

O tal vez sí, y Richard le había mentido al respecto durante su primer encuentro en la suite del Hotel Broadmoor.

De cualquier manera, aún tenía que esperar hasta el lunes antes de hablar con cualquiera de ellos. Idina sabía dónde vivían sus dos oficiales superiores, pero desafortunadamente, eso no le daba derecho a aparecerse en la puerta de ninguno de ellos durante el fin de semana.

* * *

El lunes por la mañana, Idina estaba decidida a discutir el nuevo nivel de secretismo con sus superiores. Tuvo que esperar el momento adecuado, y esperar fue todo lo que hizo durante las primeras horas de la mañana después de poner su alarma a las seis en punto y despertarse casi una hora antes por sí misma. Salió a hacer su sesión de entrenamiento físico matutino aún más temprano, tratando de sacar de su cabeza los restos de una pesadilla que no recordaba.

No fue hasta la mitad de su carrera de dos millas que comenzó a recordar partes de esa pesadilla. Tampoco había sido «una pesadilla».

Las piezas regresaron a su mente minuto a minuto. La noche anterior había soñado con Richard, sentado en un sillón que nunca había visto antes, bebiendo su acostumbrado vaso de bourbon o brandy. Luego, algo había salido mal.

Algo que Idina sentía en su interior que debería haber sido capaz de recordar, pero que no podía traer a la mente. Cuanto más pasaba sin poder recordar lo que sentía que era la parte más importante de ese sueño, más crecía esta extraña nueva sensación de fatalidad inminente.

«¿Por qué no puedo recordarlo? Si fuera tan fundamental, debería ser capaz de recordarlo. Recuerdo todos los otros sueños raros sobre gente y lugares que nunca había visto».

No había nada más que pudiera hacer para refrescar su memoria mientras terminaba su carrera. Incluso una intensa sesión de calistenia no sirvió para evocar la información necesaria sobre ese sueño. Así que Idina tuvo que lidiar con eso y prepararse para el resto de su día.

Se duchó, prácticamente inhaló una barra de proteínas y luego se aseguró de tener una reserva suficiente de proteínas y electrolitos para lo que seguramente sería otro día agotador de entrenamiento de control mental con el coronel.

A las seis u ocho horas, se subió al todoterreno en el aparcamiento lateral del cuartel y se dirigió a casa del comandante Hines para recogerlo.

Su incapacidad para recordar su sueño de la noche anterior la atormentó durante todo el trayecto, y siguió molestándola durante los nueve minutos que pasó estacionada en la acera frente a la casa de Hines, esperando a que él saliera por la puerta para comenzar su jornada laboral.

«¿Por qué estaría soñando con Richard en primer lugar? Eso se detuvo hace años. No es como si siguiera siendo un misterio después de que lo encontré. O al menos no tan misterioso como solía ser».

El suave golpe de la puerta principal del mayor cerrándose la sobresaltó, y de inmediato saltó del auto para abrir la puerta trasera del lado del pasajero para él.

Hines le dedicó una rápida sonrisa mientras se acercaba al todoterreno, con el bigote crispado. El bigote se le crispó, pero desapareció al instante cuando se percató de su estado de ánimo general.

—Buenos días, señor. —Asintió y esperó junto a la puerta abierta para poder cerrarla una vez que él entrara.

Él no se subió al vehículo de inmediato como normalmente hacía por las mañanas. En cambio, Hines inclinó la cabeza y frunció el ceño mientras estudiaba su rostro.

—No ha sido una buena mañana para ti, por lo que parece.

—Estoy bien, señor.

—Parece que hubieras visto un fantasma. No me digas que eso es parte de todo la… —Agitó los dedos en el aire, lo cual fue suficiente para que Idina supiera que estaba hablando de su magia.

—No que yo sepa, señor.

—Ajá. Entonces, ¿qué pasó, Moorfield?

—No pasó nada, señor. Es que es lunes.

—Tonterías. —Colocó una mano en el marco del vehículo junto a la puerta abierta y entrecerró los ojos hacia ella—. Tu estado de ánimo mejoró bastante en cuanto empezaste a trabajar con el coronel. No, no quiero saber ni una maldita cosa sobre lo que ustedes dos han estado haciendo. Si se suponía que debía saberlo, ya lo sabría. Pero a ti te da igual qué día de la semana es. Ya no.

Idina finalmente logró sostener su mirada y se encogió de hombros.

—Supongo que hoy sí me importa.

—Claro. —Hines finalmente se agachó para entrar en el todoterreno, se detuvo para mirarla con escepticismo y luego se deslizó en el asiento y asintió—. Vámonos, entonces.

Cerró su puerta y se apresuró a la del conductor para comenzar su trayecto de veinte minutos a través de la base hasta el cuartel general.

No hablaron mientras salían de su vecindario. Una vez más, sintió la mirada del mayor en ella a través del espejo retrovisor y casi levantó la mano para ajustarlo fuera de su vista. No lo hizo.

«No puedo decirle que tuve una mala pesadilla. Eso no es excusa para estar de mal humor».

Aun así, no podía sacarse ese mal humor de encima, por más que lo intentara.

Algo le decía en el fondo de su mente que debía recordar su sueño porque se estaba acabando el tiempo. Tal vez incluso más rápido de lo que se daba cuenta, pero no tenía idea de lo que sucedería cuando ese tiempo inevitablemente terminara.

Parecía que se pasaban todos los semáforos en rojo en su camino a través del puesto, y al cuarto, el comandante Hines gimió en el asiento trasero y golpeó con el puño el cojín del asiento de al lado.

—Cada maldito semáforo.

—Lo siento, señor.

—¿Por qué? ¿Arreglaste los semáforos esta mañana, Moorfield?

—No que yo recuerde, señor.

Él se rio entre dientes y negó con la cabeza.

—Este es más largo que todos los demás. ¿Qué diablos está pasando?

Idina empezaba a pensar lo mismo cuando la pequeña y persistente presión en la parte posterior de su mente se hizo más fuerte. Las luces verdes parpadearon en las esquinas de su visión, solo unas pocas al principio, pero rápidamente aumentaron en intensidad.

«No, no, no. No ahora. No puedo tener otra visión ahora mismo en un semáforo…».

Pensarlo no lo convertía en verdad.

Al segundo siguiente, el resplandor de las luces verdes que entraban en su visión lo anegó todo. Idina ya no estaba sentada al volante del todoterreno negro frente a un semáforo en rojo con muy poco tráfico. El coche había desaparecido. El comandante Hines había desaparecido.

Ahora estaba de pie en una especie de estudio, mirando alrededor de la enorme colección de libros apilados en estantes que iban del suelo al techo en todas las paredes excepto en la de su derecha, que estaba cubierta de ventanas del suelo al techo con cortinas transparentes. Todo era de madera oscura, hierro forjado y algunas piezas de latón. Una chimenea vacía se encontraba en la esquina, y directamente frente a ella había dos sillones detrás de una mesa de centro. Uno estaba vacío.

El otro no.

Richard Moorfield estaba sentado en el segundo sillón, vestido con su uniforme completo y hojeando algo en una carpeta de anillas que tenía en el regazo. No se dio cuenta de que Idina estaba allí en la habitación con él porque no estaba. No realmente.

Ojalá lo estuviera cuando otro brillante destello de luz verde iluminó la chimenea vacía y cobró vida en la suave iluminación del techo del estudio. Richard levantó la vista de su lectura matutina, frunció el ceño ante las luces parpadeantes, luego de inmediato dejó caer la carpeta al suelo e intentó ponerse de pie.

Antes de que pudiera, soltó un graznido ahogado y se desplomó en el sillón. Sus ojos se pusieron en blanco y los sonidos de ahogo continuaron mientras el hombre sufría convulsiones allí mismo en el sillón. Idina pensó que el chasquido de sus botas golpeando el suelo altamente pulido era el peor sonido que había escuchado en su vida.

Hasta que la risa oscura y mortal del Olc llenó toda la habitación.

Entonces, la visión se vio abrumada por nada más que un resplandor verde y una voz que no pertenecía al Olc.

—*¡Date prisa, guerrera! El tiempo se acaba. ¡Ve con él!*

Era la voz de Gavina Muirden.

Luego, un grito desgarrador ahogó todo lo demás. Por un momento, Idina se preguntó si era ella quien estaba gritando. A medida que la luz verde brillante desaparecía de su visión, el sonido era menos como el que saldría de una boca humana y más como el que haría un coche.

Jadeó y volvió completamente en sí con un sobresalto.

—¡Moorfield! —gritó Hines desde el asiento trasero.

El claxon del coche provenía del vehículo detrás de ellos, y quién sabía cuánto tiempo había estado esperando el conductor a que avanzara con la luz verde antes de hacer sonar el claxon de esa manera. Quienquiera que fuera, no sentía ganas de esperar a que Idina y su todoterreno volvieran a la realidad.

El coche detrás de ellos se desvió al carril izquierdo y pisó el acelerador, adelantándolos al instante antes de intentar volver a cruzarse frente a ella a mitad de la intersección.

—Lo siento, señor. —Idina luchó por recuperar el aliento, tratando de juntar las piezas de lo que había visto.

«Ese fue mi sueño. Anoche. ¿Cómo diablos pude olvidar algo así?».

—Muy bien, ya estoy harto de evitar el maldito tema —gruñó Hines—. Todavía estamos sentados en un semáforo en verde, ¡guau!

Golpeó con la mano el techo del todoterreno para agarrar la manija del asiento trasero, porque Idina había pisado a fondo el acelerador para atravesar el cruce lo más rápido posible.

—¿Qué diablos estás…?

—Cambio de planes, señor. —Idina escaneó la calle más adelante. Por suerte, solo tuvo que esperar a que pasara un coche en dirección contraria antes de girar el volante y tomar el giro en U más brusco y salvaje desde que había practicado por primera vez conducir en uno de los coches «desechables» de la familia Moorfield.

—¡Maldita sea! —gruñó Hines en el asiento trasero y se agarró al asa sobre su ventana—. ¡Soldado Moorfield, esto no es parte de nuestra ruta diaria!

—Lo sé. Pero si no llegamos a tiempo…

—¿A dónde? ¿Has perdido la cabeza?

—No lo creo, señor. Soltó un gruñido bajo y se presionó contra el asiento.

—Maldita sea, sabía que era una mala idea ponerlos juntos. ¿MacBlair te pidió que hicieras esto?

—No, señor. Sin embargo, necesita nuestra ayuda.

—Has perdido la cabeza. Te juro por todos los dioses, Moorfield, si no detienes esta mierda ahora mismo y das la vuelta, te sancionaré por insubordinación y algo más.

—Mayor Hines, me disculpo por las molestias. Lo dejaría salir ahora mismo si pensara que tenemos suficiente tiempo.

—¡Detén el coche!

Idina siguió conduciendo, presionando un poco más el pedal del acelerador a pesar de que ya iba quince por encima del límite de velocidad.

«Una visión de Gavina sobre Richard teniendo algún tipo de ataque. Parecía mucho a una convulsión, pero no tenemos convulsiones».

—¡Moorfield!

—Lo siento, señor. No puedo explicarlo. Solo… necesito que confíe en mí.

—¡No cuando conduces como una maldita maniaca!

—Es el coronel. Hay algo mal.

Hines golpeó con la mano el hombro del asiento del conductor y se inclinó hacia delante para mirarla.

—¿Y cómo sabes eso, exactamente?

Ella no apartó la vista de la carretera.

—Instinto. Sí, esto es parte de todo el…

Agitó los dedos en el aire como él lo había hecho, refiriéndose al tipo de magia que el mayor sabía que ella compartía con Richard, si no otra cosa.

Los ojos de Hines se abrieron de par en par, y se lanzó de nuevo contra su asiento con otro gruñido.

—Más vale que tengas razón en esto.

—La tengo.

«Espero llegar a tiempo. Porque nada de esto se suponía que debía suceder».

Capítulo 26

El mayor Hines no dijo una palabra cuando se detuvieron en un vecindario residencial mucho más agradable y obviamente más caro dentro de la base, donde vivía el teniente coronel MacBlair. Idina se consideró afortunada por eso, ya que no tenía ninguna otra respuesta para cualquier pregunta que él pudiera haber tenido.

Ni siquiera le dijo que redujera la velocidad cuando ella corrió por la calle residencial a casi ochenta kilómetros por hora. El único sonido que emitió fue un gruñido bajo y un silbido procedente del asiento trasero en cuanto Idina frenó en seco delante de la casa de Richard. Los neumáticos chirriaron sobre el asfalto, el todoterreno se balanceó violentamente hacia delante y hacia atrás, y ella no se molestó en apagar el contacto antes de saltar del vehículo.

—¡Moorfield! —gritó tras ella—. ¿Qué dem…?

No le dio tiempo a terminar la pregunta porque ya estaba corriendo por el larguísimo camino que atravesaba el centro de la propiedad de Richard; al menos la que él llamaba hogar en Fort Bragg.

No había llegado ni a la mitad del camino hacia la puerta principal cuando sintió la oleada de una energía mucho más poderosa que irradiaba desde la casa misma. Era imposible saber si el Olc había entrado en la casa de su tío en este momento, pero sabía que lo haría.

«Puedo sentirlo. No tengo idea de si es porque dejó una parte de sí mismo dentro de mí o si me estoy volviendo mejor para detectarlo en la vida real ahora».

Corrió hacia la puerta principal y casi se dio de bruces contra ella antes de golpearla con las manos para detenerse. Luego golpeó la puerta con el lateral del puño.

—¡Coronel! Soy Moorfield. ¿Puede oírme?

No hubo respuesta desde el interior de la casa. Afortunadamente, tampoco escuchó el ruido de sus botas contra el suelo.

«Así que llegué a tiempo. O llegué demasiado tarde».

—Tal vez no está en casa —gruñó Hines mientras la seguía por el camino a paso rápido, respirando con dificultad—. Estoy en problemas si resulta que te equivocas. Lo sabes, ¿verdad?

—No me equivoco, señor. Es… —Otra ráfaga de energía eléctrica y punzante bajó de su cabeza y llenó todo su cuerpo. Apretó los dientes contra las oleadas de fuego que pulsaban por sus venas—. Está aquí.

—No sé de qué diablos estás hablando. Pero es… no, no. Vamos. ¡No puedes simplemente abrir la puerta y entrar en la casa del comandante del batallón!

—Está cerrada. —Idina soltó el pomo de la puerta y estudió el marco mientras daba un paso atrás.

Hines sacó su teléfono móvil y comenzó a buscar en su lista de contactos.

—Lo llamaré. Si está adentro, nosotros…

No tuvo que pensarlo antes de enviar dos rápidas ráfagas de luz verde al pomo de la puerta. Se oyó un chasquido agudo. Algo metálico cayó al suelo en el interior y rebotó un par de veces; luego se preparó y golpeó el pomo roto con la suela de su bota.

La boca de Hines se abrió.

—Joder. Voy a perder mi trabajo.

Idina apenas le oyó al entrar en la casa. La puerta principal golpeó contra la pared interior, pero ella tampoco prestó atención a eso.

—¿Coronel? ¿Está usted aquí?

—Vaya, qué sorpresa más divertida.

Giró a la derecha y encontró la misma habitación de su sueño y visión. La madera oscura. Los estantes llenos de libros. Las cortinas transparentes. Su tío sentado en el mismo sillón con el mismo archivador de anillas abierto en su regazo.

Él le sonreía.

—Tenemos que sacarlo de aquí —dijo ella mientras se acercaba a él.

—¿Ah, sí? ¿Entonces esto es una misión de rescate?

—Lo vi. En un sueño. Y otra visión, hace… no sé, unos cinco minutos. No sé qué…

La puerta principal se cerró con un suave clic, y los ojos de Richard se iluminaron mientras miraba justo más allá de su sobrina hacia el vestíbulo.

—Mayor Hines. Vaya manera de empezar un lunes por la mañana, ¿no cree?

—Si pudiera explicar algo de esto ahora mismo, lo intentaría —gruñó Hines.

—Bueno, entonces. soldado Moorfield. —Richard cerró el archivador en su regazo y miró a Idina con pura curiosidad y diversión—. Me encantaría saber tu razonamiento para derribar mi puerta principal… —Miró su reloj—. Dos horas antes de nuestra cita. En una ubicación completamente diferente, podría agregar.

—No me estás escuchando. —Ignoró el bufido desconcertado de Hines y examinó el estudio en busca de alguna señal de la presencia del Olc—. Puedo sentirlo aquí. Ya viene. Te lo digo, sé la diferencia entre lo que es real y lo que está en mi cabeza.

—Mmm. —Su tío se recostó con calma en el sillón y miró a su alrededor—. Entonces, ¿por qué no puedo verlo?

—No lo sé. Porque aún no…

Las luces del techo parpadearon y luego volvieron a encenderse con una luz verde intensamente brillante. Se escucharon dos estallidos agudos desde la chimenea vacía, que de inmediato se llenó de llamas verdes que rugían hasta lo alto de la chimenea.

Richard se volvió con inusitada calma hacia la chimenea y abrió los ojos.

—No estoy del todo seguro de que me guste lo que has hecho con el lugar —murmuró Hines.

—No fui yo.

—No. —Idina se dirigió directamente hacia su tío—. Es el Olc. Ya viene. Así que necesitamos sacarte de aquí ahora mismo.

—Un momento, soldado. No estoy del todo seguro…

No escuchó el resto de lo que Richard estaba tan ansioso por decir en el peor momento posible. Porque justo en ese momento, la chimenea explotó con el sonido de cristales rompiéndose y arrojó enormes columnas de fuego verde por todo el estudio. Las llamas lamieron todo: las cortinas, los libros y los sillones, incluido aquel en el que aún estaba sentado su tío.

Nadie hizo ruido.

Nadie gritó.

No había olor a humo.

Sin embargo, la violenta y estruendosa risa de los Olc estaba por todas partes.

—*Sabía que había algo especial en ti, guerrera* —bramó el Olc desde todas partes a la vez—. *Asumí que eras la única que quedaba. Estaba equivocado. Ahora has reunido a los dos últimos* Luchd-díon *en un solo lugar. Solo para mí.*

—No. —Idina giró para ver el fuego verde consumiendo los paneles de madera del estudio. El mayor Hines se había ido. Todos los demás se habían ido, y ahora todo lo que podía ver eran llamas verdes por todas partes.

En segundos, las llamas se coagularon en la forma humanoide del Olc. Justo frente a sus ojos, una figura que se parecía principalmente a un hombre, pero que no podía serlo, emergió de la chimenea. Cuando se enderezó y la miró, las mismas llamas verdes que había visto en persona solo una vez más antes delinearon sus ojos negros y humeantes.

«Esto no es real. Está tratando de entrar en mi cabeza. Para encontrarnos a los dos».

—Ya te he encontrado, guerrera. Puedo sentir tu corazón latiendo. No por mucho tiempo más.

Idina cerró los ojos y respiró hondo.

«Control mental, Moorfield. Eso es lo que es. Échalo a patadas y saca a Richard de la casa».

Se concentró en la sensación de las explosiones mágicas de su tío atravesando su cuerpo durante todas las veces que habían practicado exactamente lo mismo en la sala acolchada. Una ráfaga de dolor ardiente atravesó su cabeza, y la risa del Olc se hizo más fuerte.

Era casi más fuerte de lo que podía soportar, pero esta vez, estaba preparada para ello.

—¡He dicho que salgas!

Su grito resonó por el estudio. Cuando abrió los ojos, el fuego verde había desaparecido. La aterradora forma del Olc había desaparecido. Richard estaba de vuelta en el sillón.

«Lo hice. ¡Mierda, me lo he sacado de la cabeza!».

Le tomó medio segundo darse cuenta de que el clic rítmico frente a ella y los ahogos medio estrangulados provenían de su tío. Richard seguía allí, pero ya lo había alcanzado el ataque que no era un ataque.

—¡Dios mío! —Hines se lanzó hacia el coronel que se retorcía en el sillón con los ojos en blanco.

—Mayor Hines, probablemente debería…

—¡Necesita atención médica, Moorfield! Sea lo que sea que esté pasando aquí, eso lo sé.

—Señor, usted…

Otra ráfaga de llamas verdes, más intensa que la primera, rugió en la chimenea. La risa del Olc ahora venía de todas partes, resonando en el estudio.

Hines se detuvo a mitad de camino de la habitación y se quedó congelado, con los ojos muy abiertos y la cara instantáneamente pálida.

—Ahora —rugió el Olc mientras toda la casa temblaba—. *¡Ahora tomaré lo que he estado ansiando probar durante tanto tiempo!*

La chimenea crujió de nuevo, enviando gruesas olas de polvo y ceniza mientras las llamas solo crecían. No dispararon a través del estudio, pero algunas chispas verdes habían aterrizado en los pisos de madera. Si Idina no hacía algo pronto, la casa aún se incendiaría. Con los tres adentro.

«No puedo luchar contra esta cosa sola. Eso falló la primera vez».

—Moorfield… —murmuró Hines, su mirada aterrorizada parpadeando entre la chimenea y Richard.

Porque ahora el tío de Idina había empezado a moverse. Sus ojos seguían en blanco, pero algo más se había apoderado de él. Se levantó lentamente del sillón, con todo el cuerpo aún sacudiéndose y convulsionándose como si no fuera más que una marioneta en un juego de cuerdas.

«Ninguno de nosotros puede hacerlo solo».

—¡Richard! —Idina se lanzó hacia su tío cuando una lluvia de chispas verdes salió disparada de la chimenea. La habitación tembló a su alrededor. Los libros cayeron de los estantes con un ruido sordo. El Olc seguía riendo.

Las manos de Idina se cerraron alrededor de los dedos inertes de su tío.

En el mismo segundo en que lo hizo, Richard jadeó y abrió los ojos. Luego su mano se cerró con sorprendente fuerza alrededor de la de ella, y se giró hacia la chimenea sin perder el ritmo.

Cuando gritó algo por encima del rugido de las llamas, Idina no tenía idea de cuáles eran las palabras. Ella nunca las había escuchado antes. Pero sintió la intensa y agonizante ráfaga de más magia de la que pensó que podía soportar atravesando su cuerpo hacia las manos que sostenían las de su tío.

La misma lanza cegadora de luz blanco plateada que él había disparado al Olc en los bosques de Luisiana salió disparada de su mano opuesta directamente hacia la chimenea.

El rugido furioso del Olc fue ensordecedor cuando la luz plateada golpeó las llamas verdes en la chimenea y pareció succionar todo el aire de la habitación.

Idina no podía respirar.

Una grieta masiva partió los ladrillos alrededor del centro de la chimenea, astillando la repisa y haciendo que la mitad de esta cayera al suelo con estrépito. Otro temblor recorrió el suelo debajo de ellos, e Idina se habría caído de bruces si no se hubiera sostenido de su tío.

Richard gritó en medio del caos a su alrededor y la atrajo hacia él.

Luego todas las llamas se apagaron. Las luces verdes alrededor del estudio parpadearon de nuevo y volvieron a su suave brillo normal. El temblor cesó. La voz del Olc había desaparecido.

Solo después de los siguientes cinco segundos de jadear por aire, Idina se dio cuenta de que estaba parada allí, en medio del estudio semidestruido de Richard, con los brazos de su tío envueltos protectora alrededor de ella.

—¿Estás bien? —susurró él—. ¿Te atrapó?

—No. —Trató de negar con la cabeza, pero su mejilla estaba presionada contra su pecho. El frío metal de sus insignias y condecoraciones se le clavaba en la sien, y lentamente trató de liberarse de su abrazo.

Richard también notó lo incómodo de su posición e inmediatamente la soltó.

—Eso ha sido…

—Eso fue peligroso.

—Demasiado peligroso, Idina. Pero tú… —Soltó una risa sin aliento—. Sabías que esto pasaría.

—Como dije, tuve un sueño. Y me tomó demasiado tiempo recordarlo porque luego tuve otra visión. Y tuve que…

El mayor Hines carraspeó ruidosamente al otro lado del estudio, y ambos se volvieron para verlo levantándose del suelo. Los fulminó con la mirada y luego señaló con el dedo la chimenea.

Idina dio otro paso alejándose de su tío para aumentar la distancia entre ellos, pero lo incómodo de su abrazo no pasó desapercibido para el mayor.

Richard asintió al hombre.

—Mayor.

—He mantenido la boca cerrada —gruñó Hines, aún señalando la chimenea—. He seguido mis órdenes lo mejor que he podido. He movido las pocas influencias que tenía para… esto. Pero ahora, si alguien no me da unas putas respuestas claras en los próximos cinco minutos, no puedo decirles lo que haré. Sin embargo será muy malo.

Siguió fulminándolos con la mirada, mirando de un lado a otro entre los dos miembros del personal del ejército a los que había visto luchar contra un monstruo hecho de llamas verdes que tenía la intención de ir tras los tres directamente desde la chimenea.

Richard soltó un murmullo pensativo, se sacudió la parte delantera de la camisa del uniforme y luego caminó con calma hacia el bar junto a la pared de ventanas que daban al frente de su casa.

—Lo digo en serio, Richard —añadió Hines—. Ahora mismo, joder.

—Creo que en este punto, mayor, no tiene sentido seguir negando lo que está pasando aquí. —Richard no miró a ninguno de los dos mientras abría una botella de whisky escocés increíblemente caro y ponía tres vasos bocarriba. El tintineo de los hielos cayendo en cada vaso fue el único sonido en el estudio.

Idina no sabía si debía observar a su tío en busca de una orden silenciosa para hacer algo o a Hines, en caso de que el hombre se descontrolara por completo y perdiera la cordura allí mismo, en esa habitación.

Luego, las bebidas estuvieron listas, Richard recogió los vasos en sus manos y se volvió para enfrentar a sus inesperados invitados matutinos con una sonrisa.

—Estoy feliz de sentarme con ustedes y finalmente revelarles el resto de mi jugada. O lo que queda de ella en este momento. Tengo toda la intención de repartir otra tan pronto como tengamos algunos puntos importantes fuera del camino.

Con los puños apretados a los costados, Hines atravesó el estudio furioso, fulminando con la mirada los vasos en las manos del teniente coronel. Se detuvo a un pie de distancia del coronel, lo miró fijamente a los ojos y luego arrebató una de las bebidas y se tomó un gran trago de inmediato.

—Oye, oye. Esa no es manera de tratar esta cosecha. —Richard le lanzó al mayor una mirada sucia, pero Hines no le prestó atención.

En cambio, se dejó caer en el otro sillón y descansó distraídamente su vaso en el regazo, mirando fijamente a la nada.

Idina no había sumado dos más dos para darse cuenta de que la tercera copa era para ella hasta que su tío estuvo justo frente a ella.

—Usted, soldado Moorfield, lo ha hecho excepcionalmente bien esta mañana. —Su sonrisa se ensanchó mientras le ofrecía una de las bebidas y bajaba la cabeza—. Así que para usted, yo llamaría a esto una celebración bien merecida. Con lo que está a punto de escuchar, no estaría de más relajarse un poco antes.

Frunció el ceño hacia su tío, miró la copa extendida y negó despacio con la cabeza.

—Apenas han pasado las siete de la mañana.

—Toma la copa. Luego siéntate. —El tono de Richard no dejaba lugar a discusiones, así que ella hizo lo que él decía.

Cuando Idina se acomodó en el otro sillón junto al que Hines se había dejado caer, el mayor la miró de reojo y levantó su vaso en un brindis silencioso pero tembloroso antes de dar otro gran sorbo.

«Esto es una locura. Todo esto. Si alguno de ellos me ordena que sea su compañera de copas a las siete de la mañana, no sé cuánto más aguantaré hoy».

Se quedó mirando el licor marrón de su vaso, pero no se atrevió a hacer nada más.

Luego, Richard reapareció en la entrada del estudio desde el vestíbulo con una silla de comedor en la mano. Se detuvo frente a los sillones, dio un largo sorbo a su bebida y luego dejó la silla directamente frente a Idina y Hines y se sentó en ella.

Hines gruñó y sacudió la cabeza.

—Todavía hay demasiadas preguntas sin respuesta, Richard.

—Oh, lo sé. Yo también tengo algunas. Llegaremos a esas a su debido tiempo. —Richard estudió su bebida un momento más, luego miró a Idina y levantó su vaso hacia ella en un brindis propio—. Sonríe, soldado. Esto será divertido.

*

Además, si te suscribes ahora, tendrás una historia gratuita sobre El gambito kurtheriano. ¿Quieres saber cómo Michael se convirtió en vampiro? ¡Aquí la respuesta!

https://lmbpninternational.com/es/boletin/

*

Reseñas y valoraciones

¿Te ha gustado el libro? ¡Somos todo oídos! Escribe una reseña o déjanos alguna valoración en Amazon o en Goodreads.
Es muy sencillo: al final del libro, tu Kindle te pedirá que lo valores.
Como editorial independiente que reinvierte gran parte de sus ingresos en la traducción de nuevas series, en LMBPN International no podemos permitirnos grandes campañas publicitarias. Por eso, las reseñas constructivas y las valoraciones en Amazon son muy importantes para nosotros, ya que nos ayudan a aumentar la visibilidad de nuestros libros entre nuevos lectores que aún no nos conocen.
¡Gracias a tu apoyo, podemos seguir traduciendo nuevos libros!

La historia continúa

¿Tiene Idina lo que hay que tener para unirse a un grupo especial de soldados con poderes mágicos en el ejército? Descúbrelo en Gana la batalla.

Notas de la autora - Martha Carr

19 de abril de 2022

Este mes se cumplen cinco años desde que Michael Anderle y yo nos conocimos en una charla que dio en Austin (Texas) ante una sala llena de escritores. Había publicado las primeras historias de El gambito Kurtheriano y ya ganaba seis cifras, algo inaudito entre los escritores independientes de ficción.

A los quince minutos de la charla me di cuenta de que, sin darse cuenta, había dado en el clavo de algo que los demás habíamos pasado por alto. Los lectores de ballenas: lectores a los que les gusta leer un libro al día, o más. Ayudó que Michael es uno de ellos y que estaba escribiendo el tipo de historia que quería ver.

Al final de la charla, Michael anunció que se quedaría mientras alguien tuviera alguna pregunta.

Los escritores pasaron a mi lado murmurando que mentía y que nada de eso era posible. Miré hacia atrás y me di cuenta de que solo otros dos se habían parado a hacerle una pregunta. Yo también me acerqué y le pedí su número para seguir en contacto. Fui el único que lo hizo.

Más o menos al mismo tiempo tomé la decisión de decir sí a las oportunidades. No jugar a ese juego de que surja una oportunidad y luego buscar por qué no va a tener éxito.

Seguir adelante y ver adónde me lleva, en lugar de perfeccionar mis habilidades para predecir el futuro. Las grandes cosas no se construyen porque alguien haya dado con la fórmula mágica. Se construyen porque alguien siguió adelante a pesar de que la multitud le decía por qué no iba a funcionar.

No pasó mucho tiempo —semanas probablemente— antes de que Michael me preguntara si quería escribir en un nuevo género con él, fantasía urbana. Podríamos crear un universo juntos. (Vale, él sigue diciendo que quería decir serie y yo sigo diciendo que dijo universo).

El Universo Oriceran nació con Las Crónicas de Leira y, más de 200 libros después, seguimos viento en popa.

El tiempo pasó en un suspiro, pero en realidad pasaron muchas cosas. Algunas realmente buenas, otras difíciles de sobrellevar y muchas risas compartidas y largas horas entre medias.

En un momento así, es posible hacer balance y echar la vista atrás.

Mi pensamiento original es el que aún me guía y ha contribuido a cambiar mi vida.

Cuando sé que quiero hacer algo, sigo diciendo que sí. No solo un sí, sino una serie continua de síes. Habrá momentos difíciles, dinero gastado en tonterías, gente que va y viene. Pero la mayor parte será emocionante y se construirá algo asombroso. Como mi casa que construyó el trol, o el jardín que es mi santuario en la parte de atrás. O los fans que me escriben para contarme cómo les han afectado las historias y lo que significa poder escapar a un mundo maravilloso. Y durante los dos últimos años, para muchos de nosotros, una pequeña escapada en la que los héroes hacen lo correcto y la magia existe ha tenido un valor incalculable.

Sé que he podido presentarme mejor ante amigos y familiares porque podía tomarme un descanso y reírme un poco o maravillarme con una escena de batalla. Algunas personas tienen meditación, yo tengo bolas de fuego y varitas.

Aquí estamos, al comienzo de otros cinco años, o más. Mi principio rector sigue siendo el mismo. Atravesar las puertas que se abren y decir sí. Trabajar como miembro de un equipo. Enfrentarse a lo que ocurra y buscar la manera de arreglar lo que se pueda arreglar y seguir adelante. Celebre las victorias. Y sé agradecido por todo ello. Más aventuras (muchas más) a continuación.

Notas del autor - Michael Anderle

18 de abril de 2022
Las Vegas, Nevada
Gracias no solo por leer este libro, sino también estas notas del autor. Si nos apoyas leyendo nuestros libros a través de Kindle Unlimited o comprándolos, ¡tendremos el privilegio de escribir más historias!

Historias de papá…

Tenemos tres hijos. Hablo con ellos en diferentes ocasiones, y con uno de ellos no tanto. No me molesta no hablarle casi nunca, ya que me doy cuenta de que no es más que una versión de mi propia personalidad manifestada.

Significa que se lo hice a mis padres. No llamé mucho y sigo sin hacerlo. Sin embargo, he estado pensando en llamar a mis padres, y esta mañana hablé con mi padre.

Mi padre, David, tiene unos ochenta años y aún se mueve bastante bien para haber hecho tanto. Hace dos semanas le operaron del hombro y tendrá que llevar el brazo derecho en cabestrillo durante las próximas seis semanas. Ese es su brazo natural, con el que hace casi todo.

Lo que esto ha hecho es ralentizarlo considerablemente. La ralentización ha hecho que se aburra como una ostra, algo de lo que no me había dado cuenta.

LO QUE SIGNIFICA…

Esto significaba que cuando llamé esta mañana entre una tarea y otra, no me di cuenta de que se ha aburrido como una ostra. Estaba MUCHO más dispuesto a ~~hablar~~ admitir historias de cosas que hizo en la escuela allá por los años cincuenta.

Esto fue algo grande. ¡ENORME! ;) Mi padre NUNCA admite nada de lo que hizo cuando era joven.

Durante veinticinco minutos me contó historias de su juventud. Incluso mencionó que probablemente yo le había contado más historias que cualquiera de mis tres hermanos.

Ah. ¡Toma eso, Darryl, Paul y Nicole!

Eso me hizo sentir lo suficientemente especial como para aparcar delante del restaurante al que me dirigía a desayunar (la comida más importante del día) y limitarme a hablar. Bueno, técnicamente, escuché durante unos diez minutos más.

Fue agradable. No lo suficiente como para quedarme muchos minutos más, ya que mi estómago se quejaba de que le diera de comer, pero fue muy agradable. Nunca me arrepentiré de haberme tomado ese tiempo extra.

La mayoría de sus travesuras no habrían tenido tanta importancia hoy en día. Sin embargo, al parecer, los chicos consiguieron una llave de uno de los entrenadores, la duplicaron y la volvieron a poner en el llavero del entrenador sin que éste se enterara. Le dije que eso era impresionante.

Voy a usar eso en una historia.

Me pregunto qué historias has sacado TÚ finalmente de tus padres. ¿Descubriste algo que parece insulso para los estándares actuales o algo (como me pasó a mí) en lo que dijiste:

—¡Joder, qué impresionante!

Si no has sacado ninguno, podrías intentar conseguir uno o más.

Espero que tengas una buena semana o fin de semana. Espero poder charlar contigo en el próximo libro.

Ad Aeternitatem,
Michael.

¿Te has quedado con ganas de más?

En LMBPN International tenemos muchísimas historias en las que puedes embarcarte ahora mismo mientras esperas a que se publique el nuevo libro de tu serie favorita (de hecho, estamos trabajando en ello ahora mismo). ¡Te enseñamos algunas!

Agencia ParaMilitar

La vida de Julie Meadows ha tocado fondo: el estudio en el que vive es un cuchitril, no encuentra trabajo y su vida amorosa es un auténtico desastre. Cuando cree que nada puede empeorar, recibe una carta que le cambiará la vida. La han reclutado en la Agencia ParaMilitar.

Lo que no espera en absoluto es que «Para» signifique «paranormal»; que su compañero, Taylor, sea un príncipe elfo del Éter; su jefe, un cambiaformas, y que el Departamento Informático esté dirigido por trolls.

Pero no todo va a ser un camino de rosas: si no puede encontrar un recluta en menos de tres días, tendrá que pagar con su vida.

¡Puedes conocer a Julie aquí!

CONTRARRELOJ

RENÉE JAGGÉR

MICHAEL ANDERLE

1

AGENCIA PARAMILITAR

El Gambito Kurtheriano

Morir joven o vivir para siempre, ¿qué elegirías?

Bethany Anne Reynolds no es la típica investigadora del Gobierno. Conocida por su temperamento y su creatividad para sonrojar a cualquiera a base de insultos, su búsqueda de justicia es casi obsesiva…

Y ahora que su vida se apaga, debido al mismo raro trastorno sanguíneo que se llevó a su madre, pone aún más empeño en ayudar a los más débiles.

¿Su última esperanza? Un vampiro cansado del mundo.

¡Puedes conocer a Bethany Anne aquí!

MICHAEL
ANDERLE
EL GAMBITO KURTHERIAN™
1
LA MUERTE
LE SIENTA
MUY BIEN

La hermana rebelde

Olivia Beaufont, una chica rebelde de sangre real, prefiere arreglar aparatos eléctricos y mantenerse al margen de la sociedad que la vio crecer, pero su vida está a punto de cambiar por completo.

Liv, quien abdicó de su derecho de nacimiento, se ve envuelta en una serie de asesinatos que lo cambian todo. La Casa de los Siete le pide que asuma el papel de guerrera, una de las posiciones clave encargadas de proteger la magia.

Aunque Liv huye de la política y las conspiraciones, debe aceptar su destino para ayudar a su familia. Solo tiene que aguantar doce años, hasta que su hermana, la siguiente en la línea, pueda asumir el cargo.

Pero ¿qué daño puede hacer activar su magia y convertirse en una guerrera mágica?

Todo.

¡Puedes conocer a Liv aquí!

LA INDOMABLE LIV BEAUFONT
LIBRO 1

LA HERMANA REBELDE

FAMILIA EST SEMPITERNUM

SARAH NOFFKE

MICHAEL ANDERLE

www.ingramcontent.com/pod-product-compliance
Lightning Source LLC
LaVergne TN
LVHW010547160826
845677LV00013B/3031

* 9 7 9 8 8 9 3 5 4 0 6 3 5 *